# UNE DISPARITION ORDINAIRE

Marie Quincey

Dépôt légal : mars 2023

Couverture : Graphisme - Marie Quincey. Photo - Khamkéo Vilaysing via Unsplash

Maquette et mise en page : Marie Quincey

# 1

La poubelle était près de déborder. Pour une raison qu'Aline ignorait, elle avait été déplacée pour trôner au milieu de la cuisine, telle une œuvre d'art. Fabien avait dû avoir l'élan de changer le sac, mais il s'était arrêté en pleine action. En temps normal, Aline aurait fait une réflexion, mais le mot « normal » n'était pas adapté à la situation. Fabien et son père, Philippe, étaient assis sur le canapé, absorbés par une émission de télé débile. Un carton de pizza ouvert était posé sur la table basse, dans lequel une part entamée avait été oubliée. Autour, des serviettes en papier grasses et froissées étaient éparpillées. Depuis trois jours, Aline quittait un appartement propre et rangé le matin, et elle le retrouvait dans un état déplorable le soir.

Elle prit sur elle de garder son calme et s'attela à remplacer le sac poubelle plein. Elle savait qu'elle n'avait pas le droit de les juger, qu'ils vivaient un moment difficile. Ça l'était pour elle aussi. Éliane était comme une mère de substitution pour elle. Et après tout, peut-être que ranger l'appartement l'empêchait de penser au pire. Elle rangeait et eux regardaient la télé.

Tout semblait tellement ordinaire, le dimanche précédent, lorsque Fabien et Aline étaient allés déjeuner chez Philippe et Éliane ! Un dimanche comme les autres, Éliane avait cuisiné un rôti, Philippe avait râlé parce qu'il y avait trop de pubs à la télé. Cela surprenait toujours Aline, car son beau-père paraissait pourtant incapable d'éteindre le poste. Même pendant le repas, l'écran restait allumé, bien que le son soit baissé.

Dès que celui-ci commençait ses grands discours, son épouse regardait la jeune femme avec un sourire en levant les yeux au ciel. Elle avait toujours été amusée par la dynamique du couple. Amusée et envieuse : il était évident qu'ils s'aimaient toujours autant depuis toutes ces années. Même s'ils se chamaillaient de temps en temps, c'était toujours anodin, c'était presque mignon. Leur vie avait été parfaite jusqu'à présent... jusqu'à dimanche, ce fameux dimanche.

Éliane avait préparé une tarte aux pommes dont elle seule avait le secret. Après le fromage, elle s'était levée pour remporter les assiettes sales dans la cuisine. Fabien et Aline étaient un peu nerveux, ils avaient décidé d'attendre le dessert pour faire leur grande annonce.

Maintenant qu'ils étaient tous les deux établis dans leurs boulots respectifs et que le mariage était passé, ils avaient commencé à visiter des maisons. La recherche avait été un peu laborieuse au début, mais quelques jours plus tôt, ils avaient trouvé la perle rare. Celle qui cochait toutes les cases. Une maison spacieuse, avec un jardin, près des écoles pour leurs futurs enfants, pas trop loin de chez Philippe et Éliane. Le coup de cœur. Ils avaient fait une offre et avaient pris rendez-vous à la banque la semaine suivante pour sécuriser leur prêt. Leur premier achat immobilier.

Fabien et Aline avaient l'habitude des annonces. Il y avait eu leur installation ensemble, les CDI, le mariage. Ils avaient déjà leur petite routine : ils attendaient qu'Éliane serve le dessert, là, Fabien levait son verre et tapotait dessus avec sa petite cuillère, comme dans les films. Sa femme levait son verre à son tour et le jeune homme annonçait « Aline et moi avons quelque chose à vous dire ».

Ce jour-là, Éliane prenait particulièrement son temps pour

apporter le dessert, comme si elle avait senti qu'une annonce arrivait et qu'elle s'amusait à les faire attendre. Fabien essayait de meubler en parlant de tout et de rien avec son père, mais Aline sentait bien qu'il était nerveux, qu'il n'était pas vraiment concentré sur sa conversation. Ils étaient impatients d'annoncer la nouvelle, de montrer les photos de la maison, de parler des travaux qu'ils avaient l'intention d'y faire… Que pouvait bien faire Éliane dans la cuisine ? L'attente semblait interminable, même Philippe s'impatientait.

— Tout va bien, chérie ?

Pas de réponse.

— Éliane ?

Toujours rien.

Non sans effort, son beau-père s'était levé pour aller voir ce qui se tramait. Un frisson avait parcouru Aline. Quelque chose n'allait pas. Fabien s'était également levé et elle l'avait suivi.

Philippe était seul dans la cuisine. La tarte aux pommes était posée sur le comptoir. Le four était encore allumé. La porte-fenêtre était grande ouverte.

— On n'a plus de sacs poubelle.

La voix de Fabien fit sortir Aline de sa rêverie. Plus de sacs poubelle ? Impossible, elle en avait racheté la veille. Elle ouvrit le tiroir sous l'évier et le rouleau neuf était bien là, parfaitement en vue. Son mari avait-il oublié où était rangé le nécessaire de ménage ? Elle s'en voulut d'avoir des réflexions aussi primaires. Il était traumatisé par la disparition de sa mère, il n'agissait pas de façon rationnelle. C'était naturel.

Après avoir remis la poubelle vide à sa place, Aline s'approcha de la table du salon pour ramasser tous les déchets éparpillés. Elle essayait de garder un léger sourire sur le visage, pour insuffler de la positivité dans l'air un peu morose. Elle ne pouvait pas craquer devant eux, ce ne serait pas juste. Mais il fallait que Fabien et Philippe se prennent en main, elle ne pouvait pas continuer à les porter à bout de bras, elle n'allait pas avoir la force beaucoup plus longtemps.

— Fabien, je peux te parler ? dit-elle calmement en l'invitant à la suivre dans la cuisine.

Celui-ci leva la tête et s'exécuta.

Ils habitaient un appartement trois-pièces, dans l'un des immeubles récents de Belmont. La pièce de vie comprenait le coin salon et une cuisine américaine. Ils avaient la chance d'avoir une pièce supplémentaire qui servait de bureau et de chambre d'amis. C'était là que dormait Philippe à présent.

— J'ai besoin que vous m'aidiez avec la maison, ton père et toi.

Fabien semblait happé par l'écran de la télévision qu'il venait de quitter.

— Évidemment.

Évidemment ? Ce n'était pas évident pour Aline, le jeune homme estimait-il qu'il faisait des efforts ? Elle n'eut pas le temps de rebondir.

— Je pense que je vais me mettre au ski nautique.

Il s'assit sur l'une des chaises hautes de la cuisine avant de continuer.

— Je crois qu'il y a un instructeur aux étangs, je vais essayer de l'appeler.

Avant qu'Aline ait pu intégrer les informations, il avait sorti son téléphone et avait disparu dans la chambre pour passer l'appel. Du ski nautique ? Et un appel dans la foulée ? Son mari était plutôt du genre à ne pas prendre de risque, à toujours peser le pour et le contre, à prendre le temps d'étudier les choses en détail avant de se lancer. C'est ce qu'elle aimait chez lui, même si parfois, ça allait un peu loin. Lors de l'organisation de leur mariage, il voulait absolument tester trois traiteurs, trois DJ, trois marques de costumes avant d'accepter de faire un choix. La spontanéité n'était pas sa marque de fabrique.

Fabien réapparut dans la pièce avec un sourire jusqu'aux oreilles.

— J'ai une première journée d'initiation vendredi !

Aline observa son mari avec surprise.

— Je ne suis pas sûre que ton patron soit ravi…

Après les événements du week-end, la police était venue, elle avait posé un tas de questions, elle avait saisi le sac à main d'Éliane, elle avait fait un tour dans la maison pour constater qu'aucune affaire n'avait été prise. Les agents voulaient s'assurer que la disparition était bien suspecte, ce qui avait mis Philippe en colère. Bien sûr que c'était suspect, personne ne disparaissait sans raison, entre le fromage et le dessert !

Fabien avait pris quelques jours de congé, il avait aidé son père à s'installer dans l'appartement, pour un temps. Il était prévu qu'il reprenne le travail le lendemain.

— Je ne vais pas retourner au boulot.

— Si tu as besoin de plus de temps, ils comprendront.

— Mmh.

Le cœur d'Aline commença à palpiter.

— Tu veux prendre quelques jours en plus ?

— Je pense que je n'y retournerai pas du tout.

Le visage de la jeune femme devint livide. Fabien était en train de perdre la tête.

— Ne dis pas des choses comme ça. De toute façon, même si tu voulais démissionner, tu aurais un préavis.

— Ils vont faire quoi ? Me virer ?

Le visage de Fabien était très sérieux. Il avait raison, personne ne pouvait le forcer à retourner travailler s'il n'en avait pas envie. Mais agir de cette façon avec son entreprise pouvait sérieusement impacter sa réputation. Il était courtier en assurances. Les informations circulaient vite dans son milieu et il risquait de se tirer une balle dans le pied pour ses futures recherches d'emploi.

— Et la maison ? murmura Aline.

Il haussa les épaules et retourna s'asseoir sur le canapé.

Le rendez-vous à la banque était prévu le lendemain à l'ouverture de l'agence. Ils devaient fournir toutes les pièces justificatives pour la convaincre que leur prêter de l'argent ne comportait aucun risque. Imaginer la réaction du conseiller lorsque Fabien annoncerait son intention d'abandonner son poste provoquait des sueurs froides à Aline. Elle n'avait aucune intention de passer à côté de cette opportunité simplement parce qu'il avait provisoirement perdu la tête. Il fallait qu'elle trouve un moyen de le faire revenir à la raison, mais le temps pressait.

— Je vais appeler ton boulot pour leur dire que tu prendras le reste de la semaine. Je m'occupe aussi de la banque, on va décaler, ajouta-t-elle, l'air de rien.

Fabien ne prit pas la peine de se retourner pour montrer un quelconque intérêt.

Aline attrapa le sac poubelle plein et sortit de l'appartement pour le jeter. Dès la porte fermée, elle se mit à courir dans l'escalier pour sortir de l'immeuble et prendre une bouffée d'air au plus vite. *Ne pas pleurer. Ne pas pleurer.*

Que se passait-il ? Pourquoi sa vie était-elle en train de s'écrouler ? Tout ça était-il bien réel ? Sa belle-mère évaporée. Son mari au bord de la folie. Était-elle égoïste de penser à sa maison et à son prêt immobilier ? Non, elle refusait juste de laisser la vie s'arrêter. Elle ne pouvait pas commencer à se laisser aller à ne penser qu'à ça. À s'imaginer le pire, à visualiser Éliane dans la nature, à se dire qu'un dérangé la gardait peut-être dans une cave. Ou bien qu'elle avait eu un accident et que son corps gisait quelque part dans la forêt… Si sa vie ne continuait pas normalement, si elle se laissait envahir par ce genre de pensées, alors, elle laisserait tomber tout le monde. Elle abandonnerait Fabien et Philippe. Si personne ne tenait bon, alors, tout s'effondrerait.

# 2

Aline appuya doucement sur la poignée de la porte de la chambre d'amis. Elle avait espéré pouvoir fouiller discrètement dans les papiers de Fabien la veille, mais Philippe avait décidé de se coucher tôt et elle n'avait pas trouvé d'autre solution que de venir tout récupérer ce matin. C'était de toute façon plus sûr, car son mari dormait aussi, il y avait peu de risques qu'il réalise ce qu'elle était en train de faire. Elle avait la chance que les papiers de celui-ci soient incroyablement bien organisés. Tous les documents étaient classés dans des pochettes étiquetées, elle n'avait plus qu'à chercher « fiches de paie » et « avis d'imposition ». Elle s'approcha du meuble dans lequel tout était rangé, elle avançait à l'aveuglette, se repérant dans la pièce en tâtonnant le mur avec sa main. La respiration bruyante de Philippe lui indiquait qu'il dormait profondément. Elle y était presque, mais elle savait qu'une fois arrivée, elle allait devoir sortir son téléphone pour s'éclairer.

— Aaaaïe !

Le son lui échappa malgré elle. Elle plaça instantanément la main sur sa bouche. Son pied nu venait de taper violemment dans un objet dur. La valise de son beau-père.

— Éliane ?

Le père de Fabien s'était réveillé en sursaut. Aline serra les dents pour passer au-dessus de la douleur. Elle répondit d'une voix qu'elle voulait rassurante.

— C'est moi, je dois récupérer des papiers, je n'en ai pas

pour longtemps.

Philippe grommela et se retourna dans le lit. La jeune femme sortit son téléphone et activa la lampe torche, ce n'était plus la peine d'essayer d'être discrète, il fallait qu'elle fasse au plus vite.

Elle trouva facilement les dossiers qui l'intéressaient, les attrapa et sortit de la chambre en s'excusant à nouveau auprès du dormeur. Elle espérait qu'il ne prendrait pas la peine de mentionner à son fils cette visite matinale.

Elle s'installa à la table de la cuisine, ouvrit la première pochette et jeta un œil sur les documents qu'ils contenaient. Un sentiment d'échec l'envahit. Il ne s'agissait pas du tout des relevés des derniers mois, ce n'était même pas la bonne année. Comment avait-elle pu ne pas y penser ? Fabien devait garder ses documents administratifs au format numérique, à présent, tout comme elle. Elle ne prenait jamais la peine de les imprimer. Elle regarda l'heure, il fallait vraiment qu'elle se presse. Elle attrapa l'ordinateur de son mari, qui était posé sur la table du salon, l'ouvrit et fit une recherche par mots-clés. Bingo, tout était classé dans un dossier « admin ». Elle alluma l'imprimante et édita les papiers dont elle avait besoin, un par un. C'est à ce moment-là qu'elle entendit du bruit dans le couloir, Fabien était réveillé. Vite, « imprimer », « imprimer », « imprimer ». Elle referma l'ordinateur, le reposa et se jeta devant la machine pour récupérer les feuilles noircies.

— Tu fais quoi ? demanda son mari, les yeux à demi clos.

— J'imprime des notes pour ma présentation de ce matin, je veux les relire avant la réunion.

Aline fourra les papiers dans son sac à main et enfila son manteau. Le jeune homme la regarda avec surprise.

— Tu pars déjà ?

— J'ai envie d'être bien en avance, pour ne pas trop stresser.

Pourquoi tu te lèves si tôt ?

Fabien alla attraper son ordinateur.

— Je voulais regarder les équipements de ski nautique, j'irais bien acheter ça ce matin.

Aline lui fit signe qu'elle devait se dépêcher, elle fit mine de l'embrasser à distance et passa la porte en vitesse. Elle espérait qu'il n'avait pas réalisé qu'elle avait esquivé le sujet. Elle espérait aussi qu'il ne s'était pas rendu compte qu'elle n'avait pas de présentation ce matin-là. Juste un rendez-vous à la banque.

***

— Une gastro-entérite ? répéta le conseiller bancaire avec un sourire qui masquait difficilement son dégoût.

— J'ai tous ses papiers, normalement, on n'a pas besoin de lui.

L'homme invita Aline à s'asseoir et s'installa de l'autre côté de son bureau, en ne manquant pas de nettoyer ses mains avec du gel hydroalcoolique.

La jeune femme était nerveuse, elle n'arrêtait pas de penser à tous les mensonges qu'elle avait débités depuis le matin. Elle se rassurait en se disant que c'était pour le bien du couple, que Fabien avait besoin qu'elle prenne les choses en main. Il traversait une phase compliquée, il n'y voyait pas clair. Elle les empêchait simplement de faire une grosse erreur. Une demande de prêt immobilier prenait du temps, elle ne pouvait pas se permettre d'attendre qu'il se ressaisisse. Il fallait qu'elle enclenche la machine. Il la remercierait.

Le conseiller était en train d'étudier les documents.

— Vous avez tout ce qu'il vous faut ? demanda Aline.

Il leva les yeux vers elle, mais ne prit pas la peine de répondre, puis se remit à décortiquer les éléments du dossier.

— De mon côté, ajouta-t-elle, je suis en lice pour une promotion, donc mon salaire va sûrement augmenter dans les mois qui viennent.

Ce nouveau poste allait être nécessaire si Fabien quittait son emploi.

Le conseiller soupira bruyamment. Aline se tut. Elle essaya de lire l'expression sur son visage pour voir s'il semblait confiant, mais rien ne transparaissait. Elle regarda l'heure sur son téléphone, il fallait vraiment qu'elle parte travailler. Avant qu'elle n'ait eu le temps de dire quoi que ce soit, le conseiller annonça froidement : « je vais envoyer le dossier au siège, ça prendra deux ou trois semaines ». Puis il se leva et lui indiqua la sortie.

Aline était perdue. C'était tout ? Elle n'en saurait pas plus ? Il ne lui dirait pas quelles étaient ses chances d'obtenir le prêt ? Elle s'apprêtait à poser la question quand le téléphone du banquier sonna. Il lui fit signe de le laisser et décrocha.

La jeune femme, troublée, resta figée un instant, puis elle sourit poliment à son interlocuteur et mima un « au revoir » silencieux, avant de quitter le bureau.

# 3

Aline venait de taper « risques juridiques mensonge demande de prêt » dans son moteur de recherche et elle appuya sur la touche « entrée ». Les résultats évoquaient surtout le fait de donner de faux documents, mais comment la banque pourrait-elle savoir que Fabien allait quitter son emploi ? Il suffisait de faire traîner les choses, au moins deux ou trois semaines. Combien de temps la « phase » de son mari durerait-elle ? La jeune femme espérait encore qu'il lui dirait qu'il avait changé d'avis et qu'il retournerait bosser, mais pour le moment, il la bombardait surtout de messages comportant des photos de différentes combinaisons de Néoprène. S'il ne pouvait plus payer sa part du prêt, Aline devrait effectuer le remboursement seule. Tout reposerait sur ses épaules. Elle ouvrit un simulateur en ligne et commença à faire des calculs.

— Ouh, un prêt immobilier ?

Chloé était derrière son écran et la regardait avec ses grands yeux bleus. Aline se tourna vers la jeune femme qui arborait son plus beau sourire et lui fit une moue gênée en retour. Sa collègue était l'une des recrues les plus récentes de leur agence de relations publiques, mais elle avait déjà réussi à se mettre tout le monde dans la poche. Au point qu'Aline se retrouvait en lice avec elle pour le poste de directrice de clientèle, bien qu'elle ait beaucoup plus d'expérience et d'ancienneté. Chloé semblait à peine être sortie de la fac et elle commettait régulièrement de grosses erreurs sur les dossiers, qu'elle-même devait rattraper discrètement. Pourtant, elle semblait avoir envoûté les directeurs de l'agence grâce à son aplomb.

La jeune fille continua son chemin vers le bureau d'Yves, leur responsable, de son pas léger et insouciant. Aline essaya de se mettre au travail, mais elle était incapable de réfléchir. Le prêt immobilier n'était qu'une infime partie de ses problèmes. Tout était en train de partir en vrille. Elle gardait son téléphone à portée de main en espérant recevoir un appel d'Éliane lui annonçant qu'elle allait bien, que tout n'était qu'un malentendu ou une histoire farfelue, mais qu'elle était à la maison et que tout allait rentrer dans l'ordre. À défaut, un appel de la police lui faisant part d'avancées positives de l'enquête ferait l'affaire. Tout sauf des photos de Fabien en combinaison de ski nautique.

Le son d'un éclat de rire la sortit de ses pensées. Celui de Chloé. Celle-ci avait le don pour faire sentir à quiconque que c'était la personne la plus drôle du monde. Déterminée, Aline attrapa sa tasse de café et se dirigea vers le bureau. Si c'était ce qu'il fallait faire pour obtenir la promotion, qu'il en soit ainsi. Elle se recoiffa rapidement, afficha son plus beau sourire et entra dans le bureau d'Yves comme si elle y avait été invitée.

— J'ai besoin d'une pause et j'ai l'impression que c'est ici qu'il faut être pour s'amuser un peu.

Son responsable était en train d'essuyer du café qu'il avait renversé sur son bureau.

— Chloé se moque de ma maladresse.

Cette dernière lui répondit par un grand sourire.

— Nous étions en train de parler de la petite Iris, continua-t-il, malheureusement, ce n'est pas le sujet le plus amusant du monde.

Aline n'avait pas suivi l'affaire de près, mais elle se souvenait d'avoir vu passer l'information au journal télévisé, lorsqu'elle était chez Philippe et Éliane. C'était tragique : Iris

Pellerin, la fille du député François Pellerin, avait été retrouvée morte après avoir disparu pendant cinq jours.

Disparu. Elle venait de faire le lien. Deux disparitions dans la même ville en quelques jours. S'agissait-il simplement d'une coïncidence ?

— Pellerin veut s'en prendre à la police pour n'avoir pas réagi à temps, ajouta Chloé. Il pense que l'enquête a été bâclée.

Le député était l'un de leurs clients de longue date et l'agence travaillait souvent main dans la main avec son équipe presse pour gérer sa réputation auprès du grand public. La tête d'Aline se mit à tourner. Enquête bâclée ? Et son agence qui allait prendre la police pour cible… Qu'est-ce que ça voulait dire pour Éliane ?

— Pour l'instant, on ne lance rien, mais il veut qu'on mette la pression à la police pour qu'ils retrouvent le tueur au plus vite, annonça Yves.

— Son équipe espère que ça aura un impact positif sur son projet de réforme, ajouta Chloé. C'est malheureux, mais le *timing* est parfait.

Pellerin avait déposé un projet de loi pour renforcer la formation des policiers dans le but de limiter les bavures. Yves et l'agence s'affairaient à accentuer la couverture médiatique sur le sujet, mais leur travail n'avait pas été particulièrement fructueux jusqu'à présent.

— Pellerin a tout à gagner, continua le directeur, il a la sympathie du public et de la presse, en ce moment. Si la police est dans leur collimateur, ça les poussera à agir plus vite.

Chloé montra l'heure à leur responsable pour lui indiquer qu'ils allaient être en retard. Aline comprit qu'elle n'était pas conviée à leur réunion. Elle retourna s'asseoir à son poste. Une enfant était morte, Éliane était sûrement en danger et eux étaient convaincus des avantages de mettre des bâtons dans les roues des enquêteurs.

Ce qui l'inquiétait surtout, c'est que la police mette tous ses effectifs pour résoudre l'enquête sur Iris et que la disparition d'Éliane passe au second plan. C'était déjà sûrement le cas. Elle savait que la seule chance pour qu'ils la retrouvent était qu'ils agissent au plus vite, avant que Pellerin mette son plan à exécution.

Elle prit son manteau et son sac et se dirigea vers l'ascenseur.

# 4

— Madame, il y a une file d'attente.

La femme à l'accueil du commissariat avait les traits tirés. L'ambiance était pesante, Aline sentait une agitation particulière dans le hall. Elle s'imaginait que chaque jour qui passait sans avoir retrouvé le meurtrier de la petite Iris faisait monter la tension. La fonctionnaire de police devait passer ses journées à rassurer tous les parents de la ville.

Aline ignora sa remarque.

— Je souhaite voir l'inspecteur Gomez, au sujet de l'enquête sur Éliane Lacour.

L'agente d'accueil regarda la nouvelle venue d'un air agacé.

— Il ne répond pas à mes appels.

— S'il ne répond pas, c'est qu'il est occupé, madame.

Aline s'efforça de garder son calme et de ne pas effacer le sourire plaqué sur son visage.

— Évidemment, mais il s'agit d'une personne disparue et il y a un tueur en liberté…

— Je suis sûre que l'inspecteur Gomez fait tout ce qu'il peut.

Aline avait l'impression de parler à un mur. Ou à un robot qui récitait des phrases inutiles à longueur de temps. La femme scruta la salle d'attente pour faire venir la prochaine personne.

— Ça prendra deux minutes, insista-t-elle.

Son ton devenait un tout petit peu plus sec. Elle n'allait pas laisser cette policière l'empêcher de parler à l'inspecteur. Elle refusait de s'être déplacée pour rien. La disparition d'Éliane était tout aussi importante que le reste.

— C'est à qui ? demanda l'agente d'accueil à l'assemblée.

Un vieil homme leva la main et s'approcha du bureau.

— Je voudrais signaler un vol, dit-il d'une voix mal assurée.

Le plaignant et l'agente ignoraient complètement la présence d'Aline, qui n'avait pas bougé d'un centimètre.

— Je veux juste être mise au courant, tenta-t-elle à nouveau.

Elle pouvait sentir de nombreux regards posés sur elle. Elle se sentait honteuse d'insister autant, mais elle ne voulait pas repartir sans avoir obtenu de réponse. Elle prit une profonde inspiration et força un nouveau sourire.

— S'il vous plaît.

La femme fit une moue embêtée pour signifier à l'intruse qu'elle ne pouvait rien faire et se tourna à nouveau vers le vieux monsieur pour répondre à sa requête.

Aline était dépitée. Elle hésita à s'asseoir pour élaborer un nouveau plan. Depuis la salle d'attente, une femme la fixait avec un sourire compatissant. Elle avait la peau mate et une coupe afro bouclée. Son visage était familier à Aline, mais elle n'arrivait pas à savoir d'où elle la reconnaissait. Peut-être qu'elle l'avait vue à la télévision, elle avait l'*aura* d'une célébrité.

Soudain, le commissariat s'anima à nouveau, une équipe de policiers déboula des bureaux et se dirigea vers la sortie d'un pas rapide. Aline aperçut l'inspecteur Gomez dans le peloton et courut dans sa direction.

— Inspecteur, vous avez du nouveau concernant Éliane Lacour ?

L'enquêteur ralentit à peine sa course pour la regarder.

— Il faut nous laisser faire notre travail, madame, dit-il froidement.

— Il s'agit peut-être du même kidnappeur ? tenta-t-elle,

avant que le policier ne puisse disparaître vers la sortie.

Gomez ne semblait pas avoir l'intention de répondre, mais il s'arrêta soudainement. La femme de la salle d'attente s'était mise sur sa route pour lui bloquer le chemin. Aline ne comprenait pas ce qu'elle faisait.

— Poussez-vous ! aboya Gomez.

L'inconnue la regarda avec insistance, c'était le moment de lui poser ses questions. Elle réitéra. Envisageaient-ils la possibilité qu'il y ait un lien entre les deux disparitions ?

L'inspecteur la dévisagea avec un visage froid.

— Des femmes qui quittent tout pour repartir à zéro, il y en a des centaines par jour. N'allez pas chercher trop loin.

Tour à tour, il regarda Aline et la femme qui lui bloquait le passage.

— Laissez-moi passer avant que je vous fasse arrêter pour obstruction.

Cette dernière fit un pas de côté et l'inspecteur Gomez quitta le commissariat en vitesse. Elle jeta un œil à Aline, amusée.

— Il est sacrément con, lui !

Celle-ci n'était pas d'humeur à rire. L'inspecteur venait d'admettre qu'il se fichait complètement de l'enquête sur la disparition d'Éliane. Il n'avait même pas cherché à la connaître. Jamais elle ne serait partie de son plein gré, jamais elle n'aurait abandonné sa famille, c'est ce qu'il y avait de plus important pour elle, c'était toute sa vie.

Elle regarda sa montre, il fallait absolument qu'elle retourne travailler. Avec un peu de chance, personne n'avait remarqué son départ abrupt, mais il fallait qu'elle prépare une excuse au cas où. Peut-être qu'elle pouvait jouer la carte des problèmes familiaux, sans entrer dans les détails. C'était vrai, d'ailleurs, mais elle ne pouvait pas montrer qu'elle laissait ses soucis personnels empiéter sur sa vie professionnelle. Elle inventerait plutôt un rendez-vous chez un client.

Elle quitta le commissariat d'un pas rapide pour se diriger vers le parking.

— Aline, attends !

Elle se retourna et vit la femme qui venait de l'aider. Ce n'était pas une personnalité médiatisée, elles se connaissaient bel et bien, mais elle n'arrivait pas faire la connexion.

— Tu ne te souviens pas de moi ? dit l'inconnue, avec un sourire avenant.

Elle secoua la tête, elle avait beau creuser, elle n'arrivait pas à la replacer dans sa mémoire.

— Zora Berger-Laval, dit-elle avec engouement. Enfin, à l'époque, j'étais juste Berger.

Aline regarda la femme avec surprise, comment avait-elle pu oublier son visage ? Elles avaient été très amies en primaire, mais elles s'étaient perdues de vue quand elle avait changé d'école.

Avant qu'elle ait pu dire quoi que ce soit, son ancienne camarade de classe ajouta :

— Ce doit être les cheveux. À l'époque, ma mère insistait pour me les plaquer en arrière.

Aline se sentit un peu gênée, elle savait que leur amitié s'était arrêtée de façon subite et elle s'en voulait. La pression de sa mère avait poussé la fillette à rompre les liens et elle avait arrêté de lui parler sans prendre la peine de lui fournir d'explications. Pour autant, elle n'avait pas apprécié la façon dont Zora s'était comportée au commissariat.

Elle réalisa qu'elle n'avait toujours pas dit un mot.

— Zora Berger, dit-elle poliment. Bien sûr, je me souviens.

Il y eut un moment de silence, la gêne devait être palpable. Aline avait du mal à chasser son sentiment d'agacement. Soudain, son ancienne camarade éclata de rire.

— Pardon, je ne sais pas pourquoi j'ai cru qu'on aurait plein de choses à se raconter. Je voulais juste te dire que j'étais désolée pour ce qu'il t'arrive.

— Merci, répondit la jeune femme un peu plus sèchement que ce qu'elle aurait voulu. Je n'avais pas vraiment besoin d'aide.

— Je me suis dit… hésita Zora.

Elle semblait sincèrement confuse. Aline continua, d'un ton un peu plus doux.

— J'ai l'impression d'être passée pour une idiote auprès de l'inspecteur, c'est tout. Ton intervention… c'était sympa, mais ça a un peu enfoncé le clou, je crois. J'ai perdu toute crédibilité.

Son ancienne amie sembla amusée par cette remarque, ce qui la déboussola.

— Je pense que c'est lui qui devrait se soucier de sa crédibilité. Il avait l'air complètement dépassé, le pauvre. C'est normal de vouloir des réponses et c'est son rôle de te les fournir, ou au moins de te tenir informée.

— C'est un inspecteur de police, il a beaucoup de boulot, argumenta Aline, sans grande conviction.

Zora lui adressa un sourire rassurant. Puis son visage s'illumina.

— Tu devrais mener l'enquête toi-même !

Elle la regarda avec surprise.

— Je t'aide, si tu veux.

Aline ne partageait pas du tout l'enthousiasme de son interlocutrice, c'était une idée complètement absurde à ses yeux.

— Tu ne l'as pas entendu ? Il risque de nous arrêter pour obstruction. Je n'ai aucune envie d'avoir un casier judiciaire. Et je n'ai pas vraiment le temps pour ça. On se doit de se reposer sur l'inspecteur et son équipe.

— J'envie ta confiance en la police nationale, répondit Zora.

Moi, j'ai surtout l'impression que ton Gomez n'a pas l'intention de lever le petit doigt.

Aline fut irritée par cette remarque. Elle se devait de croire que les forces de l'ordre faisaient réellement leur possible pour résoudre l'enquête. Elle refusait de devenir une femme cynique qui ne croit plus en l'autorité. Elle regarda son téléphone, elle avait trois appels manqués de la part de Chloé. Il fallait absolument qu'elle retourne travailler.

— J'ai été ravie de te revoir, mais je dois y aller, dit-elle en déverrouillant sa voiture.

— Prends au moins mon numéro, au cas où tu changerais d'avis, insista Zora.

Aline hésita. Elle ne voyait vraiment pas pourquoi elle ferait cela.

— Je dois vraiment y aller.

Elle entra dans sa voiture et démarra le contact. Son ancienne camarade ne sembla pas faire grand cas de ce refus. Rien ne semblait affecter son humeur, c'était presque troublant. Aline savait qu'elle n'avait pas été correcte avec elle. Au fond, elle savait que Zora était de bonne foi, mais elle n'avait pas eu l'énergie de faire semblant. Et c'était plus facile d'agir comme ça avec une femme qu'elle ne reverrait sûrement jamais.

Lorsqu'elle sortit du parking pour se diriger vers son agence, elle jeta un dernier coup d'œil dans son rétroviseur et la vit partir dans la direction opposée au commissariat. Elle fut surprise, pourquoi celle-ci était-elle venue en premier lieu ? Cela n'avait pas de grande importance, elle devait surtout se concentrer sur l'excuse qu'elle allait donner à Chloé pour s'être éclipsée du boulot en pleine matinée.

# 5

Aline se regarda dans le miroir de l'ascenseur qui menait à l'agence, elle prit une profonde inspiration et essaya d'imaginer à quoi ressemblait une personne qui n'avait rien à se reprocher. Elle tenta de prendre l'air le plus naturel et désinvolte possible. *J'étais en rendez-vous*, pensa-t-elle avec conviction. *Je suis confiante et pleine d'assurance, mon absence est tout à fait justifiée.*

La porte de l'ascenseur s'ouvrit et elle aperçut Yves et Chloé dans le hall. Elle se lança dans une démarche assurée en direction de son poste de travail. Elle eut à peine le temps de faire un pas qu'elle fut interceptée par son responsable.

— Te voilà ! On te cherchait partout, Chloé a essayé de te joindre.

Elle afficha son plus grand sourire.

— J'étais en rendez-vous client pour la campagne Garance.

— Je n'ai pas vu ça dans ton agenda partagé, dit sa collègue.

Aline n'arrivait pas à déterminer si celle-ci était naïve ou si elle essayait de la faire passer pour une incompétente devant le directeur.

— Rendez-vous de dernière minute, dit-elle en tentant de garder sa légèreté, je suis partie à la va-vite et je n'ai pas eu le temps de mettre mon agenda à jour.

— Je pensais que la campagne Garance était bouclée, dit Yves, comme pour lui-même.

Aline fit une petite moue, qui pouvait être interprétée de mille manières. Cela semblait suffire à son chef.

— Bon, enchaîna-t-il, on a eu Pellerin, il veut aller de l'avant pour l'initiative concernant les forces de l'ordre. Je veux que Chloé et toi travailliez en binôme sur le dossier.

Aline se décomposa de l'intérieur. Elle n'avait aucun intérêt à participer à cette campagne d'intimidation contre la police. Il n'y avait pas d'issue positive pour sa belle-mère. Si la campagne était efficace, l'inspecteur et son équipe redoubleraient d'efforts pour retrouver le meurtrier d'Iris, en délaissant les autres enquêtes en cours. Et si la police se braquait, l'inspecteur le lui ferait payer personnellement en laissant traîner l'affaire. Devait-elle en parler à Yves ?

Elle se tut. Elle ne pouvait pas refuser cette opportunité, pas tant que le poste de directrice de clientèle était en jeu.

— Tu sembles vraiment fatiguée, en ce moment, Aline…

Celle-ci leva les yeux. Chloé essayait-elle de la saboter ?

— Tu es sûre que tu es prête à te lancer dans un dossier aussi délicat ? continua-t-elle.

La jeune femme se tourna ensuite vers Yves.

— Je peux m'en occuper toute seule, si ça décharge Aline.

Celle-ci se força à se redresser. Il était hors de question qu'elle s'avoue vaincue.

— Je vais bien, j'ai juste besoin de déjeuner, je n'ai presque rien avalé ce matin. Je me demandais seulement si ça ne serait pas risqué pour l'image de Pellerin.

— Il vient de perdre sa fille de neuf ans, rétorqua Chloé. Je n'ai aucun doute sur le fait que l'opinion publique sera de son côté.

Aline garda son calme.

— La police est déjà sous pression, l'affaire est ultramédiatisée. Si on en rajoute une couche, on ne met pas en danger toutes les autres enquêtes en cours ? Je pense que certaines personnes vont en vouloir à Pellerin. On ne sait pas quel impact ça peut avoir sur la sécurité dans la ville, à terme.

— Si ça met en avant une fragilité des forces de l'ordre, dit Chloé, ça peut être bénéfique pour nous...

— Mais à quel prix ? coupa Aline.

Elle avait du mal à contrôler ses émotions. Elle sentait qu'elle était sur le point d'exploser et qu'elle ne pourrait pas tenir beaucoup plus longtemps.

— Tu as raison, Aline, dit Yves. Il faut faire une recherche sur des cas similaires et sur la couverture médiatique que ça a pu engendrer. On ne voudrait pas que la stratégie de Pellerin se retourne contre lui, alors qu'il a la presse et le public de son côté pour le moment.

La jeune femme ne put s'empêcher de se sentir victorieuse.

— Bien sûr, dit-elle avant de se diriger vers son bureau.

Il fallait vraiment qu'elle mange quelque chose, mais elle n'avait pas de temps à perdre. Elle avait bien compris que ce travail en « binôme » était une façon de la mettre en compétition avec Chloé. Elle devait faire tout son possible pour convaincre Yves de ne pas laisser Pellerin s'en prendre à la police.

# 6

Aline parcourait l'article de journal avec intérêt. Il revenait sur un cas ayant eu lieu six ans auparavant dans le nord de la France. Après le meurtre d'un jeune homme dans une cité, en périphérie de Lille, la police avait arrêté un membre d'une cité voisine en qualifiant l'acte de règlement de compte. La presse s'était empressée de reprendre l'histoire de cette « guerre de gangs », des photos du type arrêté avaient été publiées. Pourtant, la semaine suivante, un autre jeune homme avait été retrouvé mort, puis un troisième. La police avait mené une enquête sommaire, mettant toutes ces victimes sur le dos d'une escalade de la violence, en représailles contre le premier meurtre. Certaines voix avaient commencé à s'élever face au manque de professionnalisme des forces de l'ordre, qui ne prenaient pas la peine de faire des enquêtes poussées concernant ce genre de crimes. Une association locale avait alerté la presse, il s'agissait de discrimination, la police n'estimait pas que le droit à la justice était le même pour tous. Il avait fallu deux autres morts avant que les enquêteurs commencent à s'inquiéter et à prendre l'enquête au sérieux. Au bout de quelques semaines, ils avaient relâché le premier suspect et mis en garde à vue un autre homme appartenant à un groupe néonazi. Il se faisait appeler « le nettoyeur » et il n'hésitait pas à parler ouvertement de ses crimes sur les forums en ligne. Cinq morts et la pression d'une association et de la presse avaient été nécessaires pour que les autorités considèrent enfin cette succession de meurtres comme l'œuvre d'un tueur en série qui se vantait de ses exploits sous leurs yeux. L'homme avait plaidé coupable et avait écopé de la peine maximale. La police locale avait subi un lynchage en bonne et due forme, à la fois de la part de la presse et des habitants de la région, allant parfois jusqu'à vandaliser le commissariat. Cet acharnement avait mené au suicide d'un enquêteur qui, dans une lettre d'adieu, parlait du harcèlement incessant qui venait s'ajouter à une pression énorme sur une équipe en sous-effectif et qui avait une charge de travail insoutenable. L'article citait une interview de l'homme publiée quelques mois plus tôt, qui disait : « toutes mes pensées vont pour les familles des cinq victimes, je devrai vivre avec leur mort sur la conscience. Nous avons tiré des conclusions hâtives, car notre charge de travail ne nous permettait pas de prendre le temps que chacun d'entre eux méritait. Aucun citoyen ne devrait payer de sa vie le manque d'effectifs d'un département de police. » C'était à la suite de cette déclaration, continuait l'article, que l'enquêteur avait reçu une série de menaces qui, venant s'ajouter à son sentiment de culpabilité, l'avaient poussé à commettre cet acte.

Aline fit une pause dans sa lecture, elle était bouleversée par cette histoire. Elle pouvait comprendre le point de vue des deux parties. Elle ne se souvenait pas d'en avoir entendu parler à l'époque. Elle était à la fois outrée par le comportement de la police dans un premier temps, qui avait choisi d'ignorer les meurtres parce qu'elle était trop occupée. Quelque chose la prenait au ventre, au fond d'elle, elle savait qu'Éliane pouvait être en danger, mais que la police préférait se convaincre que ce n'était pas le cas, pour justifier le fait qu'elle n'avait pas le temps de travailler sur l'enquête. La jeune femme réalisa qu'elle était affamée, il fallait absolument qu'elle mange quelque chose, mais pas avant de parler à Yves. Elle avait une idée.

***

Le bureau d'Yves était fermé, Aline espéra qu'il n'était pas parti pour un déjeuner d'affaires. Elle frappa à la porte, à tout hasard. Elle entendit des pas s'approcher, vit la poignée tourner et la porte s'entrouvrir. Le visage de Chloé apparut dans l'entrebâillement de la porte et elle mit le doigt devant sa bouche pour lui signifier de ne pas faire de bruit.

— On a presque fini, chuchota-t-elle.

Derrière sa collègue, elle aperçut son responsable à son bureau s'adressant à une personne à l'autre bout du fil, qui était sur haut-parleur.

— Merci, François, on part dans ce sens et je vous tiens au courant.

François ? Chloé et Yves avaient appelé François Pellerin en son absence pendant qu'elle était cantonnée au travail de recherche. À quoi ils jouaient ?

Dès qu'Yves eut raccroché, Chloé ouvrit la porte pour laisser entrer Aline.

— J'ai trouvé quelque chose, débuta-t-elle.

— Oublie ça, interrompit Yves, l'équipe de Pellerin est d'accord avec Chloé, plus la police est sous pression, plus ça joue en sa faveur.

— Pour le projet de loi, dit Aline, mais pas pour résoudre le meurtre de sa fille ! Et pas pour résoudre tout le reste.

Ses collègues restèrent silencieux. Elle n'arrivait pas à savoir si c'était parce qu'ils avaient des remords ou parce qu'ils ne l'écoutaient pas.

— Frappons plus haut, insista-t-elle.

Son responsable la regarda, intrigué. Elle avait son attention.

— Pourquoi la police n'a-t-elle pas été assez réactive après l'enlèvement d'Iris ?

— Ils sont submergés, tenta Chloé.

— Exactement, ils manquent d'effectifs. Même pour un cas aussi délicat que celui-là et en sachant que la presse serait sur leur dos, ils n'ont pas pu déployer assez de monde.

— Où veux-tu en venir, Aline ? lança Yves avec impatience.

— Si Pellerin fait pression pour que les effectifs du commissariat de Belmont soient renforcés, il sera vu comme un allié par la police. Il ne se mettra pas à dos les personnes dont il a précisément besoin. Et si ça ne fonctionne pas, alors, ce n'est pas lui qui passe pour le méchant.

Le directeur sembla considérer l'information, mais Aline vit sa collègue prendre une inspiration pour intervenir.

— Honnêtement, je ne comprends pas pourquoi on est encore en train de débattre. Il a été très clair sur la direction qu'il voulait prendre.

— Chloé a raison, trancha Yves.

Ces mots finirent d'achever Aline. Oui, la jeune fille avait raison. D'un point de vue purement commercial. Et elle savait très bien que l'intérêt de l'agence et de ses clients passait avant l'intérêt commun. L'intérêt d'Éliane…

# 7

Aline sortit sa clé d'appartement. Qu'allait-elle trouver derrière la porte ? Philippe et Fabien devant la télé, sans doute, devant un nouveau carton de pizza.

Elle n'avait pas anticipé le niveau de bazar auquel elle se confronta. Son mari était vêtu d'une combinaison de ski nautique et déambulait d'une pièce à l'autre. Tous les placards étaient ouverts et des tas de vêtements et de boîtes jonchaient le sol. Elle dut se retenir pour ne pas repartir instantanément, fuir ce chaos.

— Tu sais où j'ai mis la caméra que je me suis achetée il y a deux ans ? lança Fabien, en guise de message d'accueil.

Aline ne répondit pas, elle était encore trop abasourdie de voir son appartement transformé en champ de bataille. Des sacs de shopping étaient répartis sur la table de la cuisine. Fabien semblait avoir dévalisé le magasin de sport extrême. Elle pouvait apercevoir un baudrier d'escalade, une planche de *bodyboard*, une combinaison de *snowboard*... Rien n'avait de logique. La jeune femme n'osa pas estimer le coût total des équipements qu'elle distinguait. Côté salon, Philippe était à sa place de choix sur le canapé, devant la télé, dont le volume était particulièrement fort.

— Aline, ma caméra ? insista Fabien, et il sortit sa tête du placard dans lequel il fouillait, en prenant soin d'étaler l'intégralité de son contenu sur le sol.

Aline avait des bouffées d'angoisse.

— Dans le meuble télé, dit-elle d'une voix faible.

Son mari se dirigea vers le poste, ce qui valut à Philippe de lâcher un « Ooooh ! » quand il passa devant l'écran. Il ouvrit le seul placard qu'il semblait n'avoir pas vidé et posa tout ce qui s'y trouvait par terre, jusqu'à ce qu'il mette la main sur l'objet de son désir. Dès qu'il eut la boîte de la petite caméra en main, il s'installa dans le canapé afin de l'étudier attentivement.

— Que se passe-t-il ? demanda Aline.

— Il faut que je la charge, grommela Fabien.

— Pourquoi tu as retourné tout l'appartement ? insista-t-elle.

En guise de réponse, il agita sa trouvaille dans sa direction, comme si elle n'avait pas encore compris qu'il la cherchait.

Elle n'avait pas la patience pour les devinettes, surtout après la journée qu'elle venait de passer. Son époux se leva d'un bond et alla chercher le chargeur, qu'il avait laissé par terre près de la télé.

— Ooooh ! grogna Philippe une nouvelle fois.

Aline avait l'impression d'être dans une garderie.

— Tu as vu tout ce que j'ai acheté ? demanda Fabien avec excitation.

Oui, elle avait vu. Avant qu'elle n'ait pu répondre, il continua :

— Quand j'ai trouvé ma combi ce matin…

Il fit une pause, comme s'il venait seulement de remarquer qu'il était toujours en train de la porter. Ça le fit rire. Puis il reprit :

— J'ai réalisé qu'il y avait un tas de choses que j'avais envie d'essayer. C'est pour ça que j'avais acheté la caméra, à la base. Mais je ne m'en suis jamais servi. Pas une seule fois.

Aline avait du mal à le suivre. Pendant qu'il parlait, Fabien s'agitait de droite à gauche en enjambant les tas d'affaires éparpillés sur le sol, dans l'espoir de trouver une prise libre où brancher son appareil.

— Et donc, continua-t-il, je suis rentré à la maison et j'ai fait une liste. De tous les trucs que je voulais faire, mais que je ne faisais pas. De tout ce que je pensais avoir fait avant d'avoir trente ans. Tu vois ?

— Une liste… répéta Aline.

Elle ne savait pas trop quoi dire de plus. Elle avait le sentiment de voir où tout cela allait mener : la vie est trop courte, je suis en train de passer à côté. Elle connaissait le discours par cœur. C'était exactement ce discours que son père avait fait à sa mère, avant leur divorce. « Tu comprends, tout est allé tellement vite, et puis avec les enfants, j'ai l'impression d'être passé à côté de ma jeunesse… » C'est à ce moment-là qu'il était parti avec une femme de vingt ans sa cadette et qu'il avait acheté une Harley-Davidson. Un an plus tard, la fille l'avait laissé et il revendait sa moto. Cela avait-il vraiment rattrapé ses années de jeunesse « gâchées » ?

— Du parapente, par exemple, lança Fabien. Combien de fois j'ai dit que je rêverais de faire du parapente !

La différence était qu'Aline savait que son mari n'était pas en train de faire une crise de la quarantaine, comme son père. Il était en train d'occuper son cerveau pour continuer à ignorer ce qui prenait toute la place : sa mère avait disparu et on ne savait pas si elle était morte ou vivante.

— Je suis inquiète pour Éliane, dit-elle abruptement.

Un silence traversa la pièce. Elle reprit rapidement pour ne pas perdre le courage qu'elle avait réussi à trouver pour aborder le sujet.

— La police est obnubilée par l'enquête sur Iris Pellerin, j'ai peur qu'ils ne la cherchent pas sérieusement.

— Mais elle est morte, Éliane ! lâcha Philippe. Comme la

gamine. Il faut arrêter de se voiler la face.

Aline et Fabien échangèrent un regard. C'était la première fois qu'il parlait ouvertement de ce qui s'était passé. Depuis les interrogatoires de la police, il s'était contenté de regarder la télé et de grogner de temps en temps.

— Et l'escalade, reprit Fabien, j'adorais ça, en colo, j'étais hyper fort.

Aline comprit qu'elle était la seule à se soucier d'Éliane. Elle était la seule à vouloir encore se battre pour la retrouver.

Elle avait besoin d'aide, mais elle ne savait pas vers qui se tourner. En temps normal, c'était Éliane qu'elle aurait appelée pour régler cette situation. Elle aurait compris sa détresse sans même qu'elle ait eu à la lui expliquer. Sa belle-mère aurait su trouver les mots pour rassurer Fabien, pour lui faire réaliser l'absurdité de son comportement et les dégâts qu'il pourrait causer à sa famille s'il ne revenait pas dans le droit chemin, s'il continuait à dilapider son argent et à prendre des décisions irrationnelles.

Mais Éliane n'était pas là et son absence avait créé un chaos qu'Aline n'était plus capable de gérer seule. Il fallait la retrouver à tout prix, sans compter uniquement sur la police. Après une hésitation, elle se dirigea vers la chambre. Elle s'assit sur son lit, ouvrit l'application Facebook et tapa dans la barre de recherche : Zora Berger-Laval.

# 8

Le café n'était pas très rempli. Aline regardait en coin un homme seul avec son journal. À sa droite, un couple discutait avec passion, chacun dévorant l'autre du regard. Le jeune homme avait sa main posée sur celle de la jeune femme, par-dessus la table. Elle s'attarda un instant sur ce geste et pensa à sa propre relation. Fabien n'avait jamais vraiment eu de geste tendre envers elle en public. C'était un pragmatique plutôt qu'un romantique, mais elle lui pardonnait facilement son manque de tendresse. Il compensait cela en lui procurant un sentiment de confiance en l'avenir et de sécurité. Enfin, le Fabien avec qui elle avait passé sept ans de sa vie, pas celui avec lequel elle cohabitait en ce moment.

— Désolée, j'ai mis des heures à trouver le café. Tu travailles dans le coin ?

Zora posa son énorme sac à main au sol et s'assit pour reprendre son souffle.

— Ils viennent prendre notre commande ou il faut aller au bar ? demanda-t-elle en regardant la tasse de café posée devant Aline.

Lorsqu'elle vit le verre d'eau de celle-ci, elle l'attrapa avec soulagement et but son contenu à grandes gorgées, sous le regard terrifié de son amie.

— Je peux ? demanda-t-elle après coup. Je vais t'en prendre un autre. Ils viennent ou c'est au comptoir ?

Elle vit une personne commander au comptoir et se leva

d'un bond pour faire de même.

Tout s'était passé en l'espace de quelques secondes et Aline réalisa qu'elle n'avait pas dit un mot. Elle avait seulement observé la tornade.

Zora se réinstalla en face d'elle, une tasse de thé dans une main et un verre d'eau dans l'autre.

— C'est sympa, ici. Pas sûre que ça valait le coup de me faire me déplacer si loin, mais ça me fait voir du pays. Tu n'aimes pas les cafés de Belmont ?

Aline vit que l'homme au journal avait levé les yeux pour observer son acolyte. Celle-ci se tourna franchement vers lui et lui adressa un sourire, ce qui le poussa à se remettre immédiatement à sa lecture. La jeune femme aux cheveux bouclés approcha son visage de son ancienne camarade de classe et parla à voix basse :

— Tu penses que tu as été suivie ?

— Je ne pense pas, répondit celle-ci avec sérieux.

Zora éclata d'un rire franc qui fit à nouveau lever la tête de l'homme au journal. Aline baissa les yeux.

— Je plaisantais, dit-elle d'une voix rassurante. Personne ne s'intéresse à nos faits et gestes.

— Gomez nous a demandé spécifiquement de le laisser tranquille. Je n'ai pas envie qu'il sache…

Son interlocutrice l'observa avec attention, mais elle comprit que cette phrase n'aurait pas de chute.

— Si la police n'a pas le temps d'enquêter sur une personne disparue, je doute qu'elle s'amuse à te prendre en filature.

Aline hocha la tête.

Zora sortit un petit carnet de notes et l'ouvrit. Les inscriptions s'étalaient sur toute la page et dans tous les sens.

— J'ai un peu réfléchi et j'ai plein d'idées. Il faudrait qu'on aille…

— Attends, l'interrompit Aline, je n'ai encore rien décidé.

— Oh !

Il y eut un moment de silence, celle-ci ne savait pas par où commencer. Elle ne se sentait pas prête. Elle savait qu'à l'instant où les deux jeunes femmes discuteraient d'un plan d'action, qu'elles lanceraient une enquête parallèle, elles pourraient avoir des problèmes. Elle ne voulait pas prendre cette décision à la légère.

— Tu as déjà fait ça ? demanda-t-elle.

Son amie sembla surprise.

— Je veux dire, continua-t-elle, c'est quoi, ton expérience dans le domaine ? Tu as un diplôme pour ça ? Des connexions dans la police ?

Zora sourit.

— J'aurais dû prendre mon CV. Tu aurais adoré la liste des boulots que j'ai faits en intérim, c'est très divertissant.

Aline n'avait pas envie de rire.

— Je suis diplômée des Beaux-Arts et je n'ai pas de connexions, annonça Zora calmement. Par contre, j'ai déjà mené des enquêtes, je connais les écueils à éviter.

Aline continuait à dévisager son ancienne camarade.

— Quand je t'ai vue au commissariat, j'ai vu une femme qui était seule, que personne ne prenait au sérieux et je me suis dit que j'avais envie de t'aider. On veut la même chose, toutes les deux : découvrir ce qui est arrivé à ta belle-mère. On n'a pas besoin d'être de la police pour essayer de comprendre. Un cerveau, de l'intuition et… un peu de courage, ça suffit.

Zora prit une gorgée de son thé. Sa compagne savait qu'elle avait raison, si elle l'avait appelée, c'était parce qu'elle avait besoin d'être poussée dans la bonne direction.

— Je comprends que tu sois perdue, reprit Zora, mais on peut tenter.

— Que faisais-tu au commissariat, l'autre jour ? demanda Aline.

— Oh, je… voulais faire une déclaration, dit-elle rapidement. Mais il y avait trop de monde.

Aline attrapa son sac à main et son manteau.

— Je suis désolée, c'était une erreur. Dis-moi combien tu as payé ton thé, je vais te rembourser.

Elle ouvrit son sac pour sortir son portefeuille.

— La police a fouillé la maison ? lança Zora. Ils ont ratissé les alentours ? Ils ont essayé de tracer le téléphone d'Éliane, sa carte bleue ?

Aline s'arrêta de fouiner dans son sac, mais ne releva pas la tête.

— Ils cherchent des liens entre ta belle-mère et Iris ? Ou Pellerin ?

— Comment tu arrives à penser à tout ça ?

— Je te l'ai dit, ce n'est pas mon premier rodéo.

Il fallait se rendre à l'évidence. La police ne traitait pas le cas d'Éliane comme une véritable enquête. Ils avaient juste fait le minimum administratif.

— Je ne comprends juste pas pourquoi tu te sens aussi concernée, dit Aline.

— Honnêtement ? Je trouve ça honteux de voir que certaines vies sont considérées comme plus importantes que d'autres.

La belle-fille d'Éliane avait envie de pleurer, Zora était la première personne à mettre des mots sur ce qu'elle ressentait. Elle respira profondément et se rassit.

— Selon toi, on devrait commencer par où ?

# 9

Zora rouvrit son petit carnet de notes.

— Commence par m'expliquer ce qu'il s'est passé, ce jour-là.

Aline répéta l'histoire telle qu'elle l'avait racontée à la police le dimanche précédent. Le déjeuner en famille, les réflexions de Philippe, la préparation de l'annonce de l'achat de maison… puis Éliane évaporée dans la cuisine, la tarte aux pommes sur le comptoir, la porte-fenêtre grande ouverte. Zora notait tout, elle semblait prendre son rôle d'enquêtrice très à cœur. Quand Aline eut fini de parler, son acolyte parcourut son carnet un moment, puis se lança :

— Il faut qu'on étudie toutes les options. Qu'aurait-il pu se passer ?

C'était le moment que la jeune femme redoutait le plus. Jusqu'à présent, elle s'était refusé d'imaginer comment le ravisseur de sa belle-mère avait pu s'y prendre pour la kidnapper.

— Il y a l'option évoquée par l'inspecteur, commença Zora timidement.

Aline la regarda avec dégoût.

— Non !

— Je dis juste que c'est une option.

— Éliane n'est pas partie refaire sa vie. Je connais ma belle-mère, elle ne nous aurait jamais fait ça. C'était une femme épanouie, elle a eu la vie dont elle rêvait, pourquoi serait-elle partie d'un coup, sans rien dire ?

— Un autre homme ? tenta Zora.

— Ce n'est pas une fugue, trancha Aline.

Zora la regarda avec compassion. Elle n'insista pas. Elle reprit son carnet de notes.

— Ce que je ne comprends pas, c'est pourquoi elle a ouvert la porte-fenêtre. Il faisait un froid de canard, le week-end dernier, je doute qu'elle ait voulu aérer. Sauf si la tarte avait brûlé ou quelque chose comme ça.

L'idée fit sourire Aline. Éliane ? Faire brûler une tarte aux pommes ? Impossible ! Elle secoua la tête et Zora nota à nouveau quelque chose dans son carnet.

— Elle aurait pu ouvrir à quelqu'un ?

— La porte-fenêtre donne sur le jardin, si un inconnu y était entré par effraction et avait frappé, elle aurait appelé Philippe ou Fabien tout de suite.

— Sauf si ce n'était pas une personne menaçante.

— Une connaissance ?

Zora acquiesça, puis Aline perçut une lueur soudaine dans ses yeux.

— Ou une enfant…

Elle l'interrogea du regard. Que sous-entendait-elle ?

— Iris Pellerin a été retrouvée pas très loin de la maison de tes beaux-parents.

Le ton de Zora était devenu plus solennel. Elle semblait affectée par la mort de cette enfant. C'était vraiment difficile à digérer pour tout le monde.

La maison d'Éliane et Philippe donnait sur la forêt. Ils avaient un bout de jardin, puis un portillon qui menait directement à la forêt municipale. Le corps d'Iris avait été retrouvé à moins d'un kilomètre de là, au bord d'un ruisseau.

— Iris serait venue frapper ? dit Aline.

L'idée lui semblait improbable, mais elle devait admettre qu'Éliane aurait certainement ouvert, si cela avait été le cas.

— Et si Éliane avait aperçu quelque chose au loin et qu'elle était sortie pour voir de plus près ? continua Zora.

Le corps d'Aline se rigidifia. Oui, c'était possible. C'était déjà arrivé. Elle se souvint d'un jour, pendant l'été, où elle était allée aider des randonneurs qui semblaient s'être trop éloignés du sentier et s'étaient perdus dans la forêt. Et si sa belle-mère avait voulu aider quelqu'un et qu'elle s'était fait... cette seule pensée la terrifiait.

— Oui, poursuivit sa compagne sur sa lancée, elle aperçoit quelque chose dans la forêt, elle sort de la maison pour voir ce qu'il se passe...

— Mais elle aurait crié, on aurait entendu quelque chose.

Zora réfléchit un instant.

— Tu m'as dit que la télé était allumée. Ça aurait pu couvrir le bruit ?

Aline se prit la tête dans les mains. Tout s'était passé quasiment sous ses yeux, à quelques mètres d'elle. Comment avait-elle pu ne se rendre compte de rien ?

Elle repensa à ce moment. Elle était tellement focalisée sur l'annonce que Fabien et elle allaient faire qu'elle ne s'était même pas inquiétée de ne pas voir Éliane revenir directement avec la tarte.

— Il faudrait qu'on aille voir la maison, dit Zora.

— La maison ?

— Oui, la maison d'Éliane et Philippe. Peut-être qu'il y aura des traces de ce qu'il s'est passé, des indices.

Bien sûr, il fallait qu'elles retournent sur les lieux. Jusqu'à présent, Aline n'était repartie là-bas qu'une seule fois, lorsqu'ils étaient allés chercher Philippe. Elle avait un double de clés, elle pouvait passer le récupérer après le boulot.

Elle regarda sa montre. Elle se leva d'un bond.

— Il faut que j'y aille. Je t'appelle ce soir et on se retrouve là-bas.

Elle attrapa ses affaires. Elle avait oublié d'aller travailler ! Elle ne pouvait pas continuer à inventer des réunions imaginaires pour se sortir d'affaire, il fallait qu'elle se reprenne en main.

Zora l'observa quitter le café en hâte, elle sembla amusée par la situation. Son portable sonna, elle regarda le nom sur l'écran et se raidit. Elle refusa l'appel et se replongea dans son carnet de notes.

# 10

Aline sortit de l'ascenseur, encore essoufflée par sa course. Yves avait organisé une réunion avec Pellerin et son équipe et elle avait reçu la notification quand elle était au café avec Zora. Elle se hâta pour se rendre dans la salle et trouva Chloé devant la porte, en pleine conversation avec un homme et une femme qu'elle ne connaissait pas. Il devait sans doute s'agir de l'entourage du député.

Elle interrogea sa collègue du regard, pourquoi n'était-elle pas à l'intérieur ?

— Yves voulait voir monsieur Pellerin seul à seul avant qu'on commence.

Chloé se tourna vers les visiteurs.

— Je te présente Bérénice Clément et Ghislain de la Roche, les responsables presse de monsieur Pellerin.

Tous deux lui firent un signe de tête poli et s'apprêtèrent à reprendre leur conversation lorsque la porte s'ouvrit. Yves les invita à entrer dans la salle. Aline réalisa qu'elle avait eu de la chance que la réunion prenne du retard.

Lorsque tout le monde fut assis, elle observa François Pellerin. C'était la première fois qu'elle le voyait en personne, même s'il était client de l'agence depuis plusieurs années. Elle avait cette sensation étrange de rencontrer une célébrité, elle ne le connaissait qu'à travers les images qu'elle avait vues à la télé ou dans les journaux. C'était un bel homme à la mâchoire carrée et au regard franc. Il avait une légère cicatrice sur le nez, qui indiquait qu'il avait sûrement été cassé par le passé. Il était très apprécié des médias, car il avait une image de bon père de famille, d'homme droit, attaché à ses valeurs. Aline s'attendait à voir l'envers du décor dans l'intimité de cette salle de réunion, elle pensait découvrir le requin qui se cachait derrière le sourire. Elle vit plutôt un homme absent, aux traits fatigués, qui était sûrement dépassé par la situation.

Yves prit la parole.

— François et moi avons discuté et nous nous sommes mis d'accord sur un plan d'action. Pour nous, il est vital de faire les choses dans les formes. Au premier faux pas, la presse va nous manger tout cru.

Les conseillers de Pellerin acquiesçaient avec vigueur. Bérénice prit la parole.

— On bénéficie encore de la sympathie du public à cause de… l'affaire.

Pellerin baissa les yeux. Elle continua :

— Mais à l'instant où ça se met à ressembler à une stratégie politique, nous sommes morts.

— Ça va être difficile de le cacher, risqua Yves.

Ghislain intervint :

— Je ne suis pas d'accord. On peut parler d'un acte citoyen. François utilise son influence pour dénoncer un problème de fond. Cette tragédie lui a permis d'assister aux premières loges aux problématiques auxquelles la police de Belmont fait face. Il est normal qu'il veuille changer les choses.

Pellerin acquiesça poliment. Il y eut un moment de flottement et Yves reprit la parole.

— Il faut que nous organisions un premier rendez-vous avec la commissaire, pour montrer notre bonne foi. Aline, tu te chargeras des relations avec la police. Fais en sorte que l'inspecteur qui s'occupe du dossier soit présent aussi, c'est lui qui a le plus à perdre, en termes de réputation.

Aline prenait des notes frénétiquement, elle essayait de cacher son visage pour que l'assemblée ne remarque pas la panique dans ses yeux. Elle n'avait aucune envie de retourner au commissariat et de se confronter à nouveau à l'inspecteur Gomez. Elle le trouvait intimidant. Si leur campagne pouvait lui faire du tort, il serait encore moins tendre avec elle.

Yves s'adressa à l'équipe de Pellerin.

— On va commencer à préparer une stratégie presse. Il faut rédiger une série de communiqués qui vont *crescendo*, on ne peut pas faire savoir tout de suite qu'on veut faire de cette affaire un exemple.

— Oui, reprit Ghislain, on va insister sur la douleur de François, sous-entendre que tout ça aurait pu être évité.

— Chloé vous aidera. Il faut qu'on soit irréprochables.

Celle-ci esquissa un sourire. Aline devina qu'elle était déçue par son rôle. Elle avait sans doute envie d'être plus au cœur de l'action.

Pellerin se leva, ce qui signalait que la réunion était terminée. Son équipe se pressa vers la porte et Yves les raccompagna à l'ascenseur.

Ses deux subalternes étaient restées dans la salle en silence, en attendant son retour. À peine eut-il mis le pied dans la pièce que la jeune recrue intervint :

— Tu es sûr de cette répartition des tâches ? Aline est très douée pour rédiger les communiqués et je pense que je serais plus apte à faire le lien avec la police.

La chargée de projet aurait pu sauter sur l'occasion pour se débarrasser de son rôle, mais elle n'avait pas envie de laisser Chloé avoir ce qu'elle voulait. Elle ne pouvait pas s'empêcher de se sentir en compétition permanente avec sa collègue. Yves lui confiait un rôle stratégique et cela montrait qu'il lui faisait confiance.

— Aline reste côté police, trancha le responsable.

Chloé n'insista pas. Elle quitta la salle d'un pas assuré.

— Merci pour ta confiance, dit Aline. Je peux juste me permettre une suggestion ?

— Je t'écoute.

— Je ne suis pas sûre que la présence de l'inspecteur soit pertinente, dans un premier temps. J'ai peur qu'on nous reproche de l'empêcher de faire son travail en lui imposant des réunions.

Yves la regarda avec attention, elle était incapable de savoir si cela était positif ou négatif.

— Mmh, commença-t-il, bien pensé. On l'oublie pour le moment.

Il quitta la pièce et la jeune femme ne put réprimer un sourire.

# 11

Lorsque Aline arriva devant la maison d'Éliane et Philippe, elle aperçut Zora en train de prendre des photos avec son téléphone. Elle eut un mouvement de panique, elle se dépêcha de sortir les clés pour ouvrir la porte et faire entrer sa complice.

— Je t'avais demandé de rester discrète, lança-t-elle.

— J'étais super discrète, une vraie espionne ! plaisanta Zora, qui avait visiblement oublié la consigne.

Celle-ci observa la pièce dans laquelle elles se trouvaient. Elle était séparée en deux espaces, d'un côté, la salle à manger et de l'autre, le salon avec un canapé, deux gros fauteuils et la télévision. La décoration ne semblait pas vraiment à son goût, mais on ne pouvait pas nier qu'Éliane avait fait un effort particulier dans ce domaine. Rien n'était laissé au hasard. Le tissu fleuri des rideaux correspondait à celui de la housse des coussins, les bibelots respectaient un code couleur précis accordant le tout en un camaïeu de vert clair et de rose pâle.

Aline eut un pincement au cœur, elle se demandait si sa belle-mère serait là pour l'aider à décorer sa future maison. Elle avait toujours un avis pertinent et connaissait très bien les goûts de chacun. La jeune femme la consultait souvent lorsqu'elle avait besoin de conseils pour choisir une tenue.

Zora attrapa un petit ange en porcelaine rose qui était posé sur une étagère.

— Où on achète ce genre de trucs ? demanda-t-elle avec un mélange d'amusement et d'interrogation sincère.

— Repose ça ! dit Aline sèchement, tu veux qu'on trouve tes empreintes digitales partout ?

Zora sourit et reposa l'ange sur l'étagère.

— Tu penses vraiment que la police va revenir ? S'ils avaient voulu relever des empreintes, ils l'auraient déjà fait.

Elle s'assit sur l'une des chaises de la salle à manger.

— C'était là qu'elle était assise ?

Aline secoua la tête et montra la chaise la plus proche de la cuisine. Son acolyte se leva pour changer de place.

— Moi, j'étais là, continua Aline en indiquant la chaise qui faisait face au salon, Fabien en face de moi et Philippe en bout de table. À l'opposé d'Éliane.

— Donc personne ne voyait la cuisine depuis sa place, dit Zora comme pour elle-même.

Elle sortit son téléphone et prit des photos de la pièce, depuis sa chaise.

— Je suis Éliane, je me lève pour préparer le dessert…

Elle joignit le geste à la parole et se dirigea vers la cuisine, Aline suivit.

La pièce n'était pas très grande, mais tout avait été pensé pour que l'espace soit optimisé. Chaque ustensile avait une place précise et était rangé avec soin. Zora prit des photos des étagères. On y trouvait des pots en porcelaine sur lesquels on pouvait lire « Farine » ou « Sucre ». Elle ouvrit le placard et prit une photo. Aline en referma la porte brusquement.

— Bon, tu n'as pas besoin de documenter les réserves de pâtes de ma belle-mère non plus.

— On ne sait jamais, dit Zora.

Elle avait l'air de prendre un peu trop de plaisir à jouer l'enquêtrice. Aline se demanda si tout cela était une si bonne idée.

— L'important, c'est ce qu'il s'est passé dehors.

Aline regarda par la porte-fenêtre qui donnait sur un petit jardin parfaitement entretenu au fond duquel une barrière en bois indiquait la limite entre le terrain de ses beaux-parents et la forêt.

— Je suis Éliane, reprit Zora malgré l'agacement évident de son acolyte, je sors la tarte du four.

Elle l'ouvrit et mima son geste.

— Je ne vois pas ce qu'il se passe dehors…

En effet, le four et le plan de travail étaient positionnés dos à la porte-fenêtre. Zora avait vue sur le salon uniquement.

— Elle s'est peut-être retournée.

— Je me retourne et là… j'aperçois quelque chose dans la forêt.

Zora avait accéléré son rythme de parole, comme si elle voulait rendre son récit plus vivant. Aline ne savait pas si elle allait pouvoir supporter son petit jeu très longtemps.

— Bon, Zora, si tu ne prends pas la chose plus sérieusement, on va s'arrêter là.

— Pardon, je me suis laissé emporter.

— On peut aller dehors, maintenant ? demanda Aline avec impatience.

Les deux femmes ouvrirent la porte-fenêtre et s'aventurèrent dans le jardin. La belle-fille des propriétaires sentit une tension dans l'ensemble de son corps. Elle n'était pas retournée dans le jardin depuis la disparition d'Éliane. Elle eut l'impression de revivre ce dimanche après-midi, Fabien et Philippe l'entourant, en train de crier le nom d'Éliane sans savoir si elle pouvait encore les entendre. Avant d'appeler la police, tous trois l'avaient cherchée pendant près d'une heure dans la forêt, en espérant la voir réapparaître comme par magie. La jeune femme se demanda comment sa belle-mère avait pu se volatiliser aussi rapidement.

— Il n'y a rien par terre, lâcha Zora, à part des feuilles mortes.

Aline scrutait le moindre centimètre carré de sol. La police avait déjà exploré le périmètre et n'avait rien trouvé, mais ils étaient peut-être passés à côté de quelque chose.

— J'ai super froid, insista sa camarade, en plus il va pleuvoir. Je peux rentrer ?

Elle ne répondit pas. Il y avait forcément quelque chose quelque part.

Zora s'approcha d'elle doucement.

— J'ai pris plein de photos, on pourra les étudier tranquillement au chaud.

— Ce n'est pas possible, souffla Aline, elle n'a pas pu s'évaporer sous nos yeux.

Sa compagne mit son bras autour de ses épaules pour la guider vers l'intérieur de la maison.

— On va trouver, ne t'inquiète pas. Mais il faut rentrer, ça ne sert à rien de se rendre malades.

Aline se laissa faire et retourna dans la cuisine. Zora ferma la porte-fenêtre, attrapa la bouilloire et mit de l'eau à chauffer. Elle ouvrit les placards pour trouver des tasses et des sachets de thé. Aline n'eut pas la force de lui faire remarquer qu'elle n'était pas chez elle.

Zora s'arrêta dans son action.

— J'aimerais bien voir la chambre.

— C'est à l'étage.

Aline sortit de la cuisine et la guida vers un escalier. Elle ne cherchait plus à comprendre sa logique, elle n'était plus capable de réfléchir.

Les murs de la pièce étaient peints couleur lavande, et tous les accessoires suivaient ce code couleur. Zora prit une série de photos, puis ouvrit le placard. Tous les vêtements d'Éliane étaient rangés sur des cintres en fonction de la catégorie à laquelle ils appartenaient : les gilets, les vestes et les chemises, les T-shirts, les pantalons…

— Tout est là, la police a vérifié. Ses valises sont là aussi, dit Aline.

Zora s'apprêta à prendre une photo quand un fracas soudain se fit entendre au rez-de-chaussée. Quelqu'un frappait violemment à la porte. Les deux femmes se regardèrent, paniquées. Par réflexe, elles s'accroupirent pour se cacher.

— Éliane !

Il s'agissait d'une voix d'homme qu'Aline ne reconnaissait pas.

— Éliane, ouvre ! Je sais que tu es là, je vois la lumière.

L'homme continuait à frapper à l'entrée avec violence. Aline sentit la peur envahir son ventre.

— Éliane…

Zora se leva doucement et se dirigea vers la porte de la chambre. Dans un sursaut, sa compagne lui attrapa le bras pour la retenir.

— Tu ne peux pas me faire ça… tu sais que j'ai besoin de toi !

La voix de l'homme était suppliante, à présent.

— Allez, ouvre.

Le cœur d'Aline battait la chamade. Qui était ce type ? Éliane était une femme intègre, sa famille passait avant tout. Comment cet inconnu pouvait faire partie de sa vie ? De quoi parlait-il ? Éliane était-elle en danger avant même de disparaître ?

Les coups s'étaient arrêtés, l'homme semblait avoir abandonné. Aline était pétrifiée, elle n'arrivait pas à intégrer ce qu'elle venait de vivre. L'avait-elle juste imaginé ?

D'un coup, Zora dégagea son bras, qu'elle agrippait encore, et couru hors de la chambre en direction de l'escalier. Elle eut à peine le temps de crier « Zora, non ! », qu'elle entendit la porte d'entrée s'ouvrir.

— Monsieur, attendez !

Sa voix semblait déjà loin, elle était en train de courir après l'inconnu.

# 12

Sans réfléchir, Aline courut à son tour en bas de l'escalier pour rejoindre Zora. Elle était folle de se mettre en danger comme ça ? Elle-même n'aurait jamais pris ce risque, mais maintenant, elle était obligée de lui prêter main-forte. Elle ne pouvait pas la laisser seule face à cet homme.

Lorsque Aline arriva sur le pas de la porte, elle aperçut l'homme qui s'enfuyait au loin. Un homme brun, portant un anorak noir, c'est tout ce qu'elle put percevoir. Elle remarqua aussi qu'il courait vite, mais que sa trajectoire n'était pas fluide, comme s'il n'allait pas droit. Elle vit Zora au loin qui revenait sur ses pas, essoufflée.

— Il faut que je me remette au sport, dit-elle en plaçant ses mains fermement sur le côté droit de son ventre.

— Qu'est-ce qui t'a pris ? lança Aline sèchement.

Zora fut surprise de sa réaction et entra à nouveau dans la maison pour s'appuyer sur le fauteuil du salon et reprendre son souffle.

— Cet homme est notre premier vrai indice et tu voulais le laisser filer ? dit-elle.

Aline se rendait bien compte que pour son ancienne camarade, tout cela était un jeu. Elle ne réalisait pas que toute une famille était touchée. Que Philippe était en train de sombrer dans la dépression, que Fabien était en pleine crise de folie et qu'elle-même était la seule à surmonter cela, mais que ça ne tenait qu'à un fil. Pour Zora, en revanche, c'était juste une parenthèse dans sa vie… Aline réalisa à ce moment qu'elle ne savait rien de la vie de celle-ci, qu'elle lui avait fait confiance uniquement parce qu'elles avaient été à l'école ensemble et qu'elle semblait avoir un appétit pour les enquêtes. Ça restait bien plus que ce que la plupart des gens pouvaient lui proposer et elle n'avait pas d'autre choix que de la laisser s'amuser.

Zora se leva pour chercher un verre d'eau dans la cuisine et Aline la suivit des yeux. Il y avait quelque chose d'envoûtant, chez elle. C'était une très belle femme, charismatique, qui semblait prendre la vie comme elle venait. En courant après cet homme, elle avait juste suivi son instinct. Elle dégageait une légèreté et une spontanéité qu'Aline lui enviait. Zora semblait absolument authentique et c'était sans doute pour cela qu'elle lui avait fait confiance. Et qu'elle lui faisait toujours confiance, malgré ses décisions insensées.

— Tu as vu son visage ?

Son amie réapparut dans le salon, un verre d'eau à la main.

— À peine, dès qu'il m'a vue, il s'est mis à courir. Il avait l'air… abîmé par la vie. Je n'aurais pas deviné que c'était du goût d'Éliane.

— Ne parle pas de ce que tu ne connais pas, coupa Aline. Ce n'est pas ce genre de femme.

— Ce genre de femme ? dit Zora avec surprise. Ce n'est pas quel genre de femme ?

— Une femme qui trompe son mari, une femme qui trahit sa famille.

Son amie ne répondit pas, elle était visiblement irritée par ce raisonnement, mais Aline s'en fichait. Elle savait qu'Éliane n'aurait jamais fait ça à Philippe. Elle était trop dévouée à sa famille, leur bonheur était sa priorité.

— Éliane avait une vie rêvée, ajouta-t-elle.

Zora pouffa.

— Rêvée par qui ?

— Par tout le monde, par moi, par toi aussi, j'en suis sûre, même si tu ne l'assumes pas. Qui n'a pas envie d'avoir un boulot stable, une belle maison, un mari et un fils qui t'aiment plus que tout ? Éliane a eu tout ça et elle savait à quel point elle était chanceuse, elle était incroyablement reconnaissante. Elle n'aurait jamais fichu ça en l'air.

Zora but à nouveau une gorgée d'eau, lentement. Elle semblait réfléchir à la façon dont elle allait répondre.

— Aline, je pense que tu vis dans un monde imaginaire, dit-elle calmement. Mais admettons que tu aies raison, que cet homme qui vient taper à la porte d'Éliane en criant « j'ai besoin de toi » ne soit pas son amant… Dans ce cas, qui est-ce ? Tu ne peux pas nier que ça ne colle pas avec l'image de mère de famille idéale que tu me décris. C'est quand même une fréquentation bizarre.

— Je suis sûre qu'il y a une explication, dit Aline.

Elle commençait à se rendre à l'évidence, elle avait beau croire réellement en ce qu'elle disait, elle pouvait difficilement ignorer le fait qu'Éliane cachait des choses.

— Je vais essayer de faire parler Philippe. Pour voir s'il sait quelque chose.

Zora acquiesça.

— Je peux refaire un tour dans la chambre ? tenta-t-elle.

— Je pense qu'il est temps de rentrer, répondit Aline.

Elle se dirigea vers la porte d'entrée et l'ouvrit pour que sa camarade sorte. Cette dernière regarda le verre d'eau qu'elle tenait dans la main.

— Laisse-le là, dit Aline en indiquant la table de la salle à manger.

— Tu n'as pas peur que la police…

— La police ne reviendra pas, j'ai compris.

Zora posa le verre et se dirigea vers la porte. Avant de sortir, elle brandit son téléphone pour prendre une dernière photo, mais se ravisa en voyant le regard désapprobateur d'Aline.

# 13

En arrivant devant sa porte, Aline prit une longue inspiration. Elle s'apprêtait à retrouver une nouvelle fois son appartement sens dessus dessous, à devoir faire face à un Fabien en surénergie, lui racontant en détail son cours de ski nautique. Le tout avec le fond sonore de la télé, que Philippe semblait monter de plus en plus.

Aline inséra la clé dans la serrure, puis entra dans l'appartement. Elle se trouva nez à nez avec Philippe, qui était en train de fouiller dans le frigo et qui avait posé des ingrédients aléatoires sur le comptoir de la cuisine. Un pot de moutarde, de la confiture, un reste de fromage. Lorsqu'il la vit, il sembla soulagé par son retour. Celle-ci réalisa que c'était la première fois qu'elle le voyait dans l'espace cuisine de leur appartement. Elle remarqua aussi qu'elle ne l'avait jamais vu dans sa propre cuisine, c'était assurément le territoire d'Éliane.

— Que cherchez-vous ? demanda Aline d'une voix douce.

Philippe répondit de façon presque enfantine.

— Fabien n'est pas rentré, c'est lui qui commande les pizzas sur son téléphone.

Aline consulta son portable et remarqua qu'elle avait reçu un texto de sa part.

« Je prends un verre avec l'équipe du stage de ski nautique, on se commande un truc à manger. »

Elle regarda à nouveau le père du jeune homme, il avait l'air vraiment perdu et cela la troubla. Elle l'avait toujours perçu comme un homme de caractère, ayant un avis tranché sur tout. Elle découvrait une autre facette de son beau-père : celle qui n'avait pas Éliane à ses côtés pour lui faire à manger et l'écouter râler.

Depuis qu'il s'était installé à l'appartement, Philippe avait porté la même tenue tous les jours. Un jogging bordeaux hideux dont le haut et le bas étaient coordonnés. Elle se demanda à quelle occasion il avait acheté cet ensemble, dans la mesure où elle ne lui connaissait pas de passion pour l'exercice physique.

— Vous voulez qu'on aille manger quelque part ? Je vous laisse le temps de vous changer et on ira dîner en ville, si vous voulez.

Philippe semblait peu enthousiaste à l'idée de faire tous ces efforts. Aline fut presque soulagée, ça aurait pu être l'occasion de lui poser quelques questions sur Éliane, mais elle n'était pas très rassurée à l'idée de passer une soirée en tête à tête avec lui. Elle n'avait jamais fréquenté son beau-père en dehors des repas familiaux et elle ne savait pas si elle serait capable de tenir une conversation avec lui toute une soirée.

Elle réfléchit à un plan de repli et se rappela qu'elle avait une poêlée de légumes dans le congélateur. Cela ne ferait pas de mal à Philippe de manger quelque chose de nutritif. Elle commença à sortir les ustensiles pour préparer le repas et l'homme prit cela comme un signe que sa présence dans la cuisine n'était plus nécessaire. Il se dirigea à nouveau vers le canapé.

— Je suis passée chez vous tout à l'heure, lança Aline, qui s'était dépêchée de parler avant qu'il soit de nouveau happé par la télévision.

— Ah oui ? dit-il sans paraître surpris.

— Je voulais arroser les plantes, mentit la jeune femme en se rendant compte qu'elle aurait peut-être dû réellement le faire.

Philippe ne répondit pas, il ne semblait pas intéressé. Elle insista.

— Quelqu'un a frappé à la porte, il cherchait Éliane.

Son beau-père eut un moment d'hésitation, elle sentit qu'elle avait réussi à capter son attention.

— Qui ?

— Je ne sais pas, un homme. Il est parti avant que je puisse lui parler. Un brun.

— Mmh, dit Philippe.

Aline n'arrivait pas à interpréter sa réaction. Il semblait déjà distant, comme si ce dont elle lui parlait ne le concernait pas. Elle aurait pu avoir parlé de la météo. Il ne répondait plus, il était déjà en train de râler contre ce que le chroniqueur racontait à la télé.

— Vous ne savez pas qui ça pouvait être ? insista Aline.

Elle comprenait que Philippe n'avait sûrement pas envie de parler d'Éliane, mais quelque chose la dérangeait dans la façon qu'il avait de l'ignorer. D'autant qu'elle était en train de lui préparer un repas.

— Peut-être quelqu'un du club de lecture.

Aline repensa à l'homme qu'elle avait vu au loin, elle l'imaginait mal dans ce genre de contexte.

— Ça ne pourrait pas être autre chose ? demanda-t-elle.

Philippe souffla pour lui indiquer qu'il en avait marre de ses questions. Elle remercia le ciel de ne pas être allée au restaurant avec lui.

La poêlée était prête, elle remplit deux assiettes et en apporta une à son beau-père, qui l'attrapa sans cérémonie. La jeune femme était vraiment mal à l'aise. Elle avait toujours vu les parents de Fabien comme un modèle de joie et d'amour, mais elle réalisait qu'en réalité, c'était Éliane qui portait cette image à elle toute seule.

Elle repensa à la conversation qu'elle avait eue plus tôt

avec Zora. Elle s'en voulait un peu d'avoir été aussi sèche. Elle n'aimait juste pas l'idée qu'on puisse sous-entendre que sa belle-mère pouvait manquer d'intégrité. Mais là, face au comportement de Philippe, elle réalisait que peut-être, celle-ci aurait eu l'envie de trouver du réconfort dans les bras d'un autre. Mais pourquoi choisir un homme abîmé et violent ? C'est ça qui n'avait pas de sens.

# 14

— Ce sont des menaces ?

La commissaire Brière n'était pas particulièrement intimidante de prime abord. C'était une petite femme aux cheveux bouclés avec des lunettes rondes, Aline aurait très bien pu l'imaginer à l'accueil d'une bibliothèque. Pourtant, dès qu'elle ouvrait la bouche pour parler, le silence se faisait inévitablement. Elle avait une voix assurée et Aline sentait que c'était le genre de femme qui était à sa place dans un poste de pouvoir.

— Nous disons juste que si des journalistes venaient à l'interroger, monsieur Pellerin ferait part de ses frustrations quant à la façon dont l'enquête se déroule, dit Yves calmement.

La commissaire soupira.

— À moins que… ?

— Votre commissariat soit exemplaire, j'imagine, continua le directeur, mais je ne veux pas parler au nom de monsieur le député.

— C'est pourtant ce que vous faites.

— Nous sommes ici par courtoisie. Pour le moment, il n'est pas question de lancer des démarches.

— C'est la meilleure ! lâcha la policière. Donc vous nous menacez de nous pourrir dans la presse.

— Il ne s'agit pas de menaces, je vous assure.

— Appelez ça comme vous voulez. Pour moi, ça ressemble plutôt à un lynchage.

Yves s'apprêtait à renchérir, mais la commissaire Brière se leva pour indiquer que la réunion avait pris fin. Aline n'était même pas intervenue, son responsable allait penser qu'elle n'avait pas les épaules pour faire face à ce genre de femmes. Elle sentait que l'animosité de la cheffe de service était surtout dirigée vers son collègue et elle voulut tenter une autre approche.

— Monsieur Pellerin est particulièrement affecté par le fait qu'Iris n'ait pas été retrouvée alors qu'elle était encore vivante. Je pense que n'importe quel parent ressentirait la même chose.

La commissaire l'observa un instant, puis se rassit derrière son bureau.

— C'est lui qui vous a dit ça ?

Aline acquiesça.

— Nous avons déjà expliqué à monsieur Pellerin qu'il nous était impossible de déterminer la date exacte de sa mort. Le corps d'Iris a été retrouvé dans la rivière et l'eau affecte la décomposition du corps.

Aline vit Yves baisser les yeux, il ne semblait pas à l'aise avec ce genre de conversations. Brière continua :

— Ce que j'essaye de dire, c'est qu'il est possible qu'Iris ait été morte bien avant que nous la retrouvions, peut-être même avant que sa disparition nous ait été signalée.

— Iris s'est noyée ?

Aline avait posé la question sans réfléchir, elle savait que ce n'était pas très professionnel, mais elle avait besoin de savoir. Si la mort d'Iris était accidentelle et pas l'œuvre d'un meurtrier, comme tout le monde l'imaginait, alors Éliane avait peut-être une chance d'être en vie. Sa disparition n'était peut-être pas du tout liée à celle de la fillette.

— Trauma crânien, répondit la commissaire. Elle a été frappée à la tête. Toutes les informations ont été communiquées à monsieur Pellerin. Nous faisons tout notre possible pour résoudre cette enquête, mais il faut qu'il nous fasse confiance et qu'il arrête de nous mettre des bâtons dans les roues.

— Et les autres enquêtes en cours ?

Yves regarda Aline d'un air sévère. Elle-même était surprise d'avoir eu le courage de poser la question, mais jusqu'à présent, Brière avait joué cartes sur table et elle voulait en profiter.

— Estimez-vous mettre autant d'énergie dans leur résolution ? continua-t-elle.

Son ton n'était pas assuré du tout, elle savait qu'elle allait se faire réprimander par Yves en sortant, mais elle ne pouvait plus s'arrêter.

La commissaire se leva à nouveau de sa chaise pour ouvrir la porte du bureau, elle était clairement agacée par ce sous-entendu.

Aline sentait quelque chose bouillonner dans son ventre, un mélange de honte et d'adrénaline, elle avait une dernière question à poser et c'était le moment ou jamais, même si elle creusait encore plus sa tombe.

— Qu'en est-il de l'homme brun à l'anorak noir qui rôde dans le quartier des Coteaux ?

Brière s'arrêta un instant, Aline observait son visage pour essayer de lire sa réaction. Elle semblait surprise par cette information, mais elle essayait de le cacher.

— Bonne journée, trancha-t-elle.

Elle ouvrit la porte de son bureau pour inviter Yves et Aline à sortir.

La jeune femme prit ses affaires rapidement et se leva. Devant la porte se tenait l'inspecteur Gomez, qui s'apprêtait à entrer dans la pièce. Aline se figea et l'enquêteur la regarda avec surprise. Elle jeta un œil à Yves, mais il ne semblait pas avoir vu cette interaction. Elle sortit du bureau en vitesse en remerciant la commissaire et fit un vague signe de tête à l'inspecteur Gomez avant qu'il n'ait pu dire quoi que ce soit. Son chef la suivit, il semblait lui aussi soulagé de quitter cet endroit le plus vite possible. Mais Aline savait qu'elle n'était pas sortie d'affaire.

— C'était quoi, ça ?

Aline baissa les yeux. Ça ? C'était une femme désespérée qui essayait de comprendre. C'était une femme courageuse, qui posait des questions, même si ça mettait les autres mal à l'aise. Bizarrement, Aline n'avait aucun regret, même si elle n'était pas fière de son comportement. Elle prit le ton le plus sincère possible.

— Je suis désolée, Yves, mais ça me rend folle que la police tourne autant en rond dans cette affaire. Je comprends tellement la colère de Pellerin ! Je voulais leur montrer que nous étions à cent pour cent avec lui, s'il fallait aller plus loin.

Yves la regarda quelques secondes, il n'avait pas l'air convaincu par son argumentaire, mais il laissa passer. Il fallait qu'elle soit irréprochable pendant le reste de la journée.

# 15

De retour à son poste, Aline alluma son ordinateur en vitesse. Elle voulait vraiment donner l'impression de ne pas perdre une seconde. Elle allait être l'employée idéale. Elle se sentait comme une enfant qui venait de se faire gronder. Pourtant, ça aurait pu être bien pire, elle ne pouvait pas s'empêcher de remarquer qu'Yves n'avait pas insisté, qu'il avait laissé couler alors qu'il avait parfois du mal à lâcher le morceau. Peut-être qu'il s'était rendu compte que l'attitude d'Aline, bien qu'elle ne soit pas professionnelle, leur avait permis d'en apprendre plus sur les intentions de la police. Grâce à cette information sur la mort d'Iris, ils savaient maintenant quel angle de défense l'équipe d'enquêteurs risquait de prendre dans la presse. Aline se dit même que si Chloé avait été là, elle aurait également pris la parole, elle aurait sûrement tiré son épingle du jeu en tentant de mettre en place sa propre stratégie. Et Yves appréciait beaucoup la jeune fille. Finalement, peut-être qu'Aline avait marqué des points, ce matin. Mais la bonne élève qu'elle était ne se sentait pas complètement sereine.

Une vibration se fit entendre depuis son sac à main, elle venait de recevoir un message de Fabien. « Rappelle-moi. » Qu'allait-il lui annoncer, cette fois ? Qu'il partait pour faire du parapente dans les Pyrénées ? Aline remit son portable dans son sac, elle gérerait ça pendant sa pause déjeuner, elle ne voulait pas être surprise en train d'avoir une conversation personnelle pendant les heures de boulot.

La veille, il était rentré peu de temps après que Philippe et elle avaient dîné. Il était euphorique et lui décrivait tous ses nouveaux amis. Il rabâchait sans cesse qu'il fallait vivre pleinement, qu'ils étaient bêtes de s'emmerder à bosser comme des idiots, enfermés dans des bureaux sans être connectés à la nature. Aline avait peur que Fabien ne veuille jamais retourner travailler, et elle ne voyait pas comment elle allait pouvoir subvenir aux besoins du couple seule. Et elle ne voulait même pas imaginer devoir s'occuper de Philippe également. Mais elle se rassura en se disant qu'Éliane serait retrouvée sous peu et que tout rentrerait dans l'ordre.

Elle sursauta en reconnaissant la démarche de Chloé dans le couloir, elle ouvrit immédiatement sa boîte mail et fit mine d'être plongée dans la lecture du premier message qui apparut. Elle avait pris un peu de retard dans ses autres dossiers et le nombre de messages non lus devenait un peu angoissant.

— Yves te réclame.

Aline fit mine d'être surprise de voir la jeune fille à son bureau, comme si elle avait été trop concentrée sur son travail pour se rendre compte de son arrivée. Elle se demandait de quoi son responsable pouvait vouloir lui parler, ils s'étaient quittés à peine une demi-heure plus tôt. Elle attrapa son carnet de notes et suivit sa collègue.

Elle s'assit en face d'Yves et Chloé vint se positionner à côté de lui, debout. Aline crut percevoir de la gêne dans le visage de son chef.

— Brière vient de m'appeler, commença-t-il.

Yves l'observa un instant, comme pour voir si elle se doutait de ce dont il s'agissait. La jeune femme était perdue.

— À propos de toi, ajouta sa collègue, un peu gênée.

Aline n'en revenait pas. Elle avait mal jugé la commissaire, elle ne pensait pas qu'une remarque si anodine puisse avoir de telles répercussions.

— Je n'estime pas avoir eu un comportement déplacé, dit-elle.

Chloé suivait la conversation avec intérêt, une tasse de café à la main.

— J'ai expliqué la situation à l'équipe de Pellerin et ils sont d'accord pour que je te retire du projet, continua Yves.

— Je ne comprends pas, balbutia Aline.

— Pourquoi tu ne nous as pas dit, pour ta belle-mère ? demanda Chloé d'une voix douce.

Tout devint limpide pour Aline, Gomez avait parlé à Brière et elle s'était sentie obligée d'informer Yves.

— Je gère très bien la situation, se défendit la jeune femme. Au contraire, je suis à même de comprendre ce que vit Pellerin, je pense que je suis un excellent élément pour l'équipe. Peut-être que si je lui parlais moi-même, je pourrais le lui expliquer.

Le responsable soupira, il n'avait pas l'air enclin à l'écouter négocier.

— Si j'étais dans ta situation, je deviendrais folle, lâcha Chloé.

Aline avait envie de lui demander de quoi elle se mêlait, mais elle savait que cela n'arrangerait pas beaucoup son cas.

— J'ai juste estimé que c'était de l'ordre du personnel et que ça n'affectait pas mon travail ici.

— Je ne pense pas que tu sois dans de bonnes dispositions pour travailler. Surtout sur ce dossier.

— Je ne suis pas d'accord, ça me donne une vraie motivation. Plus vite on résoudra l'affaire d'Iris, plus vite la police pourra se concentrer sur ma belle-mère, tenta Aline.

Elle n'était pas convaincue elle-même par cette tentative désespérée, elle avait compris que c'était perdu d'avance.

— Il faut que tu prennes du repos, glissa Chloé. Il faut que tu prennes soin de toi, de ta santé mentale.

Aline sentait la pression monter, elle n'était pas sûre de rester calme très longtemps.

— Nous aimerions que tu fasses une pause, dit Yves. Rentre chez toi, prends une semaine et on se revoit ensuite pour voir comment tu te sens.

— Je n'ai pas besoin de pause, je vais très bien !

Les mots étaient sortis un peu trop violemment de sa bouche. Il y avait des chances que toute l'agence ait entendu depuis *l'open space*. Yves et Chloé échangèrent un regard. C'était terminé, elle venait de se griller toute seule.

# 16

Aline prit la route la plus longue pour rentrer chez elle, elle n'avait pas envie de faire face à la réalité. Fabien avait essayé de l'appeler, mais elle n'avait pas eu la force de décrocher, elle pourrait bientôt pouvoir lui parler en personne de toute façon. Elle aurait besoin de son soutien. Elle ne pouvait pas imaginer passer une semaine dans son appartement. Ou plutôt dans les vestiges de ce qu'elle appelait autrefois « chez elle ». Elle n'arrivait pas à se projeter toute la journée avec la télé à fond et les va-et-vient constants de son mari. Peut-être qu'elle pourrait s'éclipser de temps en temps, fuir dans un café ou à la bibliothèque, mais elle savait très bien que ça ne suffirait pas. Il fallait qu'elle ait une conversation honnête avec Fabien. Il fallait qu'elle réussisse à le convaincre de retourner au travail après ce week-end. Mais surtout, il fallait que Philippe retourne chez lui, ce n'était pas vivable de l'avoir constamment sur le canapé. Elle se doutait que son époux allait être réticent à l'idée de laisser son père retourner là-bas dans son état, mais c'était important pour Aline, et Fabien pourrait le comprendre.

Quand elle rentra dans l'appartement, elle fut surprise de trouver la cuisine à peu près rangée. Peut-être que la conversation ne serait pas difficile, après tout, peut-être qu'il commençait à redevenir lui-même.

— Tu es déjà là ? lança Fabien depuis l'autre pièce. J'ai essayé de t'appeler.

— J'ai vu, je n'ai pas eu le temps de répondre. J'ai passé une matinée horrible.

Aline était soulagée de pouvoir enfin raconter l'injustice qu'elle venait de subir.

— Tu as lancé la demande de prêt dans mon dos ? lâcha son mari sèchement après l'avoir rejointe dans la cuisine.

Elle eut le souffle coupé, elle n'avait plus pensé à son escapade à la banque depuis la veille.

— Ils m'ont laissé un message pour vérifier certaines informations, continua Fabien.

— Qu'est-ce que tu leur as dit ? tenta Aline fébrilement.

— Je n'ai pas rappelé, je n'avais pas le cœur à expliquer que ma femme leur avait fait perdre leur temps. Je pensais avoir été clair, je ne veux plus entendre parler de cette maison.

— Je n'ai pas voulu prendre de décision radicale… si on arrête la procédure, on ne pourra pas faire marche arrière, dit Aline.

— Faire marche arrière de quoi ?

— On sait bien que c'est une période… compliquée. Tu n'es pas vraiment toi-même.

Aline comprit tout de suite qu'elle était allée trop loin, Fabien se rigidifia.

— C'est ce que tu penses ? dit-il avec un ton de défi.

— Je… je ne sais pas trop. Ça ne te ressemble pas, c'est tout.

Il semblait particulièrement calme, Aline s'attendait à ce qu'il monte sur ses grands chevaux, qu'il l'accuse de ne pas faire d'effort ou d'essayer de tout contrôler.

— Je n'ai jamais autant eu l'impression d'être moi-même, Aline.

— C'est notre avenir…

Elle ne savait plus comment dire les choses. Comment pouvait-il être aussi peu rationnel ?

— C'est un avenir possible, corrigea Fabien. Celui où on

s'endette sur vingt-cinq ans, où on s'enchaîne à nos boulots, à cette ville. C'est une prison.

— On l'a choisi ensemble, quand on s'est mariés.

— Ça paraît loin, dit Fabien.

Aline fondit en larmes. Elle était en train de tout perdre, sa crédibilité au travail, la maison de ses rêves, et à présent Fabien, la version de lui dont elle était tombée amoureuse.

Celui-ci était toujours calme, il lui prit la main.

— Je sais que c'est difficile pour toi, mais j'ai besoin que tu l'acceptes.

Elle ne savait pas si elle en était capable.

— Je viens de me faire évincer d'un dossier au boulot, ils veulent que je prenne une semaine de repos.

— C'est peut-être une bonne chose, dit Fabien.

— Ici ? dit Aline en indiquant la télévision du regard.

Son mari prit une grande inspiration.

— Peut-être pas, ça pourrait te faire du bien de prendre du temps pour toi.

— Qu'est-ce que tu veux dire ?

— Tu pourrais t'installer chez une amie, juste le temps qu'on ait tous les deux les idées claires.

— Par rapport à quoi ?

Fabien baissa les yeux.

— Par rapport à nous.

Il la regarda timidement. Elle n'en revenait pas, il était en train de la virer de chez elle avec un naturel déconcertant.

Elle se leva d'un bond. Elle n'avait plus du tout envie de pleurer, c'était la colère qui l'animait. Il voulait qu'elle parte ? Très bien, elle allait partir et le laisser s'occuper de son boulet de père tout seul. Elle lui souhaitait du courage pour faire toutes ses activités avec cette espèce d'homme-bébé sur les bras. Quant à elle, ça allait lui faire des vacances !

Elle se dirigea vers sa chambre avec la ferme intention de faire ses valises et de dégager de là le plus vite possible. Elle se demanda qui elle allait appeler. La plupart de ses amies avaient à présent des enfants et beaucoup avaient quitté la région parisienne. Aline réalisa qu'Éliane était sans doute la femme dont elle était le plus proche, désormais.

Elle pensa à Zora, accepterait-elle de l'héberger ? Elles avaient dormi des centaines de fois l'une chez l'autre, mais c'était quand elles avaient huit ans. Elle l'appela et lui expliqua la situation, sans entrer dans les détails.

— C'est un peu compliqué en ce moment, avoua la jeune femme.

Aline réalisait qu'elle en demandait beaucoup.

— Pourquoi tu ne vas pas chez tes beaux-parents ? Ce serait idéal si tu restais sur place.

— Avec un taré qui tambourine aux portes ? Tu veux que je me fasse tuer ?

— Je peux te tenir compagnie, si tu veux, si on est deux, c'est moins risqué. J'ai quelques trucs à régler, mais je peux te rejoindre plus tard dans la soirée.

Aline considéra cette option. Une partie d'elle préférait loger dans un endroit familier, plutôt que rester dans une chambre d'hôtel sans âme. Cela lui permettrait de se sentir proche d'Éliane. Si Zora était avec elle, elles pourraient se soutenir en cas de problème.

— D'accord, mais ne traîne pas.

# 17

Aline referma la porte d'entrée derrière elle. Elle observa l'intérieur de la maison d'Éliane avec un léger sourire. Tout cela était une aubaine, finalement. Elle allait passer une semaine tranquille, sans travail, sans personne pour la solliciter en permanence. Elle allait pouvoir se reposer, s'occuper d'elle. Pendant ce temps, tout le monde réaliserait à quel point elle était indispensable. Elle pensa à Chloé et à toutes les erreurs qu'elle faisait sans cesse. Maintenant qu'elle ne serait pas là pour repasser derrière elle, Yves se rendrait compte par lui-même qu'elle n'était pas si incroyable que ça. D'ici quelques jours, cette histoire serait oubliée, elle en était sûre.

Elle pensa également à Fabien et à Philippe. Bientôt, ils la supplieraient de revenir. En attendant, elle avait bien l'intention de profiter du calme de cette grande maison.

Aline aperçut le verre que Zora avait laissé sur la table du salon et s'empressa de le ranger dans la cuisine pour le laver. Elle monta ensuite ses valises à l'étage et commença à sortir les vêtements qu'elle avait apportés pour la semaine. Elle ouvrit l'armoire de la chambre. La jeune femme observa à nouveau la façon méthodique dont les vêtements étaient rangés. Peut-être qu'elle pourrait s'en inspirer pour organiser sa propre garde-robe. Dans son appartement actuel, elle n'avait qu'une petite commode qu'elle partageait avec Fabien et qui était pleine à craquer. Elle repensa à la maison qu'ils avaient visitée et au grand dressing qui dépendait de la chambre. Elle eut un pincement au cœur. Elle n'avait pas la force de rappeler la banque pour annuler les démarches de prêt, elle le ferait mardi. Une partie d'elle espérait encore que Fabien change d'avis, elle n'était toujours pas prête à laisser cette opportunité leur filer entre les doigts.

Aline disposa ses affaires dans la salle de bain. Comme dans les autres pièces de la maison, tout était parfaitement rangé. Chaque chose avait sa place. Même les brosses à dents d'Éliane et de Philippe avaient leur pot respectif. Voir la brosse à dents de sa belle-mère était un peu douloureux pour Aline, c'était le genre de petits rappels qui la renvoyaient à l'idée qu'elle avait été arrachée à son quotidien, à la violence avec laquelle elle n'avait plus fait partie de leur vie. Mais Aline s'efforçait de rester positive, c'était temporaire et Éliane réinvestirait bientôt les lieux, réintégrerait sa vie, tout cela serait bientôt derrière eux.

Voilà, elle s'était installée… Un sentiment de vide commença à monter en elle, puis elle se rappela. *Les plantes !* Il fallait qu'elle arrose les plantes. Et puis dans la foulée, elle allait peut-être trier le courrier, elle avait récupéré les lettres et prospectus dans la boîte aux lettres en arrivant et elle s'était contentée de poser le tout sur le meuble de l'entrée. Aline s'exécuta, rassurée d'avoir trouvé de quoi s'occuper à nouveau.

Une fois ces tâches effectuées, elle s'assit sur le canapé et alluma la télévision. À l'instant où le son parvint à ses oreilles, son cœur se mit à battre plus vite. Elle attrapa la télécommande et éteignit en vitesse. La cure de télé involontaire que Philippe lui avait imposée ces derniers jours avait créé une réaction de stress post-traumatique. Mais le silence commençait à devenir pesant. Le jour tombait petit à petit et le vent soufflait fort à l'extérieur. La jeune femme se disait qu'il était peut-être pertinent d'aller faire des courses pour la semaine, mais quelque chose la retenait à l'intérieur, elle repensait à l'homme à l'anorak et elle n'avait pas envie de tomber nez à nez avec lui.

Toc-toc ! *Oh non !* quelqu'un venait de frapper au carreau. Comment était-il possible que la personne ait passé le portail pour entrer dans le jardin ? Aline eut un mouvement de repli, elle s'enfonça dans le canapé tout en essayant de déterminer d'où venait le bruit.

Toc-toc ! Toc-toc ! Toc-toc ! Aline observa la fenêtre du salon avec attention et elle vit qu'une branche d'arbre cognait contre la vitre à chaque coup de vent. Elle ne put s'empêcher de rire devant sa propre paranoïa. Elle se leva, la tête haute, pour se rendre dans la cuisine. Elle ouvrit les placards pour voir si elle avait de quoi se préparer un repas de fortune, elle irait faire des courses le lendemain matin.

Elle sursauta soudainement. Cette fois, elle était sûre d'avoir vu une ombre passer dans le jardin. Elle regarda à travers la porte-fenêtre, il faisait sombre, mais elle pouvait quand même distinguer quelques détails. Personne. Avait-elle halluciné ? Elle se concentra sur tous les recoins du jardin, en s'assurant que la porte-fenêtre était bien fermée à clé. Elle ne réalisait pas qu'elle retenait sa respiration.

— Aaaaah !

Aline avait crié sans même le réaliser. Une masse sombre venait à nouveau de surgir des buissons. Un chat, qui avait sauté pour tenter d'attraper un oiseau. La jeune femme s'adossa au mur pour se forcer à se calmer. Cela devenait ridicule. Elle sortit son téléphone et composa le numéro de Zora.

— Tu en es où ?

Celle-ci semblait amusée par cet appel. Elle lui promit de la rejoindre au plus vite. Aline lui suggéra d'apporter de quoi dîner. Et du vin.

# 18

Zora resservit du vin à Aline, qui fit un vague geste pour l'en empêcher, mais abandonna très vite. Elle savait qu'elle avait besoin de décompresser. Ces derniers temps, être raisonnable ne l'avait pas menée très loin. Son amie avait apporté un repas indien, qu'elle avait commandé dans un restaurant du centre-ville. Elle-même passait souvent devant, mais elle ne l'avait jamais testé. Fabien n'aimait pas trop la cuisine du monde.

— Je me souviens des repas de ta grand-mère quand je venais chez toi.

— C'était quelque chose ! répondit Zora avec un sourire nostalgique. C'est impossible de trouver un restaurant mauricien dans le coin.

— Tu as toujours de la famille là-bas ?

— Un peu. J'ai aussi de la famille au Canada et en Angleterre. Mais ma mère n'est plus en contact avec eux, il y a eu beaucoup de problèmes. Des histoires de terrains.

Aline n'osa pas poser plus de questions, elle sentait que son amie n'avait pas vraiment envie de s'étendre sur le sujet.

— Bon, dit celle-ci, raconte-moi comment tu t'en es retrouvée là.

Zora avait eu la délicatesse de ne pas poser de questions jusqu'à présent, comprenant que sa camarade prenait soin d'éviter le sujet. Elles avaient parlé de tout et de rien, de la tempête qui soufflait, Aline avait ri de sa petite crise de paranoïa.

Après quelques verres de vin, elle était plus disposée à

s'expliquer. Elle commença par le travail.

— Ce que je ne comprends pas, intervint Zora, c'est comment ils ont su, pour Éliane.

Aline n'avait pas parlé de la réunion avec la commissaire Brière. Elle mettait ça sur le dos de la discrétion professionnelle, mais au fond, elle savait bien qu'elle avait honte de son comportement, d'avoir caché l'affaire à Yves, d'avoir pu croire qu'elle s'en sortirait sans que cela se sache. Aline hésita, elle ne voulait pas entrer dans les détails.

— On travaille sur un dossier impliquant la police.

— Par rapport à Éliane ?

— Par rapport à Iris Pellerin. Son père est l'un de nos clients.

Le sourire de Zora disparut, Aline sentit que son corps s'était rigidifié. Elle avait l'habitude que les gens se sentent mal à l'aise quand elle annonçait que son cabinet représentait des hommes et femmes politiques ou de grandes fortunes.

— Il n'est pas si terrible, tempéra-t-elle.

Zora ne répondit pas.

— De tous ceux que j'ai rencontrés, je trouve que c'est le plus sympa. Le plus vrai.

— J'aurais dû prendre un dessert, je n'y ai pas pensé.

Aline resta silencieuse, surprise par le changement de sujet.

— On devrait faire un gâteau, continua son acolyte, je suis sûre qu'il y a tout ce qu'il faut, ici.

Elle se leva et se dirigea vers la cuisine avec l'enthousiasme d'une enfant. Aline sourit et se leva d'un bond. Elle dut s'agripper au dossier du canapé pour ne pas tomber. Sa tête tournait allègrement et il ne fallait pas qu'elle fasse de mouvements trop brusques. Elle rejoignit Zora dans la cuisine, elle avait attrapé l'iPad d'Éliane, qui était posé sur son socle.

— J'ai une super recette de fondant au chocolat, il faut que je la retrouve. Il y a un code sur ce truc ?

— Non, dit Aline, Fabien le leur a enlevé parce que Philippe ne s'en souvenait jamais et ça le faisait rager.

Pendant que Zora faisait ses recherches, Aline commençait à sortir les ustensiles et ingrédients qu'elle supposait nécessaires. Elle attrapa le pot en porcelaine intitulé « Farine », puis celui nommé « Sucre ».

— Mince, il n'y a plus de sucre ! dit-elle en soupesant le pot vide. Ah non, attends !

Elle se souvint qu'elle avait vu un bocal étiqueté « sucre » dans le placard, elle l'attrapa et le posa sur la table.

— Bizarre ! dit Zora.

— Quoi ?

— Elle a un pot « Sucre » et elle met son sucre dans un bocal qu'elle a pris le temps d'étiqueter.

— Elle a peut-être eu le pot en porcelaine plus tard.

Zora ne semblait pas convaincue.

— Si on était dans un film, je me dirais que c'est là qu'elle cachait sa drogue, plaisanta-t-elle.

Aline n'aimait pas ce genre d'insinuations. Jamais Éliane ne se serait mêlée à des affaires pareilles.

— Ça expliquerait que des types pas nets viennent cogner à sa porte, continua son amie, toujours le nez dans l'iPad.

— Bon, tu as trouvé ta recette ?

# 19

Aline avait l'impression que sa tête allait exploser. Elle n'avait pas l'habitude de boire autant et elle n'avait pas eu la présence d'esprit de s'hydrater avant de se coucher, ce qui lui avait valu un sommeil particulièrement agité. Elle avait rêvé que des branches d'arbres venaient lui toucher les pieds pendant son sommeil et que la maison était remplie de chats, mais qu'ils s'enfuyaient tous un par un quand ils la voyaient. Elle s'était réveillée tôt, mais était restée au lit un moment, elle ressassait sa journée de la veille.

Elle pensa à Zora, qui dormait dans l'ancienne chambre de Fabien. Aline s'en voulait d'avoir été sèche avec elle. Elle ne l'avait pas laissé faire de gâteau et s'était contentée d'annoncer qu'elle n'avait plus faim et qu'elle allait se coucher.

Quand elle descendit dans le salon, son amie était déjà levée. Elle était assise dans le canapé avec l'iPad dans les mains, un *mug* posé sur la table.

— J'ai fait du thé, annonça celle-ci avec légèreté.

— Je suis désolée, pour hier, commença Aline.

— Comment ça ?

— Tu es venue ici, tu as apporté à manger, à boire… j'ai été désagréable.

— Si j'avais passé la semaine que tu as passée, je pense que j'aurais été dix fois pire.

Aline s'apprêta à ajouter quelque chose, mais Zora l'interrompit :

— Il y a un truc qui ne va pas…

Elle avait repris la tablette dans les mains et continuait ses manipulations.

— Peut-être qu'il faut le recharger, tenta sa complice.

— Depuis combien de temps Éliane et Philippe ont cet iPad ?

Aline se remémora le matin de Noël, deux ans auparavant, quand Fabien le leur avait offert. Il avait regardé Éliane défaire le papier cadeau méticuleusement, il bouillonnait d'impatience. Quand sa mère avait découvert la boîte, elle avait lâché un « oh » poli. Et elle avait regardé Philippe, l'air de dire « qu'est-ce qu'on va faire de ça ? » Ce n'était pas la réaction que Fabien attendait. Finalement, la tablette avait été vite adoptée et Aline avait l'impression que sa belle-mère s'en servait en permanence. Philippe l'utilisait de temps en temps, mais il préférait l'ordinateur.

— J'ai l'impression qu'il a été réinitialisé, continua Zora. Il n'y a aucun historique de navigation en dehors de mes recherches d'hier, aucune application, aucun email. Comme s'il n'avait jamais servi.

Zora tendit l'iPad à Aline, qui constata en effet qu'il semblait sorti tout droit de l'usine. Elle aurait pu croire que ce n'était pas celui d'Éliane, mais elle reconnut la gravure « Joyeux Noël ! » que Fabien avait eu le bon goût de faire ajouter au dos, c'était gratuit.

— Ça peut se réinitialiser tout seul ? demanda-t-elle, sans y croire.

Zora secoua la tête.

— Je peux aller voir l'ordinateur ?

Aline la guida jusqu'au bureau à l'étage. La pièce était principalement utilisée par Philippe et cela se voyait. Les étagères étaient mal rangées, des piles de papiers s›entassaient de part et d'autre de l'écran. Aline se doutait qu'Éliane essayait d'entrer le moins possible dans cette pièce, le désordre devait sûrement l'irriter. Elle alluma l'ordinateur et les deux femmes attendirent que la machine se mette en route.

Zora ouvrit le navigateur internet pour consulter l'historique. Il n'y avait que quelques liens, qui dataient du lundi, le lendemain de la disparition d'Éliane. Toutes les pages qui avaient été visitées avant cette date étaient effacées. Elle cliqua sur le premier lien, il s'agissait d'un graphique posté sur Facebook, dont le titre était « La vérité sur les personnes disparues ». Une première statistique affirmait que quatre-vingt-cinq pour cent d'entre elles décédaient dans les cinq heures suivant leur disparition. Selon le schéma, la quasi-totalité mourait dans les vingt-quatre heures. Aline et Zora regardaient le visuel, incrédules.

— Pas de source… dit Zora.

— Et des fautes d'orthographe, ajouta Aline en montrant un verbe mal conjugué dans la légende.

Quel type de personne pouvait diffuser ce genre de fausses informations ? Quel était l'intérêt de s'en prendre à des gens désespérés ?

— Tu effaces souvent ton historique de navigation ? demanda Zora.

— Jamais.

— Tu penses que ça peut être Éliane ?

— Je ne suis même pas sûre qu'elle sache faire ça, dit Aline, pensive.

— Qui a eu accès à l'ordinateur ?

La jeune femme ne voyait pas qui aurait pu y toucher. Puis elle se rappela soudain qu'avant le repas, Fabien était monté à l'étage pour récupérer un livre qu'il avait lu étant ado et qu'il voulait relire. Elle avait trouvé cela curieux, car il n'était pas un grand lecteur, mais elle n'y avait pas vraiment repensé. Zora la regarda.

— Fabien ?

Aline acquiesça.

# 20

Aline et Zora étaient assises à la table de la salle à manger, une tasse à la main.

— Peut-être qu'il efface régulièrement leur historique pour éviter qu'ils aient trop de spams sur leur ordinateur, dit Aline.

— Il fait ça sur son propre ordinateur ?

Aline réfléchit. Oui, c'était le genre de Fabien de faire ça sur son ordinateur. Mais de là à le faire sur celui de ses parents, en plein repas, sans en parler à personne…

— Tu dis qu'il est différent depuis une semaine.

— Disons qu'il fait une crise de la quarantaine avant l'heure.

— Il parle d'Éliane ? Il est souvent en contact avec la police ?

Aline avait refusé de se laisser aller dans des jugements hâtifs, mais elle n'était pas aveugle au fait que Fabien n'évoquait jamais la disparition de sa mère, il avait même l'air beaucoup plus heureux depuis qu'elle n'était plus là.

— Tout le monde réagit différemment face à un traumatisme, se contenta-t-elle de dire.

Elle refusait de croire que son mari puisse être mêlé à tout ça. Malgré tout ce qui s'était passé cette semaine, elle sentait qu'elle pouvait lui faire confiance, compter sur lui. Elle savait que c'était quelqu'un d'honnête.

— Tu devrais l'appeler, dit Zora, essayer de le cuisiner un peu.

— Je n'ai pas à cuisiner mon mari pour savoir qu'il n'est pas impliqué !

— Ça ne coûte rien.

— Je pense que ce n'est pas…

Aline n'eut pas le temps de finir sa phrase que Zora avait déjà attrapé son téléphone pour composer le numéro. Elle activa le haut-parleur.

— Tout va bien ? demanda Fabien, surpris.

— Oui, oui, je… balbutia-t-elle.

Elle regardait son acolyte avec un regard noir.

— Je voulais juste te dire que j'allais appeler la banque mardi.

— OK.

Il y eut un moment de flottement, Aline prenait pleinement conscience de la distance qui était en train de se créer entre eux.

— Au fait, tu avais trouvé le livre que tu cherchais dans ta chambre, la dernière fois ?

Fabien hésita.

— Il n'était pas dans ma chambre, j'ai dû le revendre ou le prêter à quelqu'un. Pourquoi ?

— Pour rien, je me disais que j'allais peut-être profiter de ma semaine pour bouquiner.

Aline regarda Zora avec panique, ce qu'elle racontait n'avait aucun sens. Celle-ci lui fit signe de continuer, mais elle sentait qu'elle avait été prise de court, elle n'allait que s'enfoncer.

— Fabien, continua-t-elle, je sais que tu veux qu'on fasse une pause, mais tu ne veux pas qu'on se prenne un café, dans la semaine, pour parler de… tout ce qu'il se passe.

Zora leva son pouce.

— Si tu veux, dit-il après un temps, je te recontacte en début de semaine.

Aline raccrocha et fit mine de vouloir balancer son téléphone sur son amie, qui riait.

— Tu ne me refais plus ça !

— Au moins, on va pouvoir en savoir plus. Oh ! Je pourrais m'asseoir à la table d'à côté, pour écouter votre conversation ? Je peux faire semblant de lire le journal.

— Certainement pas ! lança Aline.

Elle imaginait déjà la situation, Zora lui faisant de grands signes derrière le dos de Fabien pendant qu'elle l'interrogeait. Rien de tel pour la mettre encore plus mal à l'aise qu'elle ne l'était déjà.

— Je ne pense vraiment pas qu'il soit impliqué dans la disparition d'Éliane, insista-t-elle. Ce n'est pas son genre de faire des cachotteries.

— Peut-être que… commença Zora.

Aline la regarda avec intérêt.

— Peut-être que quelqu'un est entré ici.

Un frisson parcourut celle-ci à l'idée qu'un intrus ait pu pénétrer dans la maison.

— Il aurait fallu qu'il vienne entre la disparition d'Éliane le dimanche et les recherches internet de Philippe le lundi. Il y avait toujours quelqu'un. Entre Fabien et moi, la police, Philippe.

— La police…

— Oui, pour nous interroger et faire le tour de la maison.

Aline ne comprenait pas où Zora voulait en venir. Elle lui avait déjà dit que la police était venue.

— Ils étaient combien ? demanda Zora.

— Il y avait deux officiers qui ont pris nos dépositions pendant que Gomez explorait la maison à la recherche d'indices.

Zora avait les yeux grands ouverts, elle était en train d'intégrer les informations et Aline pouvait voir qu'elle était sur le point de tirer des conclusions hâtives.

— Non, intervint-elle avant que l'enquêtrice amatrice puisse parler, on n'est pas à la télé, on n'a pas affaire à des policiers véreux.

— C'est une option plus que plausible.

— C'est ridicule !

Zora prit un air plus sérieux.

— C'est ta naïveté qui est ridicule. On ne peut pas écarter des pistes parfaitement réalistes parce que ça ne correspond pas à tes valeurs.

Aline baissa les yeux, elle avait envie de rétorquer avec une réplique cinglante, mais rien ne vint. Au fond, elle savait que son amie avait raison, elle devait arrêter d'écarter toutes les suppositions qui ne lui plaisaient pas.

— Pour moi, continua Zora, il faut partir du principe que la police n'est pas de notre côté. Au moins par précaution.

Aline acquiesça mollement.

— On va voir ce que Fabien a à te dire, on ne peut pas exclure sa participation non plus. Et puis il y a l'homme qui est venu frapper l'autre jour. Il faut absolument qu'on arrive à déterminer qui il est.

— J'ai parlé de lui à la police, avoua Aline, gênée.

— Merde ! Peut-être que c'est un des leurs et qu'ils savent qu'on est sur ses traces. À partir de maintenant, plus un mot à personne, on garde tout pour nous. OK ?

Aline hocha la tête, bien qu'elle ne soit pas convaincue du besoin de tout garder secret. Zora se redressa soudainement.

— Et les voisins ? Ils ont peut-être vu quelque chose !

# 21

Aline et Zora attendaient devant le portail. Cette dernière venait de sonner et il semblait que personne ne soit à la maison. Son amie était mal à l'aise. Elles avaient longuement débattu pour savoir s'il était décent de sonner chez les gens le week-end. Zora ne voyait pas du tout en quoi cela pouvait être problématique, mais Aline avait des *flash-back* de réflexions que sa mère faisait à chaque fois que des prospecteurs osaient sonner chez eux ou appeler, en particulier en dehors des heures qu'elle estimait décentes. Même les scouts ou les pompiers à la période de Noël n'avaient pas grâce à ses yeux. Pour elle, cette intrusion dans la vie privée des gens était intolérable et la jeune femme était trop consciente qu'elle se retrouvait à présent du mauvais côté de la porte. Du côté de ces imbéciles qui n'ont pas mieux à faire que de venir déranger les gens chez eux.

Il n'y avait visiblement personne dans cette maison, Zora se dirigea vers la suivante.

— Ça ira plus vite si on se sépare, tu ne penses pas ? dit-elle en lui indiquant l'autre côté de la rue.

Aline fit une grimace de malaise et secoua la tête vigoureusement, ce qui amusa sa complice. Le message était clair.

Après avoir sonné à la deuxième maison, les deux femmes aperçurent un rideau bouger et un visage se glisser discrètement à la fenêtre pour les observer. Zora fit un grand signe de la main, et le rideau se referma subitement. Aline avait envie de disparaître.

Sa partenaire s'apprêta à sonner une nouvelle fois, mais elle l'en empêcha.

— On ne peut pas forcer les gens, dit-elle sèchement.

Zora voulut rétorquer, mais elle fut interrompue par une voix d'homme qui venait dans leur dos.

— Vous êtes de la mairie ?

Sans même hésiter, Zora répondit « Absolument » et se retourna pour présenter son plus beau sourire. Aline se sentit rougir, ça devenait vraiment n'importe quoi. Quel employé de mairie se déplaçait pour faire du porte-à-porte le samedi ?

Elle prit sur elle pour se retourner et saluer le voisin. C'était un homme d'environ soixante-quinze ans, il portait un pantalon en velours beige et un pull en laine gris.

— Pas trop tôt, ça fait une semaine que je vous attends, dit-il tout en leur faisant signe d'entrer chez lui.

Zora regarda Aline avec un sourire victorieux. La maison était sombre et l'entrée consistait en un long couloir dans lequel étaient accrochés des porte-manteaux. L'homme leur fit signe de se dévêtir. L'odeur de la maison rappela à Aline celle de chez ses grands-parents.

On pouvait apercevoir une théière sur la table de la cuisine.

— Je ne suis pas contre un petit thé, lança Zora.

L'homme la regarda d'un air sévère et ne rebondit pas. Il leur fit descendre un escalier qui menait vers ce qui semblait être une cave. Aline n'était pas rassurée, elle se demandait dans quoi elles s'étaient fourrées. Son amie suivait sans paraître inquiète. L'homme ouvrit une porte qui menait vers un jardin, à l'arrière de la maison.

— C'est là, dit-il.

Zora et Aline acquiescèrent. Il n'ajouta rien.

— Pourquoi vous ne nous réexpliquez pas tout depuis le

début ? tenta Zora.

L'inconnu leva les yeux au ciel.

— Ça fait trois mois que je vous ai signalé que des jeunes qui faisaient la fête dans la forêt avaient terminé la nuit dans mon jardin.

Zora tourna la tête, elle se retenait de rire.

— Nous nous battons depuis des années pour que la mairie renforce la signalétique et les barrières qui séparent la forêt des jardins de cette rue. Vous ne prenez pas de notes ?

— Mon carnet de notes est dans mon manteau, je vais aller le chercher, dit Zora.

*Brillante idée,* pensa Aline. La tempête de la veille avait rafraîchi l'air et elle commençait à grelotter.

— Tout est dans la lettre que je vous ai envoyée, de toute façon.

Il fit signe à Zora et Aline de le suivre à nouveau et s'arrêta devant une sorte de cabanon.

— Il y a deux semaines, j'ai trouvé dans cet abri un sac plastique rempli de vêtements. C'est sans doute un « squatteur » – il avait dit le mot avec un mélange de dédain et de fierté de connaître ce genre de vocabulaire – qui envisageait de s'installer ici.

Zora acquiesçait avec virulence, elle prenait son rôle à cœur. Aline était pétrifiée par le froid et la honte. Que faisaient-elles là ?

— C'était mal me connaître ! Ni une ni deux, j'ai installé un cadenas sur la porte pour qu'on ne puisse plus entrer.

— Il y a deux semaines, vous dites ? demanda l'enquêtrice amatrice avec un intérêt surjoué.

Aline la maudissait, elle n'avait qu'une envie, c'était de récupérer son manteau et de rentrer.

— Oui, et dimanche dernier, le squatteur est revenu. Je l'ai entendu essayer de forcer la porte. Je me suis précipité dans le jardin pour le chasser, mais quand je suis descendu, il était déjà parti. Il avait sûrement compris qu'il ne fallait pas me chercher.

— Vous ne l'avez pas vu ? demanda Aline.

Elle s'était redressée quand elle avait entendu parler de dimanche. Il y avait bien quelqu'un qui rôdait dans les parages.

L'homme secoua la tête.

— C'était vers quelle heure ? demanda Zora.

— Après le déjeuner.

L'indication était vague, ce type était sûrement du genre à déjeuner à onze heures du matin.

— Pendant le JT ? tenta Zora pour essayer de réduire la fourchette de temps.

L'homme la regarda avec mépris.

— Je n'ai pas la télé.

— Très bien, dit-elle, je pense qu'on a tout ce qu'il nous faut.

Elle se dirigea vers la maison et le maître des lieux suivit, au grand soulagement d'Aline.

Lorsqu'elles furent sur le point de partir, celle-ci se surprit à demander :

— Les vêtements, vous les avez gardés ?

L'homme disparut dans une autre pièce et revint avec un sac en plastique de supermarché qu'il lui tendit avec dégoût.

— Tenez, prenez-les, je ne veux plus de ça chez moi.

# 22

Aline et Zora observèrent les vêtements étalés sur la table. Un pantalon de jogging, un pull, une paire de chaussures de marche et une parka. Tout était de couleur noire, en taille S. Il y avait encore les étiquettes, ils venaient d'un magasin appelé Outdoor City. Aline regarda son amie d'un air inquiet.

— Ça ressemble à ce que portait l'homme à l'anorak.

Celle-ci était visiblement en train de penser la même chose. Elle s'approcha de la parka et regarda l'étiquette. Ses yeux s'agrandirent en voyant le prix du manteau.

— Il a des goûts de luxe, notre squatteur !

— Je connais cette marque, ajouta Aline, il y a une boutique en ville. C'est de la bonne qualité.

Les deux femmes restèrent silencieuses un instant, puis Aline tira une chaise pour s'asseoir.

— Je ne comprends pas ce que ça veut dire, soupira-t-elle. Un « sans-abri riche » a voulu se changer avant d'enlever Éliane ?

— Et il n'a pas pu parce que notre ami a installé un cadenas… sourit Zora, pour qui l'histoire n'avait pas non plus de sens.

— Les vêtements ont peut-être été volés.

— Mais ça n'explique pas le rapport avec Éliane. Pourquoi l'inconnu à l'anorak l'aurait kidnappée ?

Aline tiqua sur la remarque de Zora.

— C'est impossible qu'il l'ait kidnappée, il ne savait même

pas qu'elle avait disparu.

Les deux femmes repartirent dans leurs pensées.

— Et si c'étaient deux hommes différents ? dit Zora. On ne peut pas être sûres que ces vêtements appartiennent à l'homme à l'anorak. Ça semble petit pour lui, en plus.

— Il ne faut pas non plus oublier qu'on a aussi une enfant assassinée dans l'affaire, dit Aline, il y a quand même un tueur dans la nature.

Le téléphone de Zora émit un son bref, elle lut le message, puis rangea l'appareil dans sa poche.

— C'est toujours bon pour que je m'installe ici quelques jours ?

Aline acquiesça avec enthousiasme. Elle ne se voyait pas rester dans la maison seule.

— J'ai juste quelques affaires à récupérer chez moi et je peux revenir dans l'après-midi.

— Bien sûr, bonne idée. Ça ne va pas poser problème pour ton travail ?

Aline s'était demandé plusieurs fois ce que Zora faisait dans la vie, mais elle n'avait pas osé l'interroger frontalement.

Celle-ci sourit et secoua la tête.

— Je vais en profiter pour faire quelques courses, dit Aline.

En disant cela, elle pensa à Fabien et Philippe, elle se demanda s'ils allaient manger des pizzas pendant une semaine ou s'ils allaient se prendre en main, maintenant qu'elle n'était plus là. L'idée qu'ils aient pu se dire qu'ils n'avaient pas besoin d'elle l'agaçait. Pour eux, ça allait être des vacances et elle serait obligée de réparer les pots cassés en rentrant. C'était injuste qu'elle prenne autant soin d'eux sans même qu'ils s'en rendent compte.

— Je ne serai pas longue, je te tiens au courant.

Zora rassembla ses affaires et se dirigea vers la porte

d'entrée. Aline se leva pour commencer à ranger les vêtements qui étaient sur la table. Il fallait absolument qu'elles retrouvent l'homme à l'anorak, c'était grâce à lui qu'elles sauraient si Éliane était en danger.

— Je me demandais, dit Zora avant de fermer la porte derrière elle, elle n'avait pas de portable, ta belle-mère ?

— On a essayé de l'appeler des centaines de fois, mais on est toujours tombés sur la messagerie.

— Mmh, fit Zora avant de quitter la maison.

Aline entendit le bruit du portail se refermer, puis elle réalisa qu'elle était seule, à nouveau. Elle prit son téléphone et composa le numéro d'Éliane sans grand espoir. Elle se dit que même s'il ne s'agissait que d'un message d'absence, cela lui ferait du bien d'entendre sa voix.

Ce n'est pas la voix d'Éliane qu'elle entendit, mais celle d'un enregistrement automatique : « le numéro que vous avez demandé n'est pas attribué ».

# 23

Aline se rappela qu'il ne fallait jamais faire les courses en ayant faim. Tout ce qu'elle voyait dans les rayons du supermarché lui faisait envie et son caddie se remplissait à vitesse grand V de fromage, de charcuterie et de chips… Elle était tellement affamée qu'elle était à deux doigts d'abandonner son chariot en plein milieu du magasin pour aller s'acheter un sandwich à la boulangerie la plus proche.

— Désolée, il avait faim, dit une voix de femme qui passait en caisse.

Aline regarda et vit que la caissière passait une boîte de sandwich triangle vide alors que le fils de la cliente mangeait la dernière bouchée de ce qui avait dû se trouver à l'intérieur. La caissière, qui était sûrement étudiante, sourit et répondit que ce n'était absolument pas un problème. Aline hésita un moment, puis elle se rua vers le réfrigérateur où les sandwichs étaient disposés. Ils avaient mauvaise mine, mais elle se surprit à saliver devant le présentoir. Aux grands maux, les grands remèdes. Elle en attrapa un au saumon fumé qu'elle déballa en un rien de temps et croqua une grande bouchée dedans.

Une femme à l'allure guindée la regarda avec une pointe de jugement.

— Je vais le payer, dit Aline, gênée.

La cliente ne répondit pas. Elle se contenta de détailler le contenu du caddie d'Aline avec dédain, puis elle partit.

Celle-ci resta plantée là en silence. Elle reprit une bouchée de son sandwich lentement, un peu honteuse. Un morceau de salade tomba sur son manteau.

Ce n'était pas possible, elle ne pouvait pas être tombée si bas ! Elle évalua le contenu de son panier et décida de refaire le chemin à l'envers pour tout remettre dans les rayons. Après ça, elle filerait au rayon bio pour faire le plein de fruits et de légumes. La faim lui avait fait perdre le sens commun.

***

En arrivant à la maison, Aline jeta un œil sur son téléphone, elle n'avait pas de nouvelles de Zora, mais elle n'allait sûrement pas tarder. Elle fila dans sa chambre pour chercher son ordinateur professionnel. Elle était partie avec, la veille, car elle voulait rester connectée. Elle ouvrit sa boîte mail et passa les messages en revue pour voir ce qu'elle avait manqué. Ses yeux s'arrêtèrent sur un échange entre Chloé et Yves, dont elle était en copie.

« Yves,

Tu trouveras ci-joint le communiqué de presse rédigé par mes soins, avec l'aide de l'équipe presse de Pellerin. N'hésite pas à me dire si tu as des retours, en vue de notre réunion de lundi.

Bien à toi,

C. »

Ce à quoi Yves avait répondu par un simple « Beau travail, Chloé ».

Un sentiment de jalousie envahit Aline. Elle ouvrit le document pour lire la proposition de sa collègue. Elle insistait sur le manque d'avancée de la police et sur le fait qu'aucune action concrète ne semblait avoir été prise de sa part, que ce soit au moment de la disparition de la fillette ou après. Elle y avait également inclus une citation de Pellerin expliquant à quel point il était troublé par la lenteur de l'enquête et qu'il se demandait si la police n'avait pas trop d'affaires à gérer en même temps. Aucune mention du projet de loi n'était faite, ce qu'Aline trouvait pertinent. La stratégie se déploierait en plusieurs temps.

Elle alla consulter l'agenda de son responsable et vit en effet qu'un point était prévu à dix heures, le lundi. Elle parcourut les autres rendez-vous d'Yves pour la semaine et s'arrêta net en voyant le programme du vendredi. De onze heures à onze heures et demie, il avait programmé « C.M. » Aline se força à rester calme. C.M. pouvait vouloir dire plein de choses, pas uniquement « Chloé Morini ». Elle alla voir l'agenda de sa collègue pour en avoir le cœur net. Il y avait bien une case grisée le vendredi de onze heures à onze heures et demie. Elle était dévastée, il n'y avait pas de doute, Yves allait promouvoir Chloé à sa place. C'est pour ça qu'il avait décidé de la mettre à l'écart. La disparition d'Éliane n'était qu'une excuse qui tombait à point nommé…

Elle essaya de se reprendre, elle ne pouvait pas se laisser aller à penser le pire. Elle ne savait pas ce qui serait abordé pendant cette réunion, mais il fallait qu'elle retourne travailler, elle ne pouvait pas accepter d'être mise sur la touche. Si la seule raison de son « congé imposé » était l'enquête en cours, alors, elle allait la résoudre au plus vite. Personne ne pourrait lui reprocher de travailler sur le dossier Pellerin après ça. Il fallait qu'elle prouve à Yves qu'elle était déterminée. Et quoi de mieux pour cela que de régler le problème à la source ?

Elle sortit un carnet de notes qu'elle gardait toujours dans son sac et commença à faire une liste, qu'elle intitula : « *To Do*

Éliane ». Elle y nota « Vêtements trouvés », « Fabien (rendez-vous mardi) », « Homme à l'anorak ».

Il serait aussi pertinent qu'elle reste au courant de toutes les avancées de l'enquête sur Iris Pellerin. Elle se promit de lire tous les comptes-rendus de réunion sur le sujet pendant son absence. Elle créa aussi une alerte sur son téléphone pour toute mention d'Iris dans la presse.

Toujours pas de nouvelles de Zora.

Aline descendit son ordinateur portable et s'installa sur la table de la salle à manger. Elle commença une recherche sur les raisons pour lesquelles une ligne de portable pouvait être déconnectée. Elle tomba sur la FAQ d'un opérateur qui expliquait que seul le client lui-même pouvait demander la résiliation de son contrat. L'opérateur se réservait cependant le droit d'y mettre un terme si le paiement mensuel n'était pas reçu dans le délai imparti.

Aline se leva d'un bond, elle s'était rappelé qu'en triant le courrier, elle avait vu une lettre d'un opérateur téléphonique adressée à Éliane. Elle l'ouvrit à la hâte, il s'agissait simplement d'une offre publicitaire. Elle reposa le courrier avec déception et ses yeux se posèrent sur une enveloppe blanche à fenêtre. Elle pensa tout de suite aux lettres qu'elle recevait de la part de sa banque. Peut-être s'agissait-il d'un relevé bancaire. Elle hésita, puis ouvrit l'enveloppe. Son intuition avait été la bonne. Elle la parcourut des yeux. Elle s'arrêta sur une transaction qui lui sembla surprenante, mais elle voulait être sûre.

Aline se mit à ouvrir les placards les uns après les autres, jusqu'à ce qu'elle tombe sur une série de dossiers cartonnés qu'elle consulta un par un. Elle se doutait bien qu'Éliane gardait tous ses anciens relevés de compte. Elle feuilleta les documents et ressentit soudain une gêne. Ses parents lui avaient toujours dit que c'était malpoli de s'intéresser à l'argent des autres. Elle referma le dossier et s'apprêta à le ranger quand son portable se mit à sonner, c'était Zora.

— C'est ça que tu appelles revenir vite ? plaisanta-t-elle.

Son amie ne répondit pas tout de suite. La jeune femme l'entendit sangloter.

— Tu peux venir me chercher ? Je t'envoie l'adresse.

Elle raccrocha avant qu'Aline ait pu dire un mot. Une sonnerie de message se fit entendre, Zora avait partagé sa localisation.

# 24

Aline ralentit la voiture à l'approche de la localisation envoyée par Zora. Elle observa un peu autour d'elle. Elle ne venait jamais dans cette partie de la ville, elle ne savait même pas qu'il y avait des habitations. Même une fois sur place, elle n'était pas vraiment sûre d'être arrivée à bon port. Le quartier avait été assez dynamique il y avait une dizaine d'années, lorsque l'usine de carton était encore en activité. Maintenant, il représentait juste les vestiges d'une époque révolue et l'activité économique principale de la ville était liée à l'entreprise pharmaceutique RK Pharma.

Le bâtiment était encore en place, mais il avait été laissé à l'abandon, ce qui donnait au quartier une ambiance particulièrement glauque. Les fenêtres étaient cassées, les murs tagués et Aline avait entendu que les lieux étaient devenus particulièrement appréciés pour les *deals* de drogue. Après avoir dépassé l'usine, elle aperçut quelques maisons délabrées et un immeuble ancien qui aurait pu bénéficier d'un ravalement de façade. L'épingle envoyée par Zora correspondait à ce bâtiment. La jeune femme avait du mal à imaginer quel pouvait être le quotidien de son amie d'enfance, tout portait à croire qu'elle avait un style de vie assez bohème. Elle arrêta la voiture et lui envoya un message pour la prévenir qu'elle était arrivée.

Elle vérifiait son téléphone toutes les trente secondes, Zora ne répondait pas et Aline se sentait de plus en plus mal à l'aise dans le quartier, bien qu'il n'y ait pas âme qui vive. Elle s'était dit qu'elle attendrait au moins cinq minutes avant de l'appeler, mais elle céda au bout de trois. Après tout, Zora n'avait peut-être pas vu le message. Elle s'apprêtait à composer le numéro quand elle vit la porte de l'immeuble s'ouvrir. Son amie sortit avec une énorme valise et un sac à dos qui semblait plein à craquer.

Elle s'installa à côté d'Aline et s'efforça de sourire, même si son visage était encore humide. La conductrice n'osa pas poser de questions, mais elle ne démarrait pas la voiture pour autant. Le temps était suspendu.

— Tu ne t'attendais pas à te retrouver au cœur d'un mélodrame TF1 ? plaisanta Zora pour rompre le silence.

Aline sourit.

— Tu veux en parler ? demanda-t-elle.

Son acolyte secoua rapidement la tête. Aline comprit qu'elle ne devait pas insister, Zora se livrerait quand elle se sentirait prête.

— C'est charmant, ton quartier, en tout cas, dit-elle pour détendre l'atmosphère.

Son amie eut un sourire amusé.

— Ce n'est plus vraiment mon quartier.

Aline la regarda avec étonnement, mais ne répondit pas. Elle démarra la voiture.

Les deux femmes passèrent une partie du trajet dans le silence, la conductrice ne savait pas si elle devait rentrer chez Éliane ou si elle devait suivre le plan qu'elle s'était fixé.

— Ce n'est pas tout ça, mais on a une belle-mère à retrouver, nous !

Son amie semblait avoir lu dans ses pensées.

— J'ai apporté le sac de vêtements. J'aimerais bien passer au magasin avant qu'il ferme, confia Aline. Mais je peux y aller seule, si tu n'as pas envie de m'accompagner.

Zora la regarda avec une expression faussement outrée.

— Tu serais prête à laisser ta partenaire de côté ?

Aline sourit et prit la direction du centre-ville.

***

« On va fermer », dit une femme depuis le fond du magasin. Elle était en train de réorganiser des vêtements sur les rayons.

— Emma ! cria-t-elle en direction de l'arrière-boutique.

Une jeune femme maigrichonne accourut, un peu paniquée. Celle qui semblait être la responsable de la boutique brandit une chemise.

— La chemise sur le rayon des T-shirts, c'est normal ?

Emma semblait confuse et se mit à rougir.

— Je n'avais pas vu, pardon. Vous voulez que je la remette dans le bon rayon ?

— C'est un peu tard, répondit la responsable en levant les yeux au ciel, je suis en train de le faire.

Emma jeta un œil vers Aline et Zora et leur sourit poliment. Elle était visiblement habituée aux humiliations publiques.

— On va fermer, répéta la responsable en s'adressant aux nouvelles venues.

Aline s'apprêta à s'excuser et à retourner à sa voiture. Tant pis, elle se doutait qu'elle n'aurait pas appris grand-chose sur la provenance des vêtements, de toute façon.

Zora se dirigea vers l'intérieur du magasin et attrapa un manteau d'hiver qui était mis en avant sur un présentoir. Le prix affiché était de neuf cent quatre-vingt-quinze euros. La responsable du magasin hésita un instant, puis son visage s'adoucit et elle changea de ton.

— Ce manteau est une petite merveille, il est *waterproof* et résiste à des températures extrêmes. Mais il est quand même respirant, c'est vraiment la toute dernière technologie. Vous êtes skieuse ?

— *Snowboard*, répondit Zora avec aplomb.

Elle se tourna vers son amie.

— Je cherche un nouveau manteau que je pourrais laisser au chalet de Courch'.

Aline eut un instant de panique, elle ne s'était pas attendue à ce que sa partenaire l'entraîne dans un jeu de rôle improvisé.

— Bonne idée, finit-elle par répondre, en essayant de copier les intonations de Chloé.

— Je peux l'essayer ? demanda Zora à la vendeuse.

— Bien entendu, répondit-elle en regardant sa montre, on n'est pas à la minute.

Zora retira le manteau du cintre très lentement, puis elle l'observa avec attention, scrutant chaque couture et ouvrant toutes les poches, une à une. Elle regarda Aline avec insistance, puis le sac plastique qu'elle avait dans la main.

— J'en profite pour vous poser une petite question, commença celle-ci.

Elle expliqua qu'elle avait trouvé ce sac de vêtements et qu'elle voulait les rendre à son propriétaire. Elle demanda à la responsable du magasin si elle se souvenait de la personne qui avait fait cet achat. La femme la regarda avec dédain.

— Je suis physionomiste, mais pas au point de me souvenir de l'ensemble des clients qui entrent dans ce magasin.

Elle avait insisté sur « l'ensemble » comme si les clients affluaient. Aline passait régulièrement devant la boutique et la plupart du temps, elle était vide.

— Évidemment, répondit-elle. Peut-être avez-vous des registres ?

La femme la regarda avec surprise, puis elle se tourna vers Zora, qui avait arrêté de faire semblant de s'intéresser au manteau pour suivre la conversation. D'un coup, celle-ci se remit à inspecter la fermeture éclair, puis elle enleva la veste qu'elle portait et fit mine de chercher l'endroit le plus approprié pour l'accrocher.

— Je vous en prie, dit la commerçante en ouvrant le rideau d'une cabine d'essayage afin qu'elle puisse utiliser le porte-manteau.

Elle se tourna à nouveau vers Aline avec un sourire condescendant.

— Vous vous doutez bien que ces informations sont confidentielles.

— Bien sûr, dit celle-ci, résignée.

Elle n'obtiendrait rien de cette femme exécrable, elle regarda Zora pour lui faire comprendre qu'elle abandonnait.

— J'espère que ce n'était pas un vol ! dit cette dernière.

— Oh non ! répondit la responsable. Nous avons peu de vols, ici, notre système de sécurité est très efficace.

— Très bien, dit Aline en sortant son carnet. Je vous laisse mon numéro, au cas où, peut-être que vous repenserez à un détail.

Elle arracha la page et la posa sur le comptoir.

— Inutile, dit la femme.

À ces mots, Zora lâcha le manteau d'hiver sur le sol nonchalamment.

— Finalement, j'aime pas.

Aline se dirigea vers la sortie, puis revint sur ses pas pour reprendre le bout de papier avec son numéro qu'elle avait laissé sur le comptoir.

— Je vais le jeter, intervint Emma en l'attrapant.

Aline sourit et sortit du magasin en vitesse.

# 25

Zora se glissa dans la voiture et ferma la porte rapidement. Les deux femmes se regardèrent un temps, puis éclatèrent de rire.

— « Au chalet de Courch' » ? dit Aline, amusée.

Zora haussa les épaules en s'esclaffant.

Lorsqu'elle put reprendre son sérieux, la conductrice démarra la voiture.

— Tu ne veux pas qu'on aille prendre un verre ? demanda son amie. Je crois que j'en ai besoin.

L'idée de boire de l'alcool provoqua un haut-le-cœur à Aline, elle ne savait pas comment Zora avait fait pour se remettre de leur soirée de la veille aussi facilement. Elle avait vraiment envie de rentrer pour se replonger dans ses recherches, mais elle réalisait bien que sa compagne avait besoin de décompresser. Elle commanderait juste une eau gazeuse.

Elles s'installèrent à une table un peu excentrée du bar. L'établissement n'était pas plein, mais il allait sûrement se remplir au fur et à mesure de la soirée. Aline espérait rentrer avant que les groupes d'étudiants commencent à investir les lieux.

— Comment ça va ? demanda Zora.

Aline n'était pas sûre de comprendre, son amie la regardait avec intensité et compassion.

— Bien, et toi ? répondit-elle mécaniquement.

— Tu sais que tu as le droit de faire tomber le masque de

temps en temps ?

Aline ne voyait pas de quoi Zora parlait, il n'y avait pas de masque, elle allait bien, elle avait un plan, tout allait bien.

— J'ai eu un coup de mou hier, mais ça va beaucoup mieux, je me suis reprise en main.

Zora hocha la tête, elle avait sans doute compris qu'elle ne tirerait rien d'autre de son amie ce soir.

— J'ai remarqué quelque chose d'étrange, sur les relevés de compte d'Éliane, commença celle-ci.

— Qu'est-ce que je vous sers ?

Zora demanda un demi et Aline un Perrier.

Lorsqu'il disparut derrière le bar, Zora regarda Aline avec des yeux interrogatifs.

— Une grosse somme d'argent a été retirée en liquide ce mois-ci, dit cette dernière.

— Uniquement ce mois-ci ?

— Je n'ai pas eu le temps de vérifier. Mais c'est un peu curieux, non ?

— Ça dépend… J'ai une cousine qui fait ça. Elle retire une somme en liquide au début du mois et elle fait la plupart de ses dépenses en espèces. Elle dit que ça l'aide à gérer son argent. Et puis elle n'a pas envie que la banque sache où elle dépense ses sous… Je pense que si elle pouvait, elle garderait tout sous son matelas, comme les vieux !

— Je ne suis pas sûre qu'Éliane soit de ce genre, dit Aline, amusée.

— Il faudrait vérifier.

Aline eut l'instinct de se lever pour y aller tout de suite, mais le serveur apporta leurs boissons.

— J'ai rompu avec ma copine… dit Zora soudainement.

— Je… je suis désolée. C'est chez elle que je suis venue te chercher, tout à l'heure ?

— C'était chez nous, maintenant, c'est chez elle.

Aline avait du mal à trouver les mots, mais son acolyte n'avait pas besoin d'encouragements pour continuer.

— Ça fait plusieurs semaines qu'on se dispute en permanence, il y a… un sujet sur lequel on n'est vraiment pas d'accord… je crois qu'on ne sera jamais d'accord. Je pensais qu'on pouvait dépasser cette phase, mais pour elle, c'est trop gros.

Aline regardait Zora, elle s'en voulait de ne pas être capable de réagir de manière appropriée. Peut-être parce qu'elle ne savait pas vraiment quelle était la bonne façon de réagir dans ce genre de situations. Peut-être que son silence était exactement ce dont sa partenaire avait besoin. D'un espace pour parler librement.

— Je t'avoue que j'ai un peu évité la question ces derniers temps. Je l'ai un peu évitée elle, en fait. Tout prétexte était bon pour ne pas être à la maison.

Aline réalisa qu'en effet, son amie n'avait pas hésité à proposer de lui tenir compagnie chez Éliane.

— Mais ne t'inquiète pas, dit Zora, je n'ai pas l'intention de m'installer chez tes beaux-parents *ad vitam aeternam* !

— Je m'en veux, dit Aline, je n'ai pas réalisé. Je t'ai imposé mes problèmes sans même considérer que toi aussi, tu avais une vie, en dehors.

Zora a eu un rire franc qui la déboussola.

— Aline, toi aussi, tu t'es fait virer de chez toi, je te signale. Et de ton boulot. Et ta belle-mère s'est fait enlever. Je comprends que mes histoires de couple ne soient pas ta priorité !

Aline savait que la remarque de son amie était censée la rassurer, mais elle se sentit un peu vexée. Elle n'estimait pas s'être fait virer de chez elle. Ni de son boulot. C'était vraiment comme ça que Zora la considérait ? Comme un rejet ?

Les larmes lui montèrent aux yeux sans qu'elle arrive à se contrôler.

— Je suis désolée, je suis fatiguée.

— Tu n'as pas à t'excuser, dit Zora avec douceur.

— Pourquoi moi ? lança Aline. J'ai toujours tout fait bien, j'ai toujours fait en sorte que personne n'ait rien à me reprocher. Je ne comprends pas… je ne mérite pas ça.

Zora sortit un paquet de mouchoirs de son sac et en tendit un à sa compagne. Celle-ci n'en revenait pas de faire une scène comme ça en public. Elle se força à prendre de grandes inspirations pour retrouver son calme, même si cela semblait être l'opposé de ce que son corps voulait pour elle.

Quand elle était petite, tout semblait plus simple. Elle savait que si elle agissait bien, qu'elle rapportait de bonnes notes, sa mère était contente d'elle. En revanche, si elle faisait des bêtises et qu'elle lui faisait honte en public, alors elle allait passer une mauvaise semaine. C'était binaire et elle avait appris à agir selon ces règles. Mais maintenant, elle ne comprenait plus les règles du jeu, elle ne comprenait pas ce qu'Yves attendait d'elle, ce que Fabien voulait.

L'éclat de voix d'un homme au comptoir la fit sursauter. C'était visiblement un habitué qui avait passé un peu trop de temps au bar, ce jour-là. Il avait le visage bouffi et ses traits étaient creusés. Il semblait que le barman ait refusé de lui servir le whiskey qu'il réclamait et cela n'était pas du goût de l'habitué, qui commençait à hausser le ton et à traiter le serveur de tous les noms. Un homme qui semblait être le gérant du lieu fut obligé d'intervenir pour l'accompagner à l'extérieur. Le client continuait à crier de plus en plus fort, même sur le trottoir.

— Le pauvre, il a l'air abîmé par la vie ! dit Zora.

L'expression fit réagir Aline.

— Comme l'homme à l'anorak ? C'était le même genre de

visage ? demanda-t-elle.

— Oui, un peu, répondit Zora.

— Quand tu dis ça, tu veux dire « abîmé par l'alcool » ?

— J'imagine, oui.

Aline sortit son téléphone et tapa une recherche rapide.

— Le bar-tabac est fermé demain, mais il ouvre à huit heures et demie lundi. C'est peut-être un bon endroit pour commencer nos recherches.

L'idée sembla amuser Zora.

— J'ai toujours rêvé de faire l'ouverture d'un PMU.

# 26

Aline avait relu tous les relevés bancaires une troisième fois. La veille au soir, en rentrant du bar avec Zora, elles avaient préparé un repas rapide et elles s'étaient toutes les deux mises à éplucher les comptes d'Éliane, jusqu'à ce qu'elles tombent de fatigue. Ce matin, Aline s'était levée tôt. Elle avait relu chaque document avec attention, en espérant voir quelque chose qu'elle avait manqué la veille. Une chose était sûre, tous les mois et aussi loin qu'elle puisse remonter, Éliane faisait un retrait de liquide de cinq cents euros. Cela s'ajoutait au virement qu'elle faisait mensuellement sur le compte qu'elle avait en commun avec Philippe et qui servait, d'après ce qu'elle avait vu, à couvrir les charges et les courses liées à la vie quotidienne. Il ne restait plus beaucoup d'argent sur son compte après cela, surtout depuis qu'elle était à la retraite, mais elle semblait très bien gérer ses dépenses. À aucun moment elle n'avait été à découvert. Il faut dire que le couple n'était pas très dépensier, il ne sortait jamais au restaurant et partait peu en vacances. Les seules dépenses de loisir d'Éliane semblaient être des livres, comme le démontrait la bibliothèque bien remplie dans le salon, et les achats récurrents sur internet.

Aline se souvint soudain du club de lecture auquel sa belle-mère appartenait. Elle se leva pour attraper son téléphone et faire une recherche rapide. Elle trouva facilement les informations qu'elle voulait. Elle tomba même sur une série de photos présentant les membres du club.

Zora émergea de sa chambre, elle avait encore la marque des draps sur le visage.

— Tu penses qu'il est trop tôt pour appeler quelqu'un ?

Son amie regarda la pendule, il était à peine neuf heures.

— Ne t'avise jamais de m'appeler un dimanche avant onze heures, se contenta-t-elle de répondre en se dirigeant vers la cuisine.

Aline piétinait sur place.

— J'ai trouvé le contact de la présidente du club de lecture de Belmont, ils ont une page Facebook.

— Et tu espères quoi ? demanda Zora, amusée. Qu'elle te dise qu'Éliane est chez elle depuis une semaine, en train de participer à un marathon de lecture ?

Aline baissa les yeux, un peu vexée. Elle savait bien qu'elle s'attachait parfois à des détails, mais elle n'avait pas l'impression d'être déraisonnable. Peut-être qu'elle devrait être plus comme Zora, qui semblait tout prendre à la légère, malgré sa rupture et son manque de logement.

— Ce sont les seules personnes qu'elle fréquentait régulièrement, en dehors de sa famille, peut-être qu'elle se confiait à elles.

Son amie acquiesça sans grande conviction.

— Attends au moins une heure. De toute façon, on a une chasse au trésor à commencer.

La veille, Zora avait insisté pour qu'elles essayent de trouver du liquide caché dans la maison. Elle était persuadée qu'Éliane avait une manie secrète qui l'obligeait à retirer et à cacher des billets un peu partout. Aline avait réussi à lui faire attendre le lendemain avant de tout retourner, elle espérait secrètement que son acolyte oublierait pendant la nuit.

— J'ai regardé sous le matelas, il n'y a rien, commença-t-elle. Et je n'ai pas vu de coffre dans la chambre.

— Tu as regardé son tiroir à sous-vêtements ?

Aline eut une réaction qui mélangeait surprise et gêne.

— Je vais le faire, dit Zora sans attendre la réponse.

Elle monta les marches quatre à quatre.

— Je fouille l'étage et tu fais le rez-de-chaussée, cria-t-elle.

Encore une fois, sa partenaire avait réussi à faire de cette enquête un jeu.

Aline ouvrit tous les placards et les tiroirs sans entrain. Elle regarda sous les coussins du canapé, dans les housses, derrière les tableaux et la télévision. Rien.

Elle se dirigea vers la cuisine et inspecta les boîtes et bocaux en tous genres qu'Éliane stockait dans le garde-manger. Ses yeux s'arrêtèrent sur le pot « Sucre » vide. Elle l'attrapa à nouveau et l'ouvrit. Sa belle-mère estimait peut-être que laisser son sucre dans un tel pot n'était pas hygiénique. C'était juste curieux qu'elle utilise le pot « Farine ». Quoi qu'il en soit, le contenant n'était pas assez grand pour héberger l'équivalent de plusieurs années de retraits de cinq cents euros.

— Rien, dit Zora, qui était redescendue.

Elle semblait particulièrement déçue.

— De mon côté non plus, répondit Aline.

Elle hésita un instant.

— Je peux passer mon coup de fil, maintenant ?

À peine une demi-heure était passée, mais sa complice avait baissé les bras et elle la laissa composer le numéro.

— Allô ? dit une voix pleine d'enthousiasme.

— Bonjour, j'appelle au sujet de votre club de lecture, j'ai trouvé votre numéro sur internet. Je suis…

— Super ! J'ai bien fait de mettre mon numéro sur le groupe.

— C'est que… tenta Aline.

— Donc les rencontres sont les jeudis et les samedis, à seize heures. Tout le monde ne peut pas venir les deux fois parce qu'il y en a qui travaillent. Mais on a beaucoup de retraitées, alors on a quand même un bon groupe. Vous travaillez ?

— Je…

— On est toujours contentes d'avoir du monde. Je dis « contentes » parce que c'est un groupe très féminin. On a eu un homme, une fois, mais on a dû le faire fuir parce qu'il n'est jamais revenu.

La bavarde se mit à rire de bon cœur, Aline regarda Zora. Elle semblait se délecter de la voir dans cette situation.

— En fait, je voulais juste… interrompit la jeune femme.

— Mais on rigole bien, vous allez voir. En général, la mairie nous prête une salle, mais parfois, elle ne peut pas, alors j'accueille les membres chez moi. Je suis rue de l'École.

— Mhm.

Aline avait abandonné l'idée de dire quoi que ce soit, elle préféra laisser la présidente du club aller au bout de son explication.

— C'est à l'heure du goûter, donc on apporte toujours des petites choses à grignoter, même si ça ne nous aide pas à garder la ligne. Vous verrez, on a quelques pâtissières très douées. Vous me coupez si vous avez des questions.

— Justement…

— Qu'est-ce que je pourrais vous dire de plus ? Ah oui, le plus important : on discute d'un livre différent à chaque fois. Alors on donne la liste à l'avance, sinon ce n'est pas possible. C'est un peu de la triche, mais on commence à lire les livres pendant l'été. Moi, je lis vite, mais celles qui travaillent n'ont pas le temps de lire deux livres par semaine. Remarquez, celles qui travaillent ne sont pas là deux fois par semaine.

Aline regarda Zora avec désespoir. Celle-ci haussa les épaules, elle semblait déterminée à ne pas l'aider.

— On est une association, donc il y a une adhésion, mais

c'est trois fois rien. Et vous pouvez venir faire un test avant qu'on vous demande quoi que ce soit. Vous êtes disponible jeudi ? Vous m'avez dit que vous travaillez, c'est ça ?

— Oui, je travaille, réussit à dire Aline avant de réaliser que cette information n'avait aucune importance dans le contexte.

— Alors, venez samedi, on se retrouve pendant deux heures. Ça déborde toujours un peu parce qu'on a quelques pipelettes dans le groupe, mais je ne citerai pas de nom.

Elle se mit à rire à nouveau.

— Je vais juste prendre votre nom et un mail, pour vous envoyer le planning de lecture.

La femme s'arrêta de parler. Aline n'avait jamais autant apprécié le silence.

— En fait, je ne suis pas intéressée par le club, j'avais juste une question au sujet de l'une de vos membres.

— Et vous ne pouviez pas le dire avant que je vous fasse tout mon *speech* ? lâcha la femme, amusée.

Aline leva les yeux au ciel.

— Je m'appelle Aline Lacour, je suis la belle-fille d'Éliane Lacour.

— Éliane...

— Elle a rejoint votre club l'hiver dernier, il me semble.

— Ah oui, Éliane ! Comment va-t-elle ?

— Justement, vous avez dû remarquer qu'elle n'était pas venue cette semaine.

— Cette semaine ?

— Oui, elle a...

— Ça fait des mois qu'elle ne vient plus. Je crois qu'elle a dû faire cinq ou six réunions en tout.

— Vous êtes sûre ?

— Oui, on ne l'a plus revue après Pâques, je crois. Elle ne participait pas beaucoup, comme si elle était là en observation.

Aline réalisait qu'elle avait du mal à imaginer Éliane en dehors de son cadre familial.

— Entre nous, ajouta-t-elle en baissant la voix, certaines la soupçonnaient de ne pas lire les livres.

La jeune femme remercia son interlocutrice et raccrocha en vitesse, pour ne pas lui laisser l'opportunité de repartir dans un monologue. Elle regarda Zora avec surprise, puis elle se tourna vers la bibliothèque remplie.

Son amie se leva d'un bond, s'avança vers la bibliothèque et commença à tirer des livres au hasard. Aline soupira.

— Il n'y a pas de passage secret, Zora.

# 27

Aline et Zora attendaient devant la grille fermée du bar-tabac de Belmont depuis près d'un quart d'heure. Aline trépignait, elle ne comprenait pas qu'un commerçant puisse être aussi désinvolte concernant son heure d'ouverture. Un homme attendait également devant le café, mais il ne semblait pas affecté par le retard du propriétaire.

— Vous venez souvent ? demanda Zora.

L'inconnu la regarda d'un air absent, grommela quelque chose d'inintelligible, puis détourna le regard.

— Je comprends, répondit la jeune femme, amusée.

Un type bedonnant arriva près d'elles et sortit une clé, avec laquelle il ouvrit la grille qui protégeait l'établissement. Aline essaya de lui faire sentir que son retard n'était pas apprécié, mais il ne sembla pas percevoir ses messages subliminaux. Il déverrouilla la porte, entra dans le café, puis verrouilla à nouveau derrière lui.

— C'est une blague ? lâcha Aline.

Elle n'avait, encore une fois, pas très bien dormi et son degré de patience était bas. Elle sautilla sur place pour se réchauffer un peu, tout en regardant l'homme à l'intérieur avec insistance. Elle le vit allumer la lumière, puis la télévision. Il prépara son comptoir, prit le temps de jeter un coup d'œil sur les titres en première page de la pile de journaux qui avait dû être livrée pendant la nuit.

— Il ne peut pas faire ça pendant qu'on est à l'intérieur ?

ragea Aline.

Zora eut un léger rire.

— Tu me laisseras parler ? Je n'ai pas l'impression que tu sois d'une humeur incroyable.

Aline se tut, son amie avait raison et elle le savait. Elle n'avait d'ailleurs aucune envie d'interroger ce type. L'idée de venir ici ce matin lui avait paru excellente deux jours plus tôt, mais à présent, elle se demandait pourquoi elles se donnaient cette peine. Elle avait l'impression que l'enquête stagnait, chaque fois que Zora et elle apprenaient quelque chose de nouveau, elles s'éloignaient encore plus du but. Si elle voulait retourner travailler avant la fin de la semaine, il fallait vraiment qu'elles commencent à avoir des pistes solides.

Le patron se décida enfin à ouvrir la porte et à les faire entrer. Zora lui adressa son plus beau sourire, mais il n'y sembla pas particulièrement sensible. Il serra la main de l'homme qui attendait avec elles et lui servit immédiatement un café. Il agissait comme si les deux femmes n'étaient pas là.

— Tu as vu pour la gamine ? demanda-t-il à l'habitué. Apparemment, ils ont arrêté un type.

Aline tendit l'oreille. Le patron continua :

— Un drogué qui vivait à moitié dans la forêt. Le mec dit que c'est pas lui, évidemment. Faut être taré quand même, pour s'en prendre à une môme !

Le client réagissait par de légers grognements.

Zora toussota pour attirer l'attention du patron de bar. Il prit le temps de finir de lire l'article de journal avant de se tourner vers les deux femmes.

— Oui ?

— On voudrait vous poser quelques questions sur l'un de vos clients potentiels.

Pour seule réponse, il la regarda d'un air méfiant.

— Un homme brun, d'une cinquantaine d'années, peut-être moins. Il a le visage un peu…

Zora chercha ses mots.

— Ça pourrait être un habitué.

L'homme la regarda avec impatience.

— Ça pourrait être tous mes habitués. Vous avez un nom ?

— Non, dit la jeune femme, mais il porte un anorak noir.

Deux hommes entrèrent dans le café.

— C'est pas un de ceux-là ? demanda le patron en les montrant de la tête.

Zora et Aline se retournèrent. Les deux nouveaux venus correspondaient parfaitement à la description vague que venait de faire Zora. Ils portaient tous les deux des manteaux noirs.

Le patron se désintéressa complètement d'elle et alla accueillir les deux hommes.

L'enquêtrice amatrice haussa le ton.

— Il habite peut-être dans le quartier des Coteaux.

Le patron semblait exaspéré par son insistance. Il avait à peine répondu à deux questions, mais il réagissait comme si on le cuisinait depuis trois heures. Cela permit à Aline de relativiser sa mauvaise humeur matinale.

— Écoutez, si vous ne voulez rien commander, vous pouvez partir. Je ne sais pas qui c'est, votre type.

Aline se dirigea vers la porte, mais Zora ne la suivit pas.

— On va prendre deux cafés.

Le patron soupira et retourna à son comptoir pour préparer les boissons. Aline la regarda avec surprise. Elle se dirigeait vers l'une des tables pour s'y installer, le sourire aux lèvres. Son amie la rejoignit sans comprendre.

— Si c'est un habitué, il va bien finir par se pointer. Personnellement, j'ai tout mon temps.

Il leva les yeux au ciel, puis leur apporta les cafés. Il les posa sur la table avec nonchalance, ce qui renversa une partie de celui de Zora dans sa coupelle. La jeune femme lui rendit son sourire le plus chaleureux.

Le portable d'Aline vibra. Elle fut surprise de voir le numéro de Fabien s'afficher. Elle avait oublié qu'elle avait demandé à le voir pour discuter. Elle décrocha à contrecœur.

— Je suis en ville, dit-il en hâte, tu es dispo pour un café ? Je n'ai pas beaucoup de temps.

— Maintenant ? demanda-t-elle, un peu troublée.

Zora lui fit un signe de tête.

— Vas-y, chuchota-t-elle, moi, je reste ici, tu me rejoins quand tu as terminé.

# 28

Fabien avait donné rendez-vous à Aline dans le petit salon de thé du centre-ville, pas loin du bar-tabac. Elle pensa qu'elle était arrivée la première et s'apprêtait à s'asseoir à une table pour attendre son mari, mais il lui fit signe de la main. Il n'était pas rasé, ses cheveux étaient en pagaille et il avait avec lui un énorme sac à dos de randonnée. Elle avait vraiment du mal à reconnaître le courtier qu'elle avait épousé seulement quelques mois plus tôt.

— Je n'ai pas énormément de temps, on doit passer me chercher, dit-il. Je pars en van dans le Luberon avec des potes du ski nautique.

Aline était choquée par l'absurdité de cette phrase, mais elle se contenta de sourire poliment.

— Comment ça va, toi ? demanda Fabien.

La jeune femme ne savait pas par où commencer. Elle avait envie de lui expliquer qu'elle irait mieux quand elle aurait retrouvé sa mère, qu'elle semblait être la seule à chercher. Qu'elle était sur le point d'être forcée de faire une croix définitive sur la maison qu'ils avaient décidé d'acheter ensemble ! Et qu'elle se demandait quand son mari aurait l'obligeance de la laisser habiter dans son propre appartement.

— Tu laisses Philippe tout seul ?

Fabien semblait surpris par la question.

— Il va survivre, je lui ai installé l'appli de livraison de pizzas sur son téléphone.

— Ça va lui coûter une fortune, à la longue.

— Oh, tu sais…

Aline regarda Fabien pour qu'il développe.

— Il faut arrêter d'être attaché à ses sous comme ça. Regarde ma mère, elle n'a quasiment rien dépensé de sa vie… je ne suis pas sûr que ça ait servi à grand-chose.

— Qu'est-ce que tu veux dire ? demanda la jeune femme nerveusement.

Elle n'avait pas l'intention de le laisser s'en sortir avec des formules vagues. S'il savait quelque chose sur la disparition d'Éliane et qu'il le lui cachait, elle n'était pas sûre de pouvoir le lui pardonner.

— Je ne sais pas, j'ai le sentiment qu'elle a tellement pris l'habitude de mettre de côté qu'elle ne savait même plus pourquoi elle le faisait.

— Tu sais où elle mettait son argent ?

— Pardon ?

— Elle a un coffre ou un compte épargne ?

— Qu'est-ce qui te prend ? Je dis juste que ma mère ne dépensait rien et que maintenant…

— Maintenant quoi ? Pourquoi tu parles au passé ?

— Arrête, Aline, pourquoi tu m'agresses ?

— Tu sais quelque chose sur Éliane ? Sur la cause de sa disparition ?

Fabien regarda sa femme avec surprise. Elle ne contrôlait plus vraiment le flux de ses questions, tout sortait avant qu'elle n'ait le temps de réfléchir. Le stress et l'anxiété qu'elle avait essayé d'enfouir ces derniers jours semblaient prendre le contrôle.

— Non, je ne sais rien ! Personne ne sait ce qu'il s'est passé, la seule chose qu'on puisse faire, c'est de rester positifs.

Il posa les deux mains sur son cœur.

— Je ne sais pas pourquoi, mais je sens qu'elle va bien.

Aline explosa. Comment pouvait-il être aussi serein ?

— Tu t'entends, Fabien ? Il n'y a pas si longtemps, tu étais une personne rationnelle et sensée. C'est quoi, ta petite comédie avec ton sac à dos et ton Luberon ?

Elle réalisait la méchanceté de ses propos, mais quelque chose en elle la poussait à essayer de taper là où ça faisait mal. Son mari restait calme.

— Les gens peuvent changer, Aline.

— Tu sais ce que je pense, moi ? demanda celle-ci avec agitation. Je pense que tu sais où elle est, mais que ça ne te dérange pas de me laisser imaginer le pire. Tu aimes ça, même.

Fabien la regarda avec de grands yeux. Elle-même ne se reconnaissait pas.

— Aline, tu es sûre que ça va ? Ne le prends pas mal, mais tu deviens légèrement parano.

— Pourquoi tu as effacé l'historique de recherche sur l'ordinateur de tes parents ? Et sur l'iPad ?

— De quoi tu parles ? Tu commences vraiment à m'inquiéter.

Aline était à présent animée par un sentiment de rage incontrôlable. Elle se leva d'un bond.

— Arrête de me faire passer pour une folle. Je vais bien, j'ai juste besoin de retrouver Éliane ! J'ai besoin que tout redevienne comme avant.

Elle avait envie de hurler, de le secouer pour qu'il se rende enfin compte de la situation. Les quelques clients assis aux tables alentour la regardaient avec gêne. Elle attrapa son manteau et quitta l'établissement en trombe. En sortant, elle croisa le van qui venait probablement chercher Fabien. Elle lança un regard noir au jeune type aux cheveux longs qui était au volant.

# 29

Aline arriva au bar-tabac en un rien de temps. Elle avait la ferme intention de récupérer Zora et de rentrer. Elle n'avait plus envie de perdre de temps avec ces bêtises.

Quand elle ouvrit la porte, elle trouva son amie accoudée au comptoir et entourée par quatre hommes qui avaient dû arriver pendant son absence. Elle eut tout de suite un sentiment de crainte, Zora était-elle en train de se faire embêter par ces gars ? Elle était prête à intervenir.

Zora éclata de rire et les hommes la suivirent, même le patron semblait de la partie. Celle-ci l'aperçut.

— Viens, je vais te présenter.

Aline était impressionnée par la propension de sa partenaire à se mettre tout le monde dans la poche, mais elle n'avait pas vraiment envie de faire la causette.

— Je préférerais rentrer, dit-elle, on peut se retrouver à la maison, si tu veux.

Zora semblait déçue par sa réaction, mais elle ne dit rien. L'un des hommes prit la parole.

— Elle nous a raconté, pour votre belle-mère. Je suis désolé pour vous. Ça ne doit pas être facile.

Aline sentait les larmes monter.

— Merci, dit-elle en s'apprêtant à fuir.

— Asseyez-vous un instant, vous avez l'air essoufflée.

La voix de l'homme était douce, empathique, il devait avoir une soixantaine d'années et la regardait avec des yeux d'un noir profond et un sourire compréhensif. Il tira une chaise haute et elle s'installa dessus.

— J'ai perdu ma femme il y a onze ans et je me souviens du sentiment de solitude que j'ai pu ressentir.

— Je ne savais pas, Momo, dit Zora.

— Accident de voiture.

Aline baissa les yeux.

— C'est la pire épreuve que j'aie eu à traverser. C'était si soudain ! Tout mon monde s'écroulait, j'en voulais à la Terre entière.

Une larme coula sur la joue de la jeune femme.

— Je me suis même brouillé avec des proches qui essayaient de m'aider. Je me disais qu'ils ne pouvaient pas comprendre.

Le silence était total dans le bar, tout le monde écoutait le récit de Momo.

— Pour elle, c'est différent, intervint un autre client, il y a toujours un espoir.

— Mais l'espoir peut être bien plus violent. Ça ronge de l'intérieur, ça empêche de passer à autre chose.

Aline le regarda avec intensité, elle avait l'impression que pour la première fois depuis des jours, quelqu'un la comprenait. On avait réussi à mettre le doigt sur ce qu'elle-même n'avait pas encore compris. Elle oscillait constamment entre l'espoir de retrouver Éliane vivante et l'envie de passer à autre chose, quelle que soit l'issue des recherches. Et elle s'en voulait de ressentir une chose pareille.

— On finit par s'en sortir, continua-t-il. Moi, je me suis réfugié dans le travail, j'ai monté ma boîte dans la sécurité. Et maintenant que je suis à la retraite, je viens ici, pour ne pas être seul. C'est important. Tu as de la chance d'avoir Zora.

Celle-ci attrapa la main d'Aline, qui lui sourit.

— Et maintenant, tu as nous, trancha Momo.

Les autres hommes acquiescèrent vigoureusement.

— On va t'aider à retrouver le gars que tu cherches, on fera des rondes dans le quartier, s'il le faut.

La porte du bar s'ouvrit et il fit un grand sourire au nouvel arrivant.

— Daniel, viens, tu vas pouvoir nous donner un coup de main.

Les deux femmes se tournèrent vers l'entrée du bar. Aline reconnut tout de suite cette silhouette. C'était lui, l'homme à l'anorak. Dès qu'il aperçut Zora, il fit demi-tour et se mit à courir dans la rue.

Aline se leva d'un bond, cette fois, elle était bien déterminée à ne pas le laisser s'échapper. Elle sortit du bar et se précipita en direction de l'inconnu. Il avait déjà pris de l'avance et était en train de traverser la rue. Il évita de peu un cycliste qui faillit tomber de son vélo en cherchant à le contourner. Cela ralentit un peu sa course. Aline en profita pour accélérer son rythme. La distance entre les deux se resserrait, elle était en meilleure forme physique que lui, et elle sentait qu'il s'essoufflait. Elle l'avait quasiment rattrapé, elle pouvait presque le toucher. Il progressa sur le parking de la bibliothèque. Sans réfléchir, elle se jeta sur ses jambes pour le plaquer au sol. L'homme perdit l'équilibre et tomba la tête la première dans les arbustes qui longeaient les voitures. Aline avait réussi à l'immobiliser, mais elle ne tiendrait pas longtemps, car il gesticulait avec vigueur. Elle entendit Zora et Momo courir vers eux.

— Qui êtes-vous ? demanda-t-elle.

L'homme, essoufflé, se débattait comme il pouvait.

— Lâche-moi !

— Comment connaissez-vous Éliane ?

Le prénommé Daniel réussit à se dégager de l'étreinte d'Aline. Il la regarda avec colère.

— Qu'est-ce que ça peut te foutre ?

La jeune femme lui attrapa le bras avec force.

— Répondez !

Le type observa sa main autour de son poignet. Elle n'allait pas le laisser s'en tirer comme ça. Il jeta un œil autour de lui et croisa le regard de Momo, qui sembla le rassurer. Il se calma et répondit froidement.

— C'est ma sœur.

# 30

— Arrêtez de mentir !

Aline n'en revenait pas de l'audace de cet homme. Elle savait qu'Éliane n'avait pas de frère. Elle avait seulement une sœur qui était décédée avant la naissance de Fabien.

Elle tenait encore le poignet de l'inconnu fermement, bien qu'il ait arrêté de se débattre.

Momo et Zora s'étaient accroupis près d'eux et elle pouvait lire l'inquiétude sur leur visage.

— Lâche-le, Aline, il n'ira pas plus loin, dit celle-ci.

Elle s'adressait à son amie, mais sa phrase était prononcée avec fermeté. C'était également une façon de donner un ordre à Daniel. Comme si elle établissait un contrat entre toutes les parties.

Aline desserra un peu ses mains, mais elle ne se sentait pas capable de le libérer complètement.

— C'est la vérité, je suis le petit frère d'Éliane, répéta Daniel, plus calmement.

Les mains d'Aline se refermèrent à nouveau, elle refusait de le laisser salir le nom de sa belle-mère de cette façon.

— Aïe ! cria l'homme.

Les ongles d'Aline étaient à présent enfoncés dans ses poignets. Momo se précipita pour intervenir. Il prit les mains de la jeune femme et écarta ses doigts doucement.

— Ne fais pas quelque chose que tu regretterais, lui dit-il avec empathie.

Daniel se redressa doucement, son visage avait été écorché par les buissons. Il approcha son visage de son assaillante. Zora était sur le qui-vive, elle était prête à intervenir à tout moment.

— Regarde-moi, dit-il calmement.

Aline refusait d'obéir, elle avait l'impression d'être dans un monde parallèle, sa colère s'était transformée en profonde confusion.

— S'il te plaît, regarde mes yeux, dit Daniel à nouveau.

Elle prit une longue inspiration et se tourna vers l'homme dont la tête était à quelques centimètres de la sienne. Au fond d'elle, elle avait déjà compris. Elle savait qu'elle allait voir les yeux vert profond d'Éliane sur le visage de cet homme. Elle avait compris qu'il ne mentait pas, que c'était Éliane qui leur avait menti pendant tout ce temps.

Elle s'effondra à nouveau et Zora s'approcha d'elle pour la relever doucement. Momo fit de même avec Daniel et se dirigea vers le bar tout en le soutenant.

— Ça va ? demanda Zora à son amie.

— Ça n'a pas de sens, dit-elle, rien de tout ça n'a de sens…

***

Daniel était assis à l'une des tables du bar-tabac, le patron avait donné à Momo une trousse de premiers secours et il nettoyait les plaies superficielles sur son visage.

Aline était encore sous le choc, elle était assise à une autre table, le regard dans le vide.

— Tu ne l'as pas loupé, lui dit Momo pour détendre l'atmosphère.

Seule Zora sourit poliment.

— On peut m'expliquer ce qui vient de se passer ? continua-t-il.

Zora regarda son amie, elle semblait chercher à savoir si elle était en mesure de parler. Celle-ci regardait toujours droit devant elle, des larmes coulaient sur son visage, mais elle ne cherchait plus à les essuyer, elle n'était plus capable de bouger.

— Pourquoi avez-vous fui quand vous m'avez vue ? demanda Zora.

Daniel grimaça de douleur, Momo venait de passer une compresse d'alcool sur la coupure la plus profonde sur sa joue.

— Je ne sais pas, dit-il, j'ai paniqué. Je n'étais pas dans mon état normal quand vous m'avez vu l'autre jour, j'avais peur que vous lui en parliez.

— Qu'on en parle à Éliane ?

Daniel hocha la tête et Zora se tourna doucement vers Aline pour voir si elle était en mesure de suivre ce qui se passait.

— Je n'ai pas le droit d'aller chez elle, continua-t-il.

Il ne semblait pas être au courant de la disparition de sa sœur.

— Alors pourquoi y êtes-vous allé, ce jour-là ? demanda Zora.

Daniel baissa les yeux.

— Je ne comprends pas ce que je lui ai fait.

Jusqu'à présent, Momo avait suivi la conversation sans intervenir, il savait qu'Éliane avait disparu et que les deux femmes se retenaient d'en parler. Il regarda Aline avec insistance.

— Il faut le lui dire.

Celle-ci sortit de sa torpeur, elle avait l'impression d'avoir été en apnée pendant plusieurs minutes. Elle essuya son visage lentement, puis se tourna vers Daniel, qui semblait confus.

— Éliane a disparu dimanche dernier. Elle est peut-être en danger.

Elle hésita un instant.

— Enfin… on avait peur qu'elle soit en danger à cause de

vous.

L'homme semblait sous le choc.

— Comment ça ?

— Elle s'est évaporée, dit Zora. Personne ne sait ce qu'il s'est passé.

Daniel s'apprêta à dire quelque chose, mais Aline prit la parole d'une voix monocorde.

— Pourquoi n'a-t-elle jamais parlé de vous ?

Tous les regards se tournèrent vers elle.

— Pourquoi nous cacher l'existence d'un frère qui habite dans la même ville ? Pourquoi mentir à son mari et à son fils ?

Le silence était pesant. Daniel hésitait à répondre. La jeune femme le regarda dans les yeux.

— Comment vous avez pu accepter ça ?

— Ça faisait partie du contrat.

Aline avait du mal à soutenir son regard, elle était perturbée par sa ressemblance avec sa belle-mère. Elle se demandait si elle se serait douté de quelque chose si elle l'avait croisé par hasard dans la rue. Ne l'avait-elle pas déjà croisé, d'ailleurs ? Belmont n'était pas une si grande ville.

— Quel contrat ? demanda Zora, pour rompre le silence.

Momo avait arrêté de s'occuper des blessures de Daniel, il s'était assis à la table et observait la scène avec intérêt.

— Éliane me soutient financièrement.

Il prit une profonde inspiration.

— En échange de quoi, je dois accepter de… ne pas exister.

Aline et Zora étaient choquées par ces révélations.

— Je ne dois pas aller chez elle ou l'appeler. C'est elle qui vient une fois par mois pour me donner l'argent. Parfois, elle m'achète des vêtements, aussi.

— Combien elle vous donne ? demanda Zora.

Daniel releva la tête avec étonnement, la question était un

peu abrupte.

— Cinq cents euros, finit-il par répondre. Sauf ce mois-ci. Elle n'est pas venue.

Aline avait lentement repris ses esprits. Quelque chose ne collait pas. Elle avait bien vu la transaction sur le relevé de compte d'Éliane.

— Quand vient-elle déposer l'argent ? demanda-t-elle.

— En début de mois, en général. Parfois, elle se contente de glisser l'enveloppe sous ma porte. D'autres fois, elle reste prendre un café, mais ça ne dure jamais très longtemps.

— Depuis quand ? demanda la jeune femme, qui essayait toujours de tirer du sens de cette révélation.

— Depuis... depuis Florence, répondit Daniel en baissant la tête.

— Vous voulez parler de sa maladie ?

L'homme regarda Aline avec surprise.

— Sa maladie ?

Zora semblait également confuse.

— Éliane avait une sœur qui est décédée, expliqua son amie.

Zora était tournée vers Daniel, elle décryptait sa réaction face à ce qu'il entendait.

— Florence...

Il s'arrêta un moment pour savoir comment il allait pouvoir tourner sa phrase.

— Florence n'était pas malade, finit-il par dire.

Aline le regarda avec de grands yeux. Elle n'était pas sûre de pouvoir encaisser un nouveau rebondissement sur la famille d'Éliane.

— Elle s'est suicidée quand elle avait dix-neuf ans.

La jeune femme laissa échapper un nouveau sanglot. Elle n'était pas capable de définir si cela était dû à la révélation ou au fait qu'Éliane avait menti sur un autre aspect majeur de sa vie. En vérité, elle n'avait jamais osé parler du sujet avec sa belle-mère, c'était délicat à aborder. C'était Fabien qui lui avait parlé de la mort de Florence au détour d'une conversation, mais elle n'avait pas posé de questions.

— J'avais quinze ans, continua Daniel, et Éliane vingt-deux.

— Je suis désolée, dit Zora.

Elle s'était assise à côté d'Aline. Celle qui trouvait toujours des moyens de détendre l'atmosphère en semblait cette fois incapable. Elle avait l'air particulièrement affectée par la situation.

— Ça a été très dur pour moi, dit Daniel, c'est là que j'ai vrillé. Je me suis réfugié dans…

Il ne finit pas sa phrase, mais Aline devina que c'était sûrement le moment où il avait commencé à boire.

— Éliane a rencontré Philippe quelques mois plus tard. C'est à ce moment-là qu'elle m'a proposé ce pacte. Elle voulait partir sur de nouvelles bases, elle avait envie de tourner la page et de recommencer à zéro, de se réinventer.

Les mots résonnèrent dans la tête d'Aline. C'était comme si la Éliane qu'elle connaissait, qu'elle admirait n'était qu'une construction. Un personnage créé de toute pièce, méticuleusement. Elle ne s'était jamais questionnée sur la véritable personnalité de sa belle-mère, pourquoi l'aurait-elle fait ? Elle n'avait connu que la femme sûre d'elle et en contrôle. Elle avait du mal à imaginer qu'elle ait pu être différente.

— C'est elle qui nous a élevés, continua Daniel, qui semblait soulagé de pouvoir enfin parler librement de son histoire. Notre mère était une toxicomane, trop occupée à tomber amoureuse de types qui lui tapaient dessus. Éliane a passé son enfance à essayer de nous préserver de tout ça.

Il s'arrêta un instant, toute la salle était pendue à ses lèvres.

— Je pense qu'elle a vécu la mort de Florence comme un échec, elle ne l'a jamais vraiment accepté.

— Fonder une famille, c'était sa seconde chance… dit Momo, comme s'il pensait à voix haute.

Daniel acquiesça. Aline comprenait mieux pourquoi il avait accepté les conditions de sa sœur, il se sentait redevable. Quant à elle, elle voyait sa belle-mère sous un nouveau jour. Elle réalisait qu'elle ne la connaissait pas si bien que ça.

Son portable sonna, ce qui fit sursauter tout le monde. Ils avaient eu l'impression d'être dans une bulle hors du temps. Il s'agissait d'un numéro qu'Aline ne connaissait pas, elle décrocha.

— Bonjour madame, dit une voix tremblante. C'est Emma, de la boutique Outdoor City.

# 31

Aline prit quelques secondes pour resituer la jeune vendeuse.

— J'ai regardé les registres pendant ma pause déjeuner. J'ai retrouvé la transaction que vous cherchiez.

Zora interrogea Aline du regard, mais celle-ci ne réagit pas.

— Je vous écoute, répondit-elle.

— Je n'ai pas beaucoup d'informations, mais il s'agit d'un achat qui a été effectué il y a deux semaines. La personne a payé en liquide.

Aline remercia la jeune femme et raccrocha. Elle prit un temps pour comprendre ce que cela pouvait signifier.

— Votre manteau fait partie des vêtements offerts par Éliane ? demanda-t-elle à Daniel.

Il observa son anorak noir et hocha la tête. La jeune femme se tourna vers Zora.

— C'est Éliane, c'est elle qui a caché les vêtements chez le voisin.

Si les habits étaient pour elle, alors cela voulait dire que...

Aline se leva d'un bond et se dirigea vers la sortie du bar. Elle en avait assez entendu, elle avait perdu assez de temps avec cette affaire.

Sa partenaire se leva pour la suivre.

— Qu'est-ce que tu fais ? C'était qui au téléphone ?

Aline avait déjà ouvert la porte, elle était déterminée à ne pas regarder en arrière, personne ne la convaincrait de rester une minute de plus. Zora remercia Daniel et Momo en vitesse et fit signe qu'elle repasserait, puis elle suivit son amie dans la rue.

— Où tu vas ? Tu n'as pas l'intention de conduire dans cet état ?

Aline sortit ses clés de voiture de son sac et les lui tendit sans dire un mot. Zora les attrapa et s'arrêta net. Aline comprit qu'elle venait de faire une erreur stratégique : sans ses clés, elle n'irait nulle part et sa complice avait le contrôle de la situation. Tant pis, elle rentrerait à pied. Elle bifurqua en direction de la maison d'Éliane. Si elle marchait vite, elle y serait dans une vingtaine de minutes.

Zora trottina derrière elle.

— Ne sois pas ridicule, Aline, explique-moi ce qu'il se passe.

Cette dernière ne se retourna pas, elle continuait de marcher.

— Les vêtements ont été payés en liquide quelques jours avant qu'Éliane disparaisse. Et elle connaissait la marque vu qu'elle achetait là-bas pour son frère.

Elle hésita un moment, elle n'arrivait toujours pas à intégrer le fait que sa belle-mère avait un frère. Entendre ces mots sortir de sa bouche lui donna une sensation de vertige.

— Et alors ? dit Zora. Ça ne prouve rien du tout.

— Elle n'a pas donné les cinq cents euros à Daniel ce mois-ci.

— Arrête de marcher, on va prendre la voiture. Je vais conduire, c'est bon.

Aline s'arrêta, puis changea de direction pour se rendre à son véhicule, toujours d'un pas rapide.

— Tu ne comprends pas ? dit-elle à Zora, agacée. Éliane en a eu marre de sa vie, elle a juste voulu tout recommencer, comme elle l'a fait après la mort de sa sœur.

Elle était arrivée devant le véhicule, son ancienne camarade de classe accéléra le rythme pour la rejoindre. Elle ne voulait sans doute pas risquer qu'Aline bifurque à nouveau.

— Tu penses qu'Éliane vous a abandonnés ? dit-elle. C'est un peu surprenant, non ?

— Ce qui est surprenant, c'est qu'elle n'ait fait que mentir pendant des années.

— Je ne pense pas que…

— Tout ce qu'on pense savoir est une illusion, coupa Aline. Sa vie est une façade !

Elle était hors d'elle, comment Zora pouvait-elle ne pas voir ce qui était devant leurs yeux ? Éliane était une manipulatrice qui contrôlait son entourage comme des marionnettes.

— Elle n'aime même pas lire ! finit-elle par lâcher.

Zora ne répondit pas. Personne ne pouvait ignorer que la vie d'Éliane reposait sur des mensonges.

— Quand je pense que je l'admirais, je voulais être comme elle, avoir sa vie parfaite. En fait, dès qu'elle en a eu marre, elle a fait ses petites manigances et elle s'est barrée.

— Tu ne sais pas, elle est peut-être vraiment en danger.

Aline regarda Zora avec défi.

— C'est peut-être mérité !

Le trajet se fit en silence, Aline ressassait tout ce qui s'était passé cette dernière semaine, tous les sacrifices qu'elle avait faits, le chaos qui régnait dans sa vie à cause d'Éliane. Comment avait-elle pu être aussi naïve ? Elle était prête à tout risquer, son boulot, son couple, son avenir. Elle pensa à Fabien et Philippe, qui étaient aussi tous les deux dans un état second. C'était comme ça qu'elle fonctionnait ? Elle rendait les gens dépendants pour mieux les lâcher ensuite ?

***

Zora se gara devant la maison, Aline eut un sentiment de dégoût à l'idée de retourner dans l'univers de maison de poupées fabriqué par Éliane. Cette ambiance où rien ne dépassait, où tout était mesuré.

— Je pense qu'on ne devrait pas abandonner. Ça ne te ressemble pas, dit Zora calmement.

Un sentiment de colère intense envahit Aline.

— Qu'est-ce que tu en sais, Zora ? Tu ne me connais pas, tu es là à me suivre partout parce que ça t'amuse de jouer à la policière, mais au fond, tu te fiches bien des conséquences que tes petits jeux peuvent avoir sur ma famille.

— Dis pas ça, Aline.

— Ma mère avait raison, les filles dans ton genre n'attirent que des ennuis.

Aline entra dans la maison en furie et Zora la suivit.

— De quoi tu parles ?

— Tu ne te souviens pas ? Quand tu m'engrenais à sécher l'école ?

Zora se figea soudainement, choquée par cette accusation.

— C'est arrivé une fois, et c'était l'étude. C'est pour ça que tu m'en as voulu tout ce temps ?

C'était un peu plus compliqué que ça. Leur petite escapade avait eu des conséquences indélébiles sur la relation entre Aline et sa mère.

— On voulait faire une surprise à notre amie, continua Zora.

— Quelle différence ça fait ?

— On avait huit ans…

Ce jour-là, les deux fillettes avaient quitté l'école discrètement pour se rendre à la boulangerie et effectuer une livraison spéciale de bonbons à une camarade qui était malade. Elles n'avaient pas anticipé que leur disparition causerait autant de remous. Lorsqu'elles avaient été raccompagnées à l'école par la mère de leur amie, tout le personnel et leurs parents étaient dans un état de panique. La mère d'Aline s'était précipitée vers elle et lui avait mis une gifle devant toute l'assemblée.

Elle n'avait jamais cessé de lui reprocher ce comportement délinquant qui, selon elle, lui avait coûté l'élection de déléguée de parents d'élèves. C'est à partir de là qu'elle lui avait interdit de fréquenter Zora. L'année suivante, Aline avait été changée d'école.

Celle-ci ne répondit pas. Pour elle, la discussion était close. Son ancienne camarade l'observa un moment, puis monta à l'étage d'un pas vif.

Aline attrapa son ordinateur portable et se connecta sur le serveur de son agence. La parenthèse était terminée, maintenant, elle devait se concentrer sur ce qui comptait vraiment. Elle devait trouver un moyen de retourner travailler, montrer qu'elle n'était plus affectée par la disparition d'Éliane, qu'elle se fichait bien de ce qui pouvait lui arriver. Elle devait aussi régler les choses avec Fabien, même si son comportement lui sortait par les yeux. Elle s'était dit que seule Éliane pouvait le faire revenir à la raison, mais c'était faux, elle aussi savait s'y prendre. Elle allait s'excuser, lui dire qu'elle le comprenait, le laisser jouer au mec cool pendant une semaine ou deux. Il se rendrait compte tout seul que ce n'était pas fait pour lui. C'était le premier à se plaindre d'un matelas trop dur, donc elle misait sur une piètre résistance à la vie dans un van. Quant à Philippe, il fallait le secouer un peu. Elle allait le faire rentrer chez lui et se gérer tout seul, ce n'était pas un enfant et elle n'avait pas à s'occuper de lui. S'il avait envie de manger n'importe quoi et de faire exploser son taux de cholestérol, il était libre, qui était-elle pour lui faire la leçon ? Elle avait l'impression qu'Éliane avait créé des monstres. Et elle refusait de faire partie de la horde.

L'interface de sa boîte email s'ouvrit et Aline balaya du regard les messages qui avaient été échangés dans la journée. Elle espérait trouver le compte-rendu de la réunion du matin concernant le communiqué de presse préparé par Chloé. Avec elle aussi, elle avait été trop patiente. Elle n'allait plus prendre la peine de passer derrière qui que ce soit pour rattraper leurs erreurs. C'était ça, la mentalité de gagnante que devait adopter Aline, terminé les grands sourires et les politesses. Il lui fallait aider Yves à réaliser qu'il était en train de parier sur le mauvais cheval.

Les yeux de la jeune femme s'arrêtèrent sur un échange avec l'équipe de Pellerin dont l'objet était « Nouvelle stratégie ? ». Elle lut le tout premier message, qui avait été envoyé par Bérénice seulement une heure auparavant.

« Suspect relâché par la police, on abandonne le communiqué de ce matin. Appelons-nous à 15 h pour définir notre nouvelle ligne de conduite. »

Aline comprit instantanément ce que cela signifiait. Ils ne pouvaient plus insister sur le manque d'avancées, dans la mesure où la police avait été proactive en arrêtant un suspect. En revanche, le fait que ce dernier ait été relâché pouvait justifier qu'ils se penchent sur de potentielles erreurs commises.

Le message de Bérénice était suivi d'un numéro de conférence téléphonique et des codes d'accès à la réunion. Aline regarda l'heure. Il était 14 h. Elle réalisa qu'elle n'avait pas mangé et qu'elle était affamée. Elle monta les marches quatre à quatre pour parler à Zora, qui était dans sa chambre.

— Je vais faire une salade, dit-elle.

Son acolyte la regarda d'un air blasé. Elle était en train de faire sa valise.

— Très bien.

Aline ne rebondit pas, elle était déjà en train de réfléchir à la façon dont elle pouvait aider Yves à gérer le retournement de situation au boulot.

— Tu as faim ? dit-elle alors qu'elle était dans l'escalier.

— Je m'en vais, répondit Zora.

— Mmh.

— Je n'avais pas réalisé que ma présence te dérangeait autant. Je vais te laisser à tes affaires.

Aline se dirigea vers la cuisine avec son ordinateur pour commencer à noter les idées qui lui venaient en tête.

Zora apparut dans l'entrebâillement de la porte, elle avait mis son manteau et tenait sa valise à la main. Elle fixa Aline, qui ne la regardait pas.

— Merci pour l'accueil.

Aline n'était pas en mesure de déterminer si son ton était sarcastique ou non. Elle lui lança un « de rien » distrait. Zora commença à partir puis s'arrêta en chemin. Elle se retourna.

— Méfie-toi de Pellerin…

Elle quitta la pièce calmement, puis Aline entendit le bruit de la porte d'entrée se refermer.

# 32

— Vous avez Yves et Chloé, ici.

Entendre la voix de Chloé à travers le combiné provoqua un frisson à Aline.

— Je crois qu'on est au complet, dit la voix de Bérénice.

— Il y a Aline aussi, glissa cette dernière en vitesse.

En le mettant devant le fait accompli, elle savait qu'Yves ne pouvait rien dire.

— Super, bonjour, Aline, dit Ghislain.

Son portable vibra, Chloé venait de lui envoyer trois points d'interrogation. Elle ignora le message.

Elle relut ses notes. Elle avait eu plusieurs idées qu'elle comptait suggérer pour aider Pellerin, mais elle voulait avant tout savoir quelle était l'atmosphère générale autour de l'affaire.

— On a lu ta proposition de communiqué, Chloé, commença Bérénice au bout du fil, mais étant donné les événements du week-end, on va devoir prendre un autre tournant.

— Je pense qu'on peut reprendre le squelette et adapter quelques phrases pour parler de l'arrestation du jeune, dit la jeune fille avec assurance.

— On sait pourquoi il a été relâché ? demanda Yves.

— *A priori,* ils n'avaient pas assez d'éléments à charge, répondit Ghislain.

— Dans ce cas, reprit Chloé, on redirige le communiqué sur cet événement. On essaye de prouver que l'interrogatoire du jeune a été bâclé, que les policiers sont perdus.

— Comment le prouver ? demanda Bérénice. On a essayé de trouver une source au commissariat, mais pour le moment, on n'a personne.

— Et le jeune ? demanda Chloé.

Elle était dans une forme olympique, Aline regardait sa liste d'idée et les barrait une par une au fur et à mesure des propositions de sa collègue. Il fallait qu'elle se ressaisisse, qu'elle intervienne plus rapidement. Chloé continua :

— Si on le retrouve, on peut utiliser son témoignage, je suis sûre qu'il aura plein de choses intéressantes à nous apprendre sur la façon dont il a été traité au commissariat.

Il y eut un silence, Aline sentit que tout le monde considérait la suggestion de sa collègue. C'était une bonne idée. Le jeune pouvait être un bon appui, mais quelque chose la dérangeait.

— On va envoyer quelqu'un pour lui parler, dit Bérénice.

— Je ne pense pas que ce soit pertinent.

Le cœur d'Aline battait la chamade, elle n'avait pas l'habitude de balancer tout ce qui lui passait par la tête sans prendre le temps de bien peser le pour et le contre.

— Ça va nous décrédibiliser de nous appuyer sur le témoignage d'un suspect, continua-t-elle. Si on cherche vraiment à dire qu'il a été relâché alors qu'il était coupable, pourquoi prendre sa parole pour argent comptant ? Ça passera pour de l'acharnement contre la police. Ça risque de se retourner contre nous.

Le téléphone d'Aline vibra. Nouveau message de Chloé : « Yves veut te parler après la réunion.»

— Que proposes-tu ? demanda Bérénice, qui semblait intéressée par son avis.

— Je pense qu'il faut qu'on détourne l'attention, qu'on ne parle pas d'Iris pendant un temps. Le public est déjà investi, il tire ses propres conclusions. Peut-être qu'on peut faire une opération avec une association locale, monsieur Pellerin pourrait mettre en avant un organisme qui lutte contre les bavures policières.

— On en a déjà contacté quelques-uns, dit Chloé, mais la plupart ne veulent pas être associées à une personnalité politique. Elles ont peur que ça les lie trop fortement à un parti.

Aline se tut, il fallait qu'elle réagisse très rapidement avant que la conversation soit à nouveau détournée, elle sentait qu'elle n'aurait plus l'attention de l'assemblée pendant très longtemps.

— Dans ce cas, je témoignerai.

Aline ne savait pas si tout le monde était au courant de l'affaire qui la concernait.

— Je ne vois pas en quoi ça aidera, dit Chloé.

— Continue, Aline, coupa Yves.

Celle-ci expliqua du mieux qu'elle pouvait la situation dans laquelle elle était. Elle s'efforça d'insister sur le fait que la police n'avait, semblait-il, pas bougé le petit doigt concernant les recherches, en dehors des premiers interrogatoires. Elle se garda bien de partager ses dernières conclusions. Ils pouvaient se servir de son histoire pour montrer que la police était obligée de mettre des priorités dans les enquêtes de manière complètement subjective.

Elle eut un petit pincement au cœur en se demandant quelles conséquences cela risquait d'avoir sur Éliane et sur sa famille. Mais jusqu'à présent, ni sa famille ni Éliane ne semblaient se soucier des conséquences de leur comportement sur elle, peut-être qu'il était temps qu'elle fasse les choses sans les prendre en considération. Qu'est-ce qui pouvait arriver de pire ? Qu'on retrouve Éliane ? Très bien, ça lui donnerait l'occasion de justifier sa lâcheté, ça montrerait à Fabien et à Philippe quel type de femme elle était vraiment. Et si cela pouvait aider Aline à entrer à nouveau dans les petits papiers d'Yves, alors, c'était la bonne façon d'agir.

Les membres de l'équipe de François Pellerin semblaient très enthousiastes à l'idée d'utiliser la disparition d'Éliane en leur faveur, bien qu'ils essaient de faire preuve de tact dans la façon dont ils s'adressaient à la jeune femme.

— Si la presse fait le lien entre Aline et François, on passe pour des idiots, insista Chloé. Il suffit d'une petite recherche internet pour voir qu'Aline bosse ici et que François Pellerin est un client.

— Dans ce cas, on fait témoigner quelqu'un d'autre, répliqua Aline. Son mari ou son fils. Ou son frère.

Elle n'en revenait pas d'avoir proposé d'impliquer Daniel. C'était vraiment comme ça qu'elle voulait que Fabien et Philippe découvrent son existence ? Le mal était fait, elle en gérerait les conséquences plus tard.

— Un membre de la famille directe, ce sera plus impactant, confirma Ghislain. S'ils font le lien avec Aline, on avisera, c'est une simple coïncidence. Et ce n'est pas un mensonge, on ne devrait pas trop nous en vouloir.

— Si François intervient publiquement pour apporter son soutien à la famille, ça renforcera notre position, ajouta Yves. Aline, tu es sûre qu'ils seront d'accord pour faire une interview avec la presse ?

— Absolument, mentit-elle, ils feront tout ce qu'ils peuvent pour aider l'enquête.

— Je m'occupe de contacter les journalistes que ça pourrait intéresser, dit Bérénice.

L'appel se conclut. Le silence fit prendre conscience à Aline qu'elle était seule dans la maison. Elle réalisa ce qu'elle venait de proposer. Elle allait devoir convaincre Fabien, Philippe ou Daniel de passer à la télé. Elle n'avait aucune idée de la façon dont elle s'y prendrait.

Elle attrapa son téléphone et envoya un SMS à Yves : « Tu voulais me parler ? » La réponse fut rapide : « Pas la peine, bon boulot, on se voit demain à l'agence. »

# 33

— Allô ?

La voix de Fabien ne parvint pas très nettement à Aline. Le réseau ne semblait pas optimal, ce qui s'ajoutait au bruit ambiant de musique et de voix d'hommes, qui discutaient autour de lui.

— Je… commença la jeune femme, cherchant ses mots.

— Quoi ? Je n'entends rien.

— Je t'appelais par rapport à ce matin, cria-t-elle, je suis désolée.

Le son se brouilla, elle n'était pas sûre que Fabien ait entendu ou qu'il ait répondu. Elle décida de continuer quoi qu'il en soit.

— Je suis un peu stressée en ce moment. Je crois que ça m'affecte vraiment que la police n'avance pas pour retrouver Éliane.

— Je suis sûr qu'ils font de leur mieux, hurla Fabien.

Aline se tut un instant. Si c'était ce qu'il pensait de la police, ça allait être compliqué de le convaincre de témoigner contre eux.

— Allô ?

— Je suis là, pardon. Je me demande juste si on ne peut pas faire quelque chose de plus.

Aline entendit une voix d'homme parler à son mari par-dessus le brouhaha. Elle était un peu agacée par cette situation, elle détestait avoir à s'excuser auprès de lui alors que c'était lui qui aurait dû le faire. Elle se trouvait ridicule à crier dans le combiné alors qu'elle était persuadée qu'il ne l'écoutait pas.

— On a vu des paysages magnifiques sur la route ! Il y a tellement d'endroits à découvrir.

— C'est sûr. Mais je disais, pour Éliane…

— On est cons de s'enfermer dans une routine métro-boulot-dodo alors qu'il y a des milliards de choses à faire dans une vie.

— Je pensais qu'on pouvait impliquer la presse, pour que ça active les recherches.

— Quoi ?

— Témoigner dans la presse, articula Aline, qui commençait à perdre patience.

— Je ne t'entends pas, je vais te laisser. On se rappelle quand je rentre, OK ?

— Tu rentres quand ?

Fabien avait raccroché. Aline balança son téléphone sur le canapé. Quelle perte de temps ! Elle savait depuis le début qu'essayer de convaincre son mari était inutile. Sa petite crise durait plus longtemps que ce qu'elle avait imaginé. Elle avait l'impression qu'on lui avait lavé le cerveau. Avait-il lui aussi réalisé que sa mère était partie de son plein gré ? C'était peut-être sa façon de montrer qu'il se fichait bien d'avoir été abandonné, que maintenant au moins, il était libre.

Aline devait regarder la réalité en face : même si Fabien acceptait de témoigner, même s'il rentrait à temps de sa petite escapade, il n'était absolument pas crédible pour soutenir le message de Pellerin et de l'agence. Elle ne pouvait pas compter sur lui pour une mission aussi importante. C'était à contrecœur, mais elle devait se tourner vers Philippe. Elle allait devoir l'extirper de son canapé, le sortir de sa torpeur. Il fallait qu'elle lui fasse comprendre qu'il y avait un espoir pour Éliane, qu'il avait fait le deuil trop tôt. Aline pensa une seconde à la violence que pourrait provoquer chez cet homme le fait de réaliser que sa femme était bien vivante, mais qu'elle avait simplement décidé de le laisser en plan, de partir sans se soucier de lui. Elle chassa très vite cette idée. Elle n'était pas responsable des actions d'Éliane ni de ce que ressentait son beau-père.

# 34

En arrivant devant son immeuble, Aline ressentit un certain apaisement face à la familiarité du lieu, qui se mêlait à un sentiment d'appréhension. Ces derniers jours, à chaque fois qu'elle était entrée dans l'appartement, elle y avait trouvé une nouvelle forme de chaos et le fait qu'elle ne soit pas venue depuis trois jours ne la rassurait pas, surtout sachant que Philippe était seul.

Lorsqu'elle ouvrit la porte, elle fut surprise de trouver un appartement relativement en ordre. Pas de cartons de pizza ou de boîtes en plastique contenant des restes de plats préparés sur la table. Autre fait marquant, la télé était éteinte et Philippe n'était pas assis sur le canapé. Aline avait du mal à se souvenir de la dernière fois que ça avait été le cas, ça semblait avoir été dans une autre vie. Elle eut soudain une boule au ventre, où était-il ? Il allait bien ?

Elle se dirigea vers la salle de bain d'un pas rapide, ses affaires de toilette étaient toujours là. La porte de la chambre d'ami était fermée et Aline crut entendre un râle sortir de la pièce. Elle s'approcha de la porte et frappa doucement.

— Philippe ? Vous êtes là ?

— Je vais bien, répondit le père de Fabien un peu trop rapidement.

Aline ouvrit doucement, les volets étaient fermés et Philippe était couché dans le noir.

— Vous dormiez ?

Il renifla. Il ne dormait pas, il sanglotait. Aline était paralysée, elle n'avait jamais vu son beau-père pleurer. Si elle était tout à fait franche, elle ne lui connaissait pas beaucoup d'autres émotions que la colère, à différents degrés. Elle ne savait pas comment s'y prendre. Elle avait passé le trajet à se demander comment le convaincre de parler, en essayant d'anticiper toutes ses réactions possibles. Son imagination ne l'avait pas emmenée dans cette chambre, debout à la porte, alors que Philippe essayait d'essuyer ses larmes discrètement.

Aline lui demanda si elle pouvait ouvrir les volets pour apporter un peu de lumière, elle en profita pour entrebâiller la fenêtre. Un courant d'air frais s'infiltra dans la pièce, ce qui sembla aider son beau-père à reprendre ses esprits.

— Je suis désolé que tu me voies comme ça, Aline, c'est passager. Je vais me lever, maintenant.

Il se redressa un peu et la jeune femme devina que cela lui demandait un gros effort.

— Vous avez mangé, à midi ?

Philippe grommela quelque chose qui lui fit comprendre que ce n'était pas le cas. Aline commençait à s'inquiéter.

— Je vous propose quelque chose : vous vous levez tranquillement, vous faites une toilette rapide et on part se promener. Je vais vous faire un sandwich pendant que vous vous préparez.

Elle observa l'homme en s'efforçant de garder un visage doux et bienveillant, elle s'apprêtait à devoir négocier, mais il se redressa un peu plus et commença à sortir du lit. Sans un mot, il se dirigea vers la salle de bain. Aline en profita pour remettre un peu d'ordre dans la chambre. Elle remarqua que la valise de Philippe n'avait quasiment pas été touchée, seul le jogging bordeaux avait été sorti et il semblait le porter nuit et jour.

— Vous avez besoin de laver quelques vêtements ?

demanda-t-elle innocemment.

Son beau-père ne répondit pas, le bruit de la douche se fit entendre.

***

— On peut discuter ?

Aline marchait lentement à côté de Philippe, c'était peut-être la première fois qu'il sortait de l'appartement depuis qu'il s'y était installé et la jeune femme voyait cela comme une victoire. Il mangeait lentement le sandwich au fromage qu'elle lui avait préparé.

— Tu sais, je ne suis pas idiot, Aline.

Celle-ci se sentit rougir soudainement, Philippe savait pourquoi elle était venue le voir.

— Je sais bien que tu prends des pincettes avec moi, mais je ne suis pas une petite chose fragile.

— Je suis désolée, dit sa belle-fille. Dans ce cas, je peux vous poser une question ?

Il lui indiqua qu'elle pouvait continuer.

— Selon vous, qu'est-il arrivé à Éliane ?

Philippe regarda le sol un long moment.

— Il y a des choses que tu ne sais pas, Aline.

Celle-ci le regarda avec surprise. Était-il possible qu'il connaisse les secrets de sa femme ? Savait-il lui aussi qu'elle était encore vivante, qu'elle était partie pour recommencer sa vie ? Connaissait-il l'existence de Daniel ?

Le père de Fabien montra un banc à sa belle-fille et tous deux s'assirent côte à côte.

— Je pense qu'Éliane est partie pour mourir.

— Pardon ?

Philippe était visiblement embarrassé, il ne savait pas

comment s'expliquer.

— Je n'en ai pas parlé à Fabien, commença-t-il par dire, et j'aimerais que tu en fasses de même.

— Qu'est-ce qui vous fait dire ça ?

— Elle ne t'en a jamais parlé, mais elle a eu une enfance assez difficile.

Aline fit mine d'être surprise par cette révélation.

— Son père est parti quand elle était petite et sa mère... disons qu'elle n'était pas vraiment présente. Jusqu'à ce qu'elle tombe malade, quand Éliane était adolescente. D'une mère absente, elle est devenue une mère complètement dépendante de sa fille. Éliane a dû s'occuper d'elle jusqu'à sa mort. Et elle m'a toujours dit que jamais elle ne voulait reproduire ça avec sa famille.

— Je ne comprends pas, dit Aline, elle a été une mère formidable pour Fabien, pourquoi cette crainte ?

Philippe prit une longue inspiration.

— Quand Éliane a disparu, j'ai trouvé une lettre dans son sac à main. Avant que la police ne le saisisse.

— Une lettre de suicide ? demanda Aline, incrédule.

— Non, un rapport d'analyses de sang.

Il mangea la dernière bouchée de son sandwich, qu'il avait gardé à la main depuis qu'ils étaient sur le banc.

— J'ai essayé de décortiquer les informations, mais je n'y comprenais rien. Alors, j'ai fait des recherches sur internet.

Aline n'en revenait pas que Philippe leur ait caché cette information. Elle était également surprise de n'avoir pas trouvé de traces de ces recherches sur l'ordinateur.

— Je pense qu'Éliane avait une maladie du sang. Une anémie hémolytique, c'est une maladie auto-immune.

Philippe fit une pause, il lui était difficile de parler.

— C'est grave ? demanda la jeune femme.

— Ça peut être fatal, si ce n'est pas traité.

Aline se sentit soudain paniquer, Éliane serait partie pour ne pas leur imposer sa maladie ?

— De quand datait le courrier ? demanda-t-elle.

— D'il y a quelques mois.

— Et vous n'aviez rien vu ?

— Je savais qu'elle avait fait des analyses, mais elle m'avait dit que tout allait bien.

Aline essaya de se remémorer certains souvenirs des mois précédents, Éliane montrait-elle des indices de maladie ? Semblait-elle plus faible ou plus fatiguée ? Aline n'avait rien remarqué, mais elle savait que sa belle-mère était très douée pour cacher ses émotions et paraître de bonne humeur en permanence.

La jeune femme hésitait à poser la question qu'elle crevait d'envie de poser, elle ne savait pas comment tourner les choses pour ne pas paraître insensible.

— Excusez ma question, mais pourquoi penser au pire ?

Philippe la regarda avec surprise, comme si la réponse était évidente.

— Elle n'aurait pas supporté de devenir dépendante.

— Pourquoi ne pas simplement se soigner sans vous en parler ?

— Je pense qu'elle n'acceptait pas d'être malade. Éliane n'aurait jamais supporté de voir sa santé se détériorer. Elle m'a souvent dit qu'elle préférerait mourir plutôt que de devenir un légume.

Aline ne savait plus quoi penser. À la place d'Éliane, elle se serait assurée de rester suivie par des médecins, mais elle avait l'impression qu'elle ne connaissait plus si bien sa belle-mère que ça, qu'elle ne la comprenait plus. Elle se devait de découvrir la vérité, malgré tout le mal qu'elle avait pensé de la mère de son mari ces dernières heures. Elle s'en voulait d'avoir tiré des conclusions hâtives et quelque chose lui disait que Philippe était en train d'en faire de même.

— Elle n'a pas laissé le courrier par hasard, reprit celui-ci. Elle voulait que je le trouve, elle voulait que je comprenne. C'était sa façon de me dire : « Ne m'en veux pas. »

Aline l'observait en silence, il semblait avoir repris des forces. Le fait de manger, de prendre l'air et de pouvoir se livrer paraissait lui avoir fait du bien.

— On aimerait parler d'Éliane à la presse, lâcha enfin Aline. S'il y a la moindre chance qu'elle soit vivante, ça pourrait vraiment nous aider à la retrouver.

Philippe regarda sa belle-fille d'un air résigné.

— À quoi bon faire semblant ?

La jeune femme ne pouvait pas insister. Philippe était trop attaché à cette idée, c'est ce dont il avait besoin pour se reconstruire et elle ne pouvait pas lui enlever ça. Elle se demanda s'il était au courant de l'existence de Daniel, du sort de Florence, mais elle se dit que c'était une conversation pour une autre fois.

— Je dois rentrer, dit Aline en se levant.

— Moi, je vais rester un peu, répliqua Philippe.

— Ça ira, pour ce soir ?

Il hocha la tête franchement, ce qui la rassura. Il semblait métamorphosé. Elle commença à s'éloigner.

— Une dernière chose, demanda Aline, c'est vous qui avez effacé l'historique de l'ordinateur ?

Philippe la regarda avec intensité. Il semblait à la fois surpris par sa demande et impressionné par sa découverte.

— Je ne voulais pas que Fabien sache, pour la maladie. Déjà qu'on trouve toute sorte de bêtises sur internet.

Les éléments commençaient à s'emboîter, mais pour Aline,

il y avait encore beaucoup de zones d'ombre. Trop de choses n'avaient pas de sens, et rendre l'affaire publique ne pouvait que l'aider à y voir plus clair. Elle en était convaincue.

# 35

Aline avança d'un pas rapide vers le bar-tabac, il allait fermer quelques minutes plus tard. Elle avait le pressentiment que le patron était du genre à baisser le rideau un peu avant l'heure. Elle espérait que certains habitués traîneraient des pieds. Elle ne savait pas exactement comment elle allait s'y prendre. Dans ses rêves les plus fous, Daniel serait tranquillement attablé et elle n'aurait qu'à lui demander poliment s'il acceptait de passer à la télé pour aider Éliane. Beaucoup de gens rêvaient de passer à la télé, peut-être qu'il faisait partie de cette catégorie de personnes. C'était sa dernière chance, si elle n'arrivait pas à le convaincre, elle serait obligée de se rendre au travail le lendemain en admettant qu'elle était allée trop vite en besogne, que sa proposition était basée sur du vent et qu'on avait perdu une journée à se rapprocher de journalistes pour rien. Il faudrait aussi expliquer à l'équipe de Pellerin qu'Aline ne devait pas être présente à cette réunion dans un premier temps, qu'elle était en pleine névrose et qu'il ne fallait plus compter sur elle à l'avenir. Elle ne pouvait pas laisser cela arriver.

Les révélations de Philippe lui revenaient en tête régulièrement et l'empêchaient de penser clairement. À chaque fois qu'elle repensait à Éliane, à la maladie, elle s'efforçait de balayer l'idée de sa tête pour se concentrer sur son plan. Retrouver Daniel ou au moins obtenir un numéro de téléphone ou une adresse.

Aline arriva devant le bar. Le patron était encore sur les

lieux, mais la porte était fermée à clé. Elle secoua la poignée pour attirer son attention. Elle comprit rapidement qu'il l'avait vue, mais qu'il avait décidé de l'ignorer. Elle tapa sur la vitre. Elle resterait là à taper dessus jusqu'à ce qu'elle se brise, si elle le devait. Elle n'allait pas se laisser bizuter à nouveau. Elle frappa sur la vitre de plus en plus fort, jusqu'à ce que le type vienne lui ouvrir.

— Vous êtes complètement malade, vous ! Ça ne vous a pas suffi d'agresser un client, ce matin ?

— J'ai besoin de votre aide.

— Décidément, c'est la journée…

Aline s'apprêtait à faire sa demande quand une voix se fit entendre depuis l'arrière-boutique.

— Joël, le recyclage, je te le mets où ?

Zora sortit, un carton vide à la main. Elle se figea lorsqu'elle vit Aline.

— Qu'est-ce qu'elle fait là ? demanda-t-elle au patron.

Aline était terriblement gênée. Elle savait qu'elle n'avait pas eu un comportement correct avec Zora. Pour autant, elle était persuadée qu'elle était déjà passée à autre chose. Ça semblait être sa marque de fabrique. De toute façon, elle savait bien qu'à un moment où à un autre, son ancienne camarade de classe allait disparaître comme elle était venue pour se lancer dans une autre aventure. Finalement, elle leur avait juste fait gagner du temps à toutes les deux.

— Je cherche Daniel, finit-elle par dire.

Joël regarda le bar vide autour de lui.

— Tu pensais qu'il était à l'intérieur ? Il faut vraiment que je lave les vitres.

— Je me disais que vous aviez peut-être son adresse ou un numéro de téléphone.

Joël lâcha un petit ricanement.

— J'évite de donner les coordonnées de mes clients aux amateurs de plaquage dans les buissons.

— Tu lui veux quoi ? demanda Zora.

Aline venait de réaliser à quel point il était étrange que celle-ci soit dans ce bar à trier les déchets.

— Tu travailles ici ?

Ça semblait surréaliste. Elles avaient mis les pieds pour la première fois dans ce bar ensemble le matin même.

— J'ai besoin d'un endroit où dormir et Joël a une chambre à l'étage.

Aline regarda Zora avec interrogation. Ça n'expliquait pas vraiment sa présence en cuisine.

— C'est juste pour dépanner, ajouta Joël.

— Je lui file un coup de main en échange.

Aline était impressionnée par la capacité de Zora à rebondir. Elle avait l'impression qu'aucun problème ne pouvait l'empêcher d'avancer. Mais surtout qu'aucun être humain ne pouvait lui résister.

— Pourquoi tu cherches Daniel ? demanda à nouveau celle-ci.

— J'ai besoin qu'il fasse une interview dans la presse. À propos d'Éliane.

Zora la regarda avec insistance, elle paraissait sentir qu'elle cachait quelque chose.

— Je croyais que tu ne voulais plus avoir affaire à elle.

Aline hésita. Elle-même ne savait plus trop ce qu'elle ressentait. C'était bien plus facile de se concentrer sur la tâche présente. Son cerveau s'efforçait de se dire : *Daniel. Trouver Daniel.*

— Tu sais où il est ?

Le ton d'Aline s'était adouci. Elle savait que la jeune femme était la clé. Elle se doutait qu'elle avait pris son numéro ou qu'elle pourrait facilement trouver quelqu'un pour l'aider.

— Aline, de quoi tu veux qu'il parle ?

— De la disparition de sa sœur, de ses inquiétudes, de l'enquête de police… Il sera libre.

Zora parut agacée et déçue par la réponse de son amie.

— C'est pour Pellerin ?

— Peut-être que Pellerin sera là, en effet, pour le soutenir, donner du poids à son témoignage. Ils vivent quelque chose de très similaire, ils pourraient se… se soutenir l'un et l'autre.

— Aline, tu te rends compte de ce que tu es en train de faire ? Il est hors de question que Daniel devienne la marionnette de Pellerin. Il ne savait même pas que sa sœur avait disparu, tu imagines dans quel état émotionnel il doit être ?

Aline ne répondit pas, elle cherchait la meilleure façon de tourner sa réponse.

— Tu as pensé à Fabien ? ajouta Zora.

— Il est dans le Luberon, il ne sera pas rentré à temps, répondit Aline sans réfléchir.

Les yeux de Zora s'ouvrirent grands, elle semblait halluciner.

— Pas pour l'interview ! Fabien n'est même pas au courant de l'existence de son oncle. Tu veux qu'il le découvre à la télé ?

Aline avait décidé d'ignorer ce détail. Elle sentit la honte monter en elle.

Ce n'était pas le moment de se laisser aller. Elle n'avait pas le temps pour ce genre de considérations, elle trouverait un moyen de parler à Fabien avant l'interview. Sans Daniel, c'est sa carrière qui allait partir en fumée. C'était sa dernière chance.

— Bon, j'aimerais bien fermer, donc si vous pouviez avoir votre petite conversation dehors… lança Joël.

— On n'a plus rien à se dire, répondit Zora. Je ne sais pas où est Daniel et même si je le savais, je ne te le dirais pas.

Aline la regarda avec un air de défi.

— Regarde qui tu es en train de devenir, finit par ajouter son ancienne amie.

Aline n'avait pas envie d'entendre une nouvelle leçon de morale. Elle avait bien compris qu'elle ne tirerait plus rien de cet échange. Elle commença à partir, mais s'arrêta en chemin. Quelque chose la poussait à parler.

— Éliane est malade, elle va peut-être mourir.

Elle ouvrit la porte et partit d'un pas rapide. Elle n'avait pas envie de discuter plus longuement, elle pensait juste que Zora avait le droit de savoir. Sa marche s'accéléra de plus en plus et sans qu'elle s'en rende compte, elle était en train de courir vers sa voiture.

— Attends !

Zora espérait la retenir, mais c'était peine perdue.

Aline entra dans son véhicule en vitesse en verrouillant les portes et se mit à hurler à pleins poumons.

# 36

Deux appels en absence. Aline n'avait pas eu le courage de décrocher quand elle avait vu qu'Yves cherchait à la joindre ce matin. Elle savait très bien ce qu'il voulait. Il allait lui demander si elle avait pu sécuriser les interviews avec les membres de sa famille, si les journalistes pouvaient les contacter pour préparer les entrevues. Il allait lui demander qu'ils viennent à l'agence pour rencontrer l'équipe de Pellerin, qu'ils les informent sur la ligne directrice que devaient prendre les témoignages. Il allait aussi sûrement lui demander de préparer le brief, de s'occuper de les mettre à l'aise, de leur expliquer quelques bases de *media training* pour qu'ils paraissent plus crédibles et que leur témoignage ait vraiment le poids nécessaire pour mettre Pellerin en valeur.

Elle savait que les interviews n'auraient pas lieu, que tout le monde avait perdu un temps précieux à cause d'elle. Elle savait qu'elle aurait dû prévenir, qu'elle aurait dû organiser une réunion de crise pour trouver une solution de secours. Mais elle avait été trop arrogante pour le faire. Et maintenant, elle se retrouvait devant le fait accompli, devant une réalité qu'elle n'avait pas accepté de voir jusqu'à présent : elle n'était pas faite pour ce métier. Elle avait réussi à faire semblant jusque-là, mais Yves ne pouvait que constater qu'elle était une imposture, qu'elle n'avait pas sa place dans l'agence. D'ailleurs, elle n'avait jamais eu l'aisance relationnelle de Chloé, elle s'était toujours sentie un peu mal à l'aise quand elle traitait avec les clients ou les journalistes. Peut-être que c'était une bonne chose, après tout. Elle était encore jeune, elle pouvait toujours reprendre une formation dans un autre domaine, pour lequel elle avait du talent. Elle avait toujours aimé le *design* d'intérieur, ça pouvait être une option.

Aline était assise dans sa voiture, dans le parking de l'agence depuis dix minutes. Ses jambes étaient incapables de bouger, elle était paralysée. Son corps avait compris qu'elle marchait vers son exécution et il voulait sans doute l'aider à éviter ça. Pourtant, elle était décidée à entrer une dernière fois dans ce bâtiment, monter dans l'ascenseur, frapper à la porte du bureau d'Yves et poser sa démission. C'était beaucoup moins humiliant si ça venait d'elle.

Son téléphone sonna à nouveau. Elle prit une bouffée d'air pour se donner du courage et décrocha.

— J'arrive, je suis en bas.

***

Il semblait y avoir une plus grande agitation que d'habitude, dans l'agence. Dès qu'Aline fut sortie de l'ascenseur, Yves vint la récupérer pour l'emmener vers une salle de réunion. Elle ne pensait pas qu'il serait si impatient de se débarrasser d'elle.

— J'ai essayé de t'appeler toute la matinée.

— Je sais, je n'ai pas eu le temps de…

— On a proposé ta stratégie à Pellerin.

— Justement, je voulais…

— Laisse-moi parler, Aline, s'il te plaît.

Elle baissa les yeux. Après tout, si c'était lui qui parlait, ce serait moins humiliant pour elle.

— On lui a suggéré pour ton beau-père et ton mari, mais ça ne lui convenait pas.

Aline était surprise d'entendre ça, il avait semblé que son équipe était plutôt enthousiaste à cette idée. Elle était un peu perdue. C'était une bonne nouvelle, mais elle était vexée que Pellerin ait rejeté sa stratégie en bloc.

— On était obligés de lui parler d'emblée du fait que la presse pourrait faire le lien avec toi. Pour lui, c'est trop risqué, il ne veut pas que les médias pensent qu'on essaye de cacher des choses. Ça risquerait d'entacher sa réputation.

— Je comprends, dit la jeune femme en essayant de prendre un ton détendu.

— Il faut qu'on soit transparents, continua Yves, qu'on joue cartes sur table.

Aline était confuse, elle ne comprenait pas bien où il voulait en venir. Sa proposition avait été refusée, on passait à autre chose. Que voulait-il dire par « jouer cartes sur table » ?

Le directeur la guida vers la salle de réunion.

— Esther Derache est disponible à quinze heures pour faire l'interview. On a la matinée pour tout préparer à fond.

Aline regarda Yves avec confusion. Avait-elle manqué une information clé ?

— C'est toi qui vas témoigner. Interview croisée avec Pellerin. Tu es une personne de son entourage directement touchée par le problème qu'il souhaite dénoncer, il veut profiter de sa notoriété pour te donner une plateforme, bla-bla-bla. Tu vois l'idée.

Toutes les informations commencèrent à s'imbriquer dans l'esprit d'Aline. Elle ? À la télé, en train de parler de la disparition d'Éliane ? Qu'allait-elle dire ? Était-elle prête à faire ça à sa famille ? Est-ce que tout ça aurait une influence positive sur les recherches ? Et si Éliane ne voulait pas être retrouvée ? Et si elle était partie mourir, comme le pensait Philippe ? Aline n'était vraiment plus très sûre de vouloir savoir. Esther Derache était une journaliste réputée pour sensationnaliser la moindre histoire de chien écrasé. Elle comprenait pourquoi Yves s'était tourné vers elle, ça pouvait faire beaucoup de bruit. Mais la jeune femme savait très bien qu'elle allait essayer de la titiller sur la vie privée d'Éliane, qu'elle poserait des questions qui la mettraient mal à l'aise. Rien ne l'arrêterait pour essayer de rendre l'histoire plus alléchante. Elle allait sûrement s'en prendre à Philippe, à Fabien.

Aline s'efforça de relativiser, n'était-ce pas ce qu'elle voulait, finalement ? Retrouver Éliane, que tout revienne dans l'ordre ? Peut-être que c'était une aubaine, elle allait faire bouger les choses, remettre l'enquête sur le devant de la scène, profiter de la notoriété de Pellerin pour donner du poids à son histoire. À y regarder de plus près, tout le monde serait gagnant. Les relations presse étaient son expertise, il y avait peu de risques qu'elle soit déboussolée par les questions d'une journaliste, aussi vicieuses soient-elles. Il fallait juste qu'elle prévienne Fabien et Philippe, il fallait qu'ils se préparent pour ce qui allait leur tomber dessus.

— Sache que j'apprécie ton dévouement, dit Yves, c'est remarqué et ça ne sera pas oublié lorsque des décisions importantes seront prises.

Il esquissa un sourire et s'engouffra dans la salle.

# 37

L'agitation dans l'agence n'était rien face à celle qui régnait dans la salle de réunion. Aline avait l'impression de se trouver dans l'œil du cyclone. Pellerin était assis au bout de la table et passait en revue un document avec Ghislain. Bérénice était au téléphone à l'autre coin de la pièce. Chloé était installée à la table et tapait frénétiquement sur son ordinateur, Yves l'avait rejointe.

— Esther veut avancer l'interview pour quatorze heures, elle voit la police dans la foulée.

— C'est bien, réagit Ghislain, on passe avant, donc on contrôle mieux le message. Eux ne feront que se défendre. Elle parle avec Gomez ou Brière ?

— Elle ne sait pas encore.

Tout le monde s'assit autour de la table, Aline fit de même. Bérénice prit la parole, c'était elle qui présidait la réunion.

— Notre ligne directrice est simple : la police n'est pas en mesure de faire son travail correctement. François, tu peux parler du temps qu'ils ont pris pour retrouver la trace d'Iris. Aline, tu insistes sur le fait que rien n'a été fait jusqu'à présent pour retrouver ta belle-mère.

— À ce propos, intervint Pellerin, je suis vraiment désolé. J'ignorais tout de cette histoire et je voulais vous dire que je compatis.

Il la regardait avec un visage doux et sincère. La jeune femme était profondément touchée par ces mots, elle était impressionnée par son sens de l'empathie malgré le drame qu'il venait de vivre. Elle ne comprenait pas pourquoi Zora s'était mis en tête que c'était l'homme à abattre.

— Ça, c'est super, François, tu pourras dire un truc du genre pendant l'interview ?

Pellerin regarda Aline, gêné, puis il se tourna vers Bérénice pour acquiescer.

— Aline, tu peux nous raconter les choses comme tu as l'intention de le faire cet après-midi ? On va voir si on veut peaufiner certains éléments.

La jeune femme fut prise de court, elle venait à peine d'apprendre qu'elle allait être devant la caméra, elle n'avait pas vraiment préparé son discours. Elle prit une grande inspiration et essaya de se concentrer sur la façon dont elle aurait briefé Fabien, s'il s'était trouvé à sa place.

— Il y a dix jours, ma belle-mère, Éliane Lacour, a disparu dans des circonstances mystérieuses, lors d'un déjeuner en famille. Elle a soixante et un ans…

— Elle a disparu en plein déjeuner ? coupa Ghislain. C'est génial !

Bérénice se tourna vers lui d'un air désapprobateur.

— Ce que je veux dire, c'est que c'est particulièrement marquant et le fait que la police n'ait rien fait… ça va dans notre sens, c'est une bonne chose, se rattrapa-t-il avec aplomb.

— Tu peux donner plus de détails sur cet aspect ? demanda Bérénice. En effet, ça peut aider à mettre les gens de ton côté, ça apporte du familier, ça pourrait arriver à tout le monde.

— Bien sûr, dit Aline. Éliane s'est levée pour aller chercher le dessert, le repas s'était passé de façon tout à fait ordinaire. Au bout d'un petit moment, comme elle ne revenait pas, on s'est inquiétés, donc nous sommes allés dans la cuisine et nous avons trouvé la porte-fenêtre ouverte et ma belle-mère n'était plus là.

— Donne plus de détails sur les personnes présentes pour préciser qui est « nous ». Tu vois ? dit Bérénice.

— Mon mari et mon beau-père.

— OK, intervint Ghislain, super pour le contexte. Je pense qu'il va vite falloir expliquer que ce n'était pas du tout son genre, qu'elle était très heureuse, etc.

— D'accord, dit Aline. Elle n'a rien emporté, la police a vérifié. Même son sac à main est resté là.

Elle ne se sentait pas très bien, reparler de tout ça lui provoquait une sensation bizarre. Sur le papier, rien de tout cela ne semblait prémédité, mais il y avait forcément un élément qui avait déclenché cette disparition. Quelque chose qui lui échappait.

— Esther va essayer d'insister sur le sensationnel, elle va vouloir trouver des détails croustillants, continua Bérénice. Y a-t-il des choses qu'on devrait savoir ?

— Comme ? dit Aline innocemment, pour gagner du temps.

— Infidélité, disputes, addictions… lâcha Ghislain. S'il y a des délires sexuels bizarres, elle va sauter dessus. Ils n'allaient pas dans un club échangiste ?

— Bien sûr que non, répliqua Aline, c'est un couple tout ce qu'il y a de plus normal ! Parfois ils se chamaillaient, comme tout le monde, mais personne ne trompait personne.

— On préfère juste que tout soit transparent, dit Bérénice calmement, pour savoir comment réagir si les choses sortent sans qu'on l'ait anticipé.

Aline savait très bien qu'on ne l'attaquait pas personnellement. Elle savait que tout cela était fait dans le but de préparer l'interview au mieux, pour qu'elle ne se fasse pas piéger. Mais elle ne pouvait pas s'empêcher d'être sur la défensive. Peut-être parce qu'elle savait aussi qu'elle n'était pas tout à fait honnête. Elle ne parvenait même plus à démêler le vrai du faux parmi tout ce qu'elle avait appris ces derniers jours.

— Il y a quelque chose, dit-elle, mais je ne sais pas si ça a son importance.

Bérénice lui fit signe de continuer.

— Fabien, mon mari et moi… nous n'habitons plus vraiment ensemble. Enfin, c'est provisoire, mais il est dans notre appartement avec son père et moi, je me suis installée dans la maison de mes beaux-parents.

Chloé la regarda d'un air désolé. Aline n'avait pas du tout envie de déballer sa vie privée de la sorte.

Bérénice et Ghislain échangèrent un regard pour se consulter sur l'importance de cette information.

— On ne va pas prendre de risque et on va rapatrier tes affaires chez toi, dit Bérénice. Esther veut faire l'interview dans la maison, il vaut mieux qu'on ait l'impression qu'elle n'est pas habitée.

*C'est peut-être la bonne occasion pour me réinstaller dans l'appartement*, pensa Aline. Philippe et elle étaient dans une situation ridicule d'échange de maison.

— Ils vont sûrement vouloir parler aux voisins, à des amis, continua Ghislain, rien à signaler de ce côté non plus ?

— Non, dit Aline, elle a de bons rapports avec tout le monde.

Elle espérait secrètement que le voisin qu'elle avait rencontré avec Zora ne serait pas tenté de parler à la presse de son abri de jardin et de sa rencontre avec les « employées de la mairie ».

— Elle n'avait pas beaucoup d'amis, elle faisait partie d'un club de lecture, mais elle n'y est pas restée longtemps.

Ghislain regarda Aline comme s'il était déçu. La vie d'Éliane n'était sans doute pas assez intéressante à son goût.

— Tu as évoqué un frère, ils n'étaient que deux ? demanda

Bérénice.

Le cœur d'Aline se mit à battre un peu trop vite et elle se concentra pour ne pas montrer sa gêne. Devait-elle parler de Florence ? Esther et sa tribu de fouineurs remonteraient-elles sa trace ? Ou ne prendraient-ils pas la peine de creuser aussi loin ?

— C'est ça, dit Aline après un temps, c'était juste elle et lui.

# 38

— Que fais-tu là ?

Aline ne pensait pas se retrouver nez à nez avec Fabien lorsqu'elle entrerait dans l'appartement. Après la préparation de l'interview, elle était repassée chez Éliane avec toute l'équipe pour récupérer ses affaires. Bérénice, Ghislain et Chloé étaient restés là-bas pour rendre les lieux plus propices à l'entretien avec la journaliste.

Elle avait l'intention de parler à Philippe en face à face lorsqu'elle serait à l'appartement, puis elle appellerait Fabien sur le chemin du retour, à la dernière minute pour ne pas lui laisser l'opportunité d'essayer de la persuader d'abandonner l'interview, à coup de grandes généralités *new age*. Au lieu de ça, elle avait trouvé Fabien dans la cuisine, s'apprêtant à partir en rendez-vous. Il s'était rasé et ses cheveux étaient bien coiffés. Il portait un pull fin qu'il avait enfilé par-dessus une chemise, avec un pantalon chino et des chaussures de ville. Son look était à la fois professionnel et détendu. Il était à des années-lumière du Fabien baba cool qui avait fait perdre son sang-froid à Aline dans le salon de thé quelques jours plus tôt.

— J'ai un entretien, dit-il avec enthousiasme.

— D'embauche ? Je ne savais pas que tu envoyais des candidatures.

— C'est eux qui m'ont appelé pendant que j'étais dans le Sud. RK Pharma me propose le poste de directeur de leur fondation.

Il s'attendait visiblement à une réaction de la part d'Aline, mais elle se contentait de le regarder sans rien dire. Elle se demandait si elle avait halluciné l'attitude de Fabien ces derniers jours. Elle se trouvait encore une fois face à une nouvelle personne : il était détendu et sûr de lui.

— C'est quasiment fait, continua-t-il, je les rencontre juste pour les dernières formalités.

Aline restait silencieuse, le temps que les informations parviennent à son cerveau. Elle réalisa qu'il fallait qu'elle dise quelque chose, mais rien n'avait de sens.

— Directeur de la fondation RK Pharma ?

— Incroyable, non ? Le rêve.

— Mais... Aline veillait à sélectionner ses mots avec diplomatie. Comment ils ont trouvé ton profil ?

Fabien avait toujours travaillé dans le secteur des assurances et, bien qu'elle n'ait aucun doute sur ses compétences, il semblait particulièrement improbable qu'une compagnie pharmaceutique lui confie les clés de sa fondation.

— Apparemment, quelqu'un le leur a suggéré, il aurait été particulièrement élogieux. À mon avis, c'est Quentin. Ils ont besoin de quelqu'un dans mon genre : pragmatique, mais qui a de fortes valeurs humaines.

Quentin était l'ancien *manager* de Fabien et il était en effet parti travailler chez RK Pharma quelques années plus tôt. Aline avait le souvenir d'un opportuniste prétentieux. Elle l'imaginait mal faire l'éloge de qui que ce soit. Dans son esprit, il aurait plutôt essayé de prendre le poste pour lui. Qui plus est, il travaillait au service juridique de l'entreprise pharmaceutique et elle ne voyait pas en quoi sa recommandation avait pu avoir autant de poids, surtout dans une boîte aussi grande.

Fabien ne semblait pas se poser toutes ces questions, il était aussi enthousiaste que lorsqu'il lui avait annoncé qu'il allait faire du ski nautique et elle ne savait pas s'il prenait réellement la chose au sérieux. Elle était quand même surprise qu'il ne réalise pas de lui-même que quelque chose était bizarre.

— Tu ne vas pas pouvoir quitter ton ancien boulot du jour au lendemain.

Fabien regarda sa femme avec un léger sourire qui trahissait une pointe de complaisance.

— Tout se négocie, Aline, ne t'inquiète pas pour ça.

Il se baissa pour lacer ses chaussures.

— Je pense que c'est le destin, continua-t-il. J'ai suivi mon instinct, j'avais besoin de prendre du recul et au moment où je me suis enfin rendu compte de ce que je voulais faire dans la vie, l'univers m'a entendu.

Aline s'efforça de sourire, une partie d'elle était rassurée de voir Fabien aussi motivé à l'idée de retourner travailler. Après tout, peut-être qu'elle était trop cynique et que ce genre d'opportunités incroyables arrivaient plus souvent qu'elle l'imaginait.

— J'aurai carte blanche pour soutenir les projets qui me tiennent à cœur. J'ai vraiment envie de faire quelque chose en Asie du Sud-Est, peut-être construire un hôpital. C'est la plus grosse fondation d'entreprise dans le secteur pharmaceutique, il y a vraiment moyen d'avoir un vrai impact.

Fabien attrapa un petit attaché-case en cuir et commença à enfiler son manteau.

— Au fait, tu as appelé la banque ?

Aline se sentit rougir, avec l'interview, elle avait complètement oublié cette histoire de prêt. Elle s'apprêta à se justifier, mais il ne la laissa pas parler.

— Je vais les appeler pour leur donner l'information qui leur manque.

La jeune femme prit un air surpris. Il la regarda avec un

grand sourire.

— On va l'acheter, cette maison, on fera même construire une piscine ! lança-t-il en ouvrant la porte.

— Attends ! dit Aline en hâte.

Fabien s'arrêta dans son élan.

— Je voulais juste te dire que je vais être interviewée par une journaliste à propos d'Éliane. On ne sait jamais, ça peut peut-être aider.

Son mari sembla réfléchir un instant, puis son regard s'adoucit.

— Si c'est ce que ton cœur te dit de faire.

Il l'embrassa et quitta l'appartement.

Elle était complètement retournée par la scène qu'elle venait de vivre, elle se demandait si elle n'avait pas rêvé. Était-ce trop beau pour être vrai ? Quand elle se retourna, elle réalisa que Philippe était dans la cuisine, ce qui la fit sursauter. Elle ne l'avait pas vu arriver.

— Tu vas faire l'interview ? demanda-t-il froidement.

Aline acquiesça timidement. Elle voyait bien qu'il n'était pas d'accord avec sa décision.

— Je sais que vous pensez qu'elle ne le voudrait pas, mais je n'en suis pas aussi sûre que vous.

Elle prit un moment pour réfléchir. Elle avait du mal à expliquer pourquoi c'était aussi important pour elle.

— Si on découvre qu'elle était en danger et qu'on n'a pas fait tout ce qui était en notre pouvoir pour l'aider, je crois que je ne me le pardonnerai jamais.

— Je ne vois pas en quoi étaler sa vie sur la place publique va l'aider.

La dualité de son beau-père l'agaçait. Il aimait beaucoup s'en prendre aux médias et il faisait régulièrement des remarques sur le métier d'Aline. Pourtant, il passait son temps devant la télévision et consommait les informations avidement. Il était bien plus poreux qu'il ne le croyait. C'était précisément pour convaincre les gens comme lui qu'il fallait aller de l'avant avec l'interview. Passer à la télé, c'était le ticket gagnant pour se mettre une partie de la population dans la poche.

— Il faut en parler, dit Aline avec vigueur, diffuser sa photo, peut-être que quelqu'un a des informations. Si la police ne veut rien faire, alors, il faut qu'on prenne les choses en main nous-mêmes.

Philippe ne répondit pas.

— Je vous rappelle qu'il y a un tueur qui se balade dans la nature, conclut-elle.

Elle essayait de ne pas trop penser à ce qui était arrivé à Iris, même si elle savait que l'interview était autant portée sur Éliane que sur la fille de Pellerin. Peut-être que ça l'avait arrangée de penser que sa belle-mère avait juste voulu changer de vie, qu'elle en avait eu marre de Belmont et de sa vie de famille. Mais maintenant qu'on était revenus à la case départ, l'angoisse de se dire qu'Éliane était peut-être aux mains d'un meurtrier avait refait surface.

Philippe ne disait rien. Il regardait les valises d'Aline, que Fabien avait semblé ne pas remarquer.

— Je vais laisser mes affaires ici, l'interview se passe dans la maison.

Elle réalisa qu'elle n'avait pas demandé la permission à son beau-père pour inviter toute une équipe de tournage chez lui, mais elle fit en sorte de garder la tête haute pour ne pas montrer qu'elle s'en voulait.

— Après ça, tu me rendras les clés, dit Philippe froidement. Je retournerai là-bas.

# 39

La maison d'Éliane avait été légèrement réaménagée : les deux fauteuils du salon étaient à présent côte à côte, devant la bibliothèque, Aline supposa que c'est là que Pellerin et elle seraient installés pour l'interview. La table de la salle à manger avait été dressée et des restes de repas placés dans les assiettes. Un cameraman était en train de faire des prises de vue, comme une reconstitution un peu glauque du dîner avorté. Un vase avec des fleurs fanées était posé sur la table du salon. Tout était fait pour qu'on ressente l'absence de la maîtresse de maison, comme si Aline et sa famille n'avaient pas eu la force de ranger depuis qu'elle n'était plus là. Elle comprenait que cette mise en scène puisse rendre l'histoire plus marquante pour le public, mais elle ne pouvait pas s'empêcher de se dire qu'Éliane détesterait que sa maison soit montrée dans cet état à la télévision.

Aline aperçut Esther Derache et s'apprêta à aller la saluer, mais Bérénice apparut depuis la cuisine et lui fit signe de la rejoindre. Elle s'exécuta.

— L'interview est enregistrée, ils vont diffuser le sujet au journal régional ce soir, donc pas de stress. Si tu bafouilles, ils pourront couper au montage.

Elle se voulait rassurante, mais Aline sentait qu'elle était un peu stressée.

— Garde bien en tête le message principal : tu es très déçue par le travail de la police. Si Esther te parle du suspect qui a été relâché, tu ne commentes pas, on va laisser François en parler.

On ne veut pas donner l'impression que tu t'en prends à ce type. Mais n'hésite pas à dire que tu as peur.

La voix pompeuse de la journaliste résonna dans la maison.

— François, comment vas-tu ?

Aline vit Pellerin et la journaliste se faire la bise et discuter avec engouement. Elle avait l'habitude de voir ce genre d'excès d'enthousiasme devant les élus dès qu'elle se rendait à des événements presse.

— Je vais te présenter, souffla Bérénice en guidant la jeune femme vers le salon. Esther, voici Aline Lacour.

La journaliste sourit et lui tendit la main.

— Votre visage m'est familier.

— Nous nous sommes croisées plusieurs fois, je travaille avec Yves Cardin.

— Je suis désolée pour votre belle-mère, c'est terrible, cette histoire.

Elle semblait bienveillante, mais Aline savait qu'elle ne devait pas être dupe.

Elle commença à se sentir nerveuse. Avait-elle pris la bonne décision ? Et si Éliane avait eu une bonne raison de partir et qu'elle voulait se cacher ? N'était-elle pas en train de lui mettre des bâtons dans les roues en rendant sa disparition publique ? Elle ne pouvait pas se permettre de penser à ce genre de choses pour le moment, il fallait qu'elle se concentre sur l'interview et sur l'image qu'elle souhaitait projeter.

***

— François Pellerin, merci de nous accorder cet entretien. Nous avons beaucoup parlé de vous ces derniers jours dans des circonstances tragiques, et j'en profite pour vous présenter mes condoléances.

Le député la remercia et Esther expliqua à la caméra qu'il n'était pas là pour nous parler d'Iris, mais d'une autre disparition inquiétante qui avait eu lieu à Belmont et dont personne ne parlait, celle d'une femme de soixante et un ans nommée Éliane Lacour. Elle demanda à Pellerin de présenter Aline. Il se prêta à l'exercice avec aisance.

— Aline est un membre de mon équipe qui a eu la délicatesse et le courage de continuer à m'accompagner sans évoquer ce qu'elle était en train de vivre. Quand j'ai entendu parler de ce qu'elle traversait, j'ai été attristé par le traitement que la police lui a réservé et je voulais que la lumière soit faite sur son histoire.

Il se tourna vers la caméra pour s'adresser directement à l'objectif.

— Des gens disparaissent à Belmont et la police n'est pas en mesure d'agir correctement. J'espère de tout cœur que l'issue sera moins tragique pour Aline qu'elle ne l'a été pour ma famille et moi.

Aline était impressionnée par l'assurance du député. Il avait le don de mettre les journalistes et le public de son côté en très peu de temps. Elle était touchée par ses mots, qui paraissaient sincères et justes. Une bouffée d'émotion l'envahit, mais elle prit conscience qu'une caméra était fixée sur elle même lorsqu'elle ne parlait pas et elle s'efforça de garder un visage neutre. La dernière chose qu'elle voulait, c'était de se mettre à pleurer et de se décrédibiliser complètement à la télévision. Il fallait qu'elle garde le contrôle, elle était avant tout là pour le travail, pour aider François Pellerin, même si l'interview laissait penser l'inverse.

— Comment vous sentez-vous, Aline ? demanda Esther avec intensité.

— Bien, répondit celle-ci rapidement. Je suis surprise par

la façon dont j'ai été traitée par les enquêteurs jusqu'à présent. J'estime qu'en tant que citoyenne française et habitante de cette ville, j'ai le droit à...

— Citoyenne française ?

Aline sentit son ventre se nouer, elle ne savait pas pourquoi elle avait dit ça, elle cherchait à utiliser un vocabulaire officiel pour se donner de la prestance, mais elle était bien consciente de ce que ses mots maladroits pouvaient sous-entendre. Il ne fallait pas qu'elle montre qu'elle était perturbée.

— Citoyenne du monde, bafouilla-t-elle, tout être humain a le droit à un traitement décent.

Elle sentait qu'elle était en train de creuser sa tombe et elle savait qu'Esther n'allait faire qu'une bouchée d'elle si elle ne changeait pas de sujet rapidement.

— Un suspect a été relâché hier. Savoir que ma belle-mère est potentiellement aux mains de cet homme m'inquiète beaucoup.

Aline sentit le regard insistant de Bérénice sur elle. Elle savait qu'elle ne devait pas parler de lui, mais elle avait paniqué, elle perdait totalement ses moyens. Elle s'efforçait de se tenir droite et de garder une expression sérieuse.

— Oui, enfin, il y a la présomption d'innocence. Il s'agit d'un « citoyen français », comme vous dites, rebondit Esther avec provocation.

Aline s'apprêta à rétorquer, mais Pellerin intervint :

— Absolument, nous ne savons pas si cette personne est dangereuse, mais le fait est qu'un meurtrier se balade dans la nature. Si j'étais à la place d'Aline, je serais également tourmenté.

Celle-ci le regarda avec reconnaissance, elle avait envie que l'interview s'arrête, elle préférait largement faire le travail de l'ombre, plutôt que d'être sur le devant de la scène.

— Parlez-moi d'Éliane, reprit la journaliste, quel genre de

femme est-elle ?

— Une femme douce, généreuse, intègre. Très dévouée à sa famille.

— Les personnes à qui nous avons parlé évoquaient une femme discrète, secrète, même.

Aline ne savait pas trop où Esther Derache voulait en venir, elle sentait une pointe de jugement dans sa voix. Elle se demanda à qui son équipe avait parlé.

— C'est une femme réservée, qui aime le confort de sa maison et de son noyau familial.

— Peut-on dire qu'elle est comme une mère pour vous ?

— Sans doute, oui. Elle n'a qu'un fils alors je suppose que ça lui plaît d'avoir une fille adoptive, en quelque sorte.

— Elle ne serait jamais partie de son plein gré, n'est-ce pas ? lança Esther.

Aline sentait un peu de défi dans le ton de la journaliste. Elle se tourna instantanément vers Pellerin.

— Nous ne souhaitons pas faire de supposition hâtive. Cependant, la disparition d'Éliane a eu lieu quelques jours après la disparition de ma fille. Nous pensons que c'est préoccupant et c'est de ça que nous souhaitions parler aujourd'hui, Esther.

— Tout à fait, reprit la journaliste, c'est donc l'occasion de demander à toute personne qui aurait des informations de le faire savoir. Si vous avez vu Éliane Lacour, parlez-en à la police ou appelez la rédaction de notre journal.

— Elle a peut-être besoin d'assistance médicale, ajouta Aline.

Pellerin la regarda avec surprise. Elle n'avait pas l'intention de parler de l'état de santé de sa belle-mère, mais elle avait la sensation étrange de ne pas lui avoir fait justice, de n'avoir pas dressé un portrait très glorieux et elle avait peur que le public ne se sente pas affecté par l'affaire. Elle savait à quel point un détail comme celui-là pouvait toucher les gens.

Esther ne sembla pas vouloir rebondir sur cette dernière information et fit signe à son cameraman que l'interview était terminée. Elle se leva rapidement et alla directement parler à ce dernier. Aline n'arrivait pas à entendre leur échange.

— Votre belle-mère a des problèmes de santé ? demanda Pellerin avec intérêt.

— Peut-être une maladie auto-immune, mais rien de sûr, elle attendait des résultats.

Elle savait que cette information n'était que partiellement vraie, mais elle ne voulait pas admettre devant le député qu'Éliane leur cachait des choses, surtout après qu'Esther Derache l'avait qualifiée de « secrète ».

Pellerin lui adressa un regard désolé, puis il se dirigea vers Bérénice pour faire le point sur l'interview. Aline n'attendait qu'une chose : que tout le monde quitte les lieux.

# 40

Aline était seule dans la maison à présent, tout le monde était parti assez rapidement après l'interview, laissant les lieux dans un état déplorable. La jeune femme commença par replacer les fauteuils, puis elle débarrassa la table. Elle savait que Philippe voulait rentrer le soir et elle voulait que tout soit propre pour son retour, elle ne voulait laisser aucune trace de cette interview. Elle essayait de ne pas trop ressasser, mais c'était difficile de ne pas se sentir honteuse face à son manque d'éloquence et ses maladresses. Bérénice avait essayé de la rassurer, en la persuadant que ce n'était pas si catastrophique. Elle lui avait également promis de parler à Esther au sujet de sa remarque sur la citoyenneté. Cela l'avait un peu calmée, mais elle avait le pressentiment que le résultat allait être déplorable. Elle espérait seulement qu'Yves ne la jugerait pas sur sa performance devant la caméra. Après tout, ce n'était pas son métier et leur message avait été clairement exprimé. Pellerin avait été particulièrement éloquent et elle ne doutait pas que le tout allait être bénéfique pour son image.

Elle monta à l'étage pour s'occuper des chambres et changer les draps. Elle n'avait pas parlé à Philippe de la venue de Zora et elle préférait éviter qu'il s'en rende compte. Elle voulait rendre une maison impeccable pour qu'il n'ait rien à lui reprocher.

Elle était impatiente de rentrer chez elle et de retrouver Fabien. Elle n'avait pas vraiment repensé à leur conversation, mais elle voulait en discuter plus longuement avec lui. Peut-être qu'elle l'avait jugé un peu vite, il était une personne censée et s'il n'avait pas trouvé bizarre d'être contacté pour ce poste, c'est sans doute qu'il y avait des similitudes avec son poste précédent qu'elle n'avait pas perçues. Le stress de l'interview l'avait sans doute rendue un peu pessimiste. Il fallait qu'elle s'efforce de voir le bon côté des choses. Fabien était à nouveau enthousiaste à l'idée de retourner travailler. Ils allaient pouvoir reprendre leur vie d'avant et c'était un soulagement. Elle avait du mal à croire qu'il avait changé d'avis pour la maison. Peut-être que tout n'était pas perdu, finalement. C'est au positif qu'elle voulait penser, ce soir. Elle n'avait d'ailleurs aucune intention de regarder le reportage d'Esther, elle aurait de toute façon un compte-rendu le lendemain.

Elle jeta un dernier coup d'œil à la maison, certains bibelots avaient été déplacés, mais elle ne savait plus exactement quelle était leur place initiale. Elle se dit que les photos de Zora auraient pu lui être utiles, mais elle n'avait pas la force de la recontacter. Tant pis, avec un peu de chance, Philippe ne s'en apercevrait pas et elle doutait qu'il lui en tienne rigueur, du moment que le canapé était en place.

***

Lorsqu'elle arriva à l'appartement, la valise de Philippe était placée près de la porte, il était visiblement impatient de partir. Il se leva d'un bond dès qu'il entendit sa belle-fille rentrer et se dirigea vers le porte-manteau pour se préparer. La jeune femme lui tendit les clés en silence, elle était un peu gênée.

Fabien était installé sur la table de la cuisine avec son ordinateur, il semblait complètement absorbé par ce qu'il faisait. Aline se demanda s'il était conscient du départ de son père et, par extension, de son retour à elle dans l'appartement.

Ils n'avaient pas discuté ouvertement de la chose lorsqu'ils s'étaient croisés plus tôt.

— Vous voulez que je vous raccompagne en voiture ? lui demanda-t-elle.

— Je vais prendre le bus, à cette heure-là, je ne devrais pas attendre trop longtemps.

Philippe partit sans même les saluer. Aline était perturbée par sa froideur, mais elle était aussi soulagée de retrouver son appartement.

— C'est signé ! dit Fabien avec excitation. Je commence demain, ils vont s'arranger avec l'ancien boulot. Par contre, j'ai des milliards de trucs à lire, je n'ai pas envie d'arriver comme un touriste.

— C'est super, dit son épouse en s'efforçant de sourire.

Son mari la dévisagea, il semblait surpris par son manque d'enthousiasme. Sans qu'elle puisse l'anticiper, elle éclata en sanglots et se jeta dans ses bras.

— Je me suis complètement humiliée.

— Ne dis pas ça, je suis persuadé que tu as été très bien.

— Non, j'ai dit n'importe quoi, je vais passer pour une grosse fasciste sans émotion.

Fabien pouffa, il semblait intrigué.

— Je suis sûr que ce n'est pas si terrible que ça.

Aline réalisa à quel point il lui avait manqué. Elle n'avait pas ressenti de complicité avec lui depuis la disparition d'Éliane et elle était contente d'avoir quelqu'un à qui parler.

— Ça passe à quelle heure ? demanda-t-il.

— Vers dix-neuf heures quarante-cinq, mais je ne veux pas regarder.

— D'accord. Je finis ça et on va se faire un resto pour fêter mon nouveau boulot ? Ça te changera les idées.

Aline sourit, c'est exactement ce dont elle avait besoin, une soirée en amoureux avec son mari, pour parler de son nouveau boulot et de leur future maison. Une soirée normale.

# 41

— C'est de la cuisine française, ça devrait te plaire.

Aline avait raconté à Fabien sa maladresse de l'interview pendant le trajet en voiture, il trouvait visiblement ça très amusant.

— Arrête, dit Aline en rougissant, j'ai tellement honte !

L'atmosphère était détendue, la jeune femme avait réussi à prendre un peu de recul et elle était prête à profiter de ce moment avec son mari. Tous deux étaient plongés dans le menu, mais elle avait du mal à se concentrer. Elle ne pouvait pas s'empêcher de penser à l'attitude de Fabien concernant la disparition d'Éliane.

— Je crois que je vais partir sur le confit de canard, ça changera ! lança celui-ci.

Peut-être qu'elle pouvait aborder le sujet de façon subtile, lui laisser une chance de parler s'il le voulait, mais aussi de rebondir sur autre chose s'il en avait envie.

— En tout cas, François Pellerin a été adorable. Il a dit qu'il ne fallait pas hésiter, que s'il pouvait nous aider à retrouver Éliane, il le ferait avec plaisir.

Fabien leva le nez de sa carte et regarda Aline un temps. Elle devinait déjà ce qu'il allait lui dire, qu'il voulait parler d'autre chose, qu'ils étaient là pour qu'elle se change les idées, qu'il préférait célébrer son nouveau boulot.

— Tu sais que Pellerin est au conseil d'administration de RK Pharma ? C'est un peu comme si on bossait tous les deux pour lui, maintenant.

Le portable de Fabien sonna.

— Je suis désolé, je vais le mettre en silencieux.

Il sortit son téléphone et vit que l'appel venait de son père. Aline lui fit signe de décrocher, elle en profita pour jeter un coup d'œil sur le sien. Elle avait reçu un message de Zora. « J'ai vu. Ça va ? »

Elle regarda l'heure et comprit que le sujet était passé à la télé. Ça devait être une catastrophe, encore pire que ce qu'elle imaginait.

— Quand ? demanda Fabien avec une certaine panique dans la voix. Tu n'as rien ?

Aline pouvait lire l'inquiétude sur son visage, elle l'interrogea du regard, mais il ne réagit pas.

— On arrive.

Il raccrocha et se leva pour enfiler son manteau.

— La maison a été attaquée, on va le chercher pour le ramener à l'appartement.

— Attaquée ?

— Des jets de pierre, un carreau a été brisé.

Aline se leva en vitesse et suivit Fabien hors du restaurant jusque dans la voiture, il démarra sans dire un mot.

— C'est à cause de l'interview ? demanda-t-elle.

Il ne savait pas. Elle sortit son téléphone et appela Zora.

— Aline… se contenta de dire celle-ci d'un ton désolé.

— Je n'ai pas vu, c'est si terrible que ça ?

— Il vaut mieux que tu juges par toi-même, je t'envoie le *replay*.

Elle reçut le lien par message et cliqua dessus pour ouvrir la vidéo. Le sujet commençait par une voix off récapitulant les événements concernant Iris Pellerin, avec des photos de la fillette et des images de l'endroit où elle avait été retrouvée. Ensuite, la parole était donnée au député, après la première question de la journaliste. Jusqu'ici, Aline n'était pas surprise, c'est comme ça qu'elle avait anticipé les choses. La voix off reprenait et racontait de façon dramatique la disparition d'Éliane en plein milieu du repas de famille, les images de la table laissée en plan étaient montrées, puis des cadres comportant des photos : Philippe et Éliane le jour de leur mariage, le couple avec Fabien enfant... Ensuite, la vidéo s'attardait sur les petits anges en porcelaine posés sur l'étagère et une poupée ancienne. La jeune femme fut surprise par cette image. Elle était presque sûre que cette poupée n'était pas dans la maison, elle ne reconnaissait d'ailleurs pas le meuble sur lequel elle était posée. Les journalistes avaient-ils fait un montage en insérant des images d'une autre maison ? On voyait ensuite Aline pour la première fois, qui expliquait qu'Éliane n'avait qu'un fils et que ça lui plaisait d'avoir une fille « adoptive ». Aline était surprise de voir cette phrase hors contexte, c'étaient quasiment les seules paroles qui avaient été gardées d'elle dans le reportage. La caméra retombait sur elle de temps en temps, lorsqu'elle regardait Bérénice ou qu'elle se tournait vers Pellerin pour qu'il prenne la parole à sa place, ce montage donnait l'impression qu'elle était terrifiée. On voyait ensuite la maison depuis l'extérieur et la journaliste interrogeait quelques voisins, qui expliquaient qu'Éliane était très discrète, mystérieuse. Une voisine la comparait même à un fantôme. Il y avait ensuite un bout de l'interview de l'inspecteur Gomez qui assurait qu'ils faisaient tout ce qui était en leur pouvoir et qu'ils mettaient le même degré d'attention pour toutes les affaires en cours, car plus souvent qu'on ne le pensait, les affaires étaient liées entre elles. Ensuite, on revenait sur les mots d'Aline : « elle a peut-être besoin d'assistance médicale ».

La voix off reprenait enfin, en résumant ainsi : « Au lendemain de la mort de la fillette, une femme potentiellement malade s'évapore. La question se pose : la police cherche-t-elle une nouvelle victime ou une fugitive ? »

Aline n'était pas sûre d'avoir bien entendu. Elle regarda Fabien, qui semblait concentré sur la route et qui n'avait pas prêté attention à la vidéo. Tout était fait pour laisser croire qu'Éliane était une malade mentale ayant besoin d'assistance psychiatrique. Ils essayaient de sous-entendre qu'elle avait quelque chose à voir avec le meurtre d'Iris. Elle descendit un peu plus bas sur la page, pour regarder s'il y avait des commentaires. Les internautes semblaient avoir tiré les mêmes conclusions et ils s'en donnaient à cœur joie. Ils traitaient Éliane de folle, de tueuse hystérique. Aline s'arrêta sur un commentaire : quelqu'un avait reconnu la maison et avait donné l'adresse.

Sa respiration était courte, comme si elle n'était plus capable de faire entrer de l'air dans ses poumons. Son cœur battait à toute vitesse. Qu'avait-elle fait ? Tout ça était sa faute. Philippe était en train de se faire attaquer, Éliane allait devenir la femme à abattre, elle les avait tous mis en danger. Si elle n'avait pas accepté de faire cette interview, Éliane serait restée anonyme et personne ne s'en serait pris à Philippe. Pourquoi l'avait-elle faite, d'ailleurs ? Pour bien se faire voir de son patron ? Elle avait passé sa soirée à se soucier de ce que les gens allaient penser d'elle, mais tout le monde se fichait bien d'elle, ils étaient trop préoccupés à spéculer sur la santé mentale de sa belle-mère, la tueuse folle.

# 42

Fabien et Aline arrivèrent devant la maison d'Éliane et Philippe. Dans la nuit, seuls les phares de la voiture éclairaient la sente et le jeune homme se dépêcha d'éteindre le contact pour ne pas attirer l'attention. Tout semblait calme, ils n'avaient vu personne dans les parages en arrivant, mais il était difficile d'affirmer avec certitude que ceux qui avaient brisé la vitre de la maison n'étaient pas encore dans le coin, cachés dans l'obscurité.

— Je vais le chercher, dit Fabien, tu peux rester là ?

Il allait escorter Philippe jusqu'à la voiture et ils allaient le reconduire chez eux, le temps que les choses se calment.

Il se dirigea vers la maison en vitesse, et disparut à l'intérieur.

L'obscurité et le silence firent frissonner Aline. Seule dans l'habitacle, elle se sentait particulièrement vulnérable et elle était à l'affût de tout mouvement suspect venant des buissons alentour, dont elle devinait la forme. Elle verrouilla les portières et alluma la radio pour rompre ce silence pesant. Elle avait baissé le volume de peur qu'on puisse l'entendre de l'extérieur.

Un bruit la fit sursauter, quelqu'un essayait d'ouvrir la porte de la voiture. C'était Fabien, il était seul. Aline déverrouilla sa portière.

— Qu'est-ce que tu fais ? Tu m'as fait peur.

— Il ne veut pas venir, dit Fabien. Il ne veut pas quitter la maison.

Il semblait mal à l'aise, il ne regardait pas Aline dans les yeux.

— Je ne veux pas qu'il reste seul ce soir.

Son épouse prit une profonde inspiration, puis elle éteignit la radio. L'idée de dormir à nouveau dans la maison d'Éliane ne l'enchantait pas, mais elle était consciente qu'elle était responsable de l'état dans lequel se trouvait Philippe et c'était un sacrifice qu'elle devait faire. Elle défit sa ceinture et attrapa son sac à main, puis s'apprêta à sortir de la voiture.

— Aline… hésita Fabien, je pense que c'est mieux si je reste seul avec lui.

Bien sûr qu'il ne voulait pas qu'elle reste. Elle se sentit ridicule d'avoir pu penser le contraire.

— Il est juste un peu chamboulé, ça lui passera, ajouta le jeune homme.

— Je comprends, je vais rentrer.

Aline tendit la main et son mari lui confia les clés de la voiture.

Il ne la regardait toujours pas en face. Elle avait peur qu'il lui en veuille d'avoir créé autant de chaos. Il murmura un « bonne nuit » avant de disparaître à nouveau.

Aline était dépitée, elle avait l'impression de le perdre une nouvelle fois. Elle aurait tout donné pour comprendre ce qui se passait dans sa tête. Elle était coupable du fiasco de l'interview, elle comprenait qu'elle devait payer. Elle n'avait pas respecté le souhait de Philippe et elle avait mis tout le monde en danger.

Elle démarra la voiture et conduisit une centaine de mètres, puis elle se gara dans une rue plus éclairée. Elle n'avait pas envie de se retrouver seule chez elle. Elle sortit son téléphone et composa le dernier numéro appelé.

Entendre la voix de Zora à l'autre bout du fil la fit éclater en sanglots.

***

L'éclat des phares de la voiture de Zora sortit Aline de sa torpeur. L'attente lui avait semblé interminable. Elles avaient décidé que celle-ci n'était pas en état de conduire et son amie était venue la chercher.

Elle attrapa ses affaires en vitesse et la rejoignit hâtivement.

— Te laisser en plan dans la nuit comme ça, c'est un peu sadique, quand même.

Aline regarda son acolyte avec gratitude. La culpabilité lui avait fait accepter son sort sans broncher.

— Je te raccompagne chez toi ? demanda Zora.

Son amie scruta les environs avec inquiétude. Elle avait peur d'être suivie, elle ne voulait pas que son adresse devienne publique également. Elle n'était pas non plus sereine à l'idée de se retrouver seule chez elle. Pas tout de suite. Elle n'eut pas besoin de dire un mot, Zora avait compris.

— Tu as mangé ? Je suis affamée. On peut se prendre un truc quelque part.

Aline aussi était affamée, Fabien et elle avaient quitté le restaurant avant même de pouvoir commander quoi que ce soit.

La conductrice démarra et roula en direction du centre-ville.

— Quelque chose à emporter, je n'ai pas très envie de voir du monde, avoua son amie. J'ai peur qu'on me reconnaisse.

Elle était vraiment touchée par tout ce que Zora faisait pour elle, malgré la façon dont elle l'avait traitée la veille. Elle doutait que Philippe lui pardonne aussi facilement.

— Je… commença-t-elle. Je voulais m'excuser pour mon comportement d'hier. J'ai été irrespectueuse, je suis désolée.

Le visage de Zora était doux, elle sourit.

— Je suis venue m'insérer dans tes affaires sans que tu demandes quoi que ce soit. Je sais que je peux être un peu envahissante, parfois, tu as bien fait de poser tes limites.

Aline n'en revenait pas. Zora n'avait pas été envahissante, elle n'avait fait que l'aider depuis le début. Si elle l'avait écoutée, elle ne serait certainement pas dans cette situation. Zora ralentit la voiture, Aline regarda autour d'elles et vit l'enseigne d'un kebab clignoter. Sa complice la regardait avec les yeux d'une enfant qui réclame une barbe à papa. Elle sourit, elle n'avait pas mangé de kebab depuis des années et, à cet instant précis, ça la tentait beaucoup plus que tout ce qu'elle avait vu sur la carte du grand restaurant. Elle fit un signe d'approbation à son amie, qui se gara.

Le patron de l'établissement les salua avec enthousiasme. Le restaurant comportait quelques tables, un client était assis et attendait sa commande.

— Je vous écoute, dit le commerçant.

Un écran de télévision était accroché au mur branché sur une chaîne d'actualité en continu. Le visage d'Aline apparut en gros plan, ce qui lui fit attraper le bras de Zora, par réflexe.

— Tu peux m'attendre dans la voiture, dit celle-ci, je vais commander.

# 43

Aline se retrouvait à nouveau seule dans une voiture à épier tous les alentours. Les lumières de la ville éclairaient les trottoirs et elle avait l'impression que tous les passants la regardaient. Sa tête était partout à la télé, ils devaient se dire que c'était elle, la femme-robot, l'associée de la tueuse folle. Elle regarda autour d'elle dans la voiture pour essayer de trouver de quoi se cacher, elle ouvrit la boîte à gants et vit un étui à lunettes. Aline ouvrit la boîte et ne put s'empêcher de lâcher un petit rire désespéré. Les lunettes de soleil de Zora étaient rouge pétant et les verres avaient la forme de cœurs. Elle les enfila tout de même, au moins, son visage serait un peu couvert. Les passants la trouveraient peut-être bizarre, mais ils ne la reconnaîtraient pas. Elle prit soin d'attacher ses cheveux en queue-de-cheval, pour ne plus avoir la même coiffure que pendant l'interview.

Zora rentra dans la voiture avec les sandwichs et pouffa en la voyant.

— C'est difficile de passer incognito dans l'univers de Zora, dit Aline.

— Et encore, tu n'as pas choisi mes préférées.

Elle attrapa une autre paire de lunettes de soleil dans la portière conducteur. Celles-ci étaient en forme d'étoile et couvertes de paillettes dorées. Elle les enfila avec fierté et les deux femmes commencèrent à manger goulûment.

— Regarde-nous, dit Zora entre deux bouchées, on croirait un duo de flics en filature dans une série américaine, il ne manque plus que les donuts !

— Un duo de flics légèrement excentriques, corrigea sa compagne en ajustant ses lunettes de soleil.

— N'empêche, on fait une bonne équipe.

Aline se tourna vers Zora. Elle sentit ses joues chauffer et sa gorge se serrer. Cette remarque anodine lui avait provoqué une bouffée d'émotion inexplicable. Une bonne équipe. Ces derniers temps, Aline avait eu du mal à se sentir appartenir à quoi que ce soit, elle avait plutôt l'impression d'être seule contre tous. En y réfléchissant, Zora avait réellement été son seul soutien, depuis le premier jour, au commissariat, quand elle l'avait aidée à questionner Gomez.

— Bon, continua celle-ci, que s'est-il passé avec les journalistes ?

C'était une excellente question, à laquelle Aline n'avait pas de réponse. Elle se demandait presque si tout ça n'avait pas été prévu depuis le début. Si la journaliste n'avait pas déjà cette idée en tête avant même de commencer l'interview.

— Que dit ton équipe ? demanda Zora. C'est son métier d'éviter ce genre de fiasco, non ?

— Le mien aussi.

— Ce n'est pas pareil, tu étais en première ligne, tu ne peux pas tout gérer.

— Je n'ai pas regardé mes mails, je ne m'en sens pas capable. Notre client, c'est Pellerin, pas moi. Et son image n'est pas ternie.

Zora soupira d'agacement.

— Tu sais, Pellerin…

— Pas ce soir, s'il te plaît.

Elle savait que le député ne trouverait aucune grâce aux yeux de Zora, même s'il venait de perdre sa petite fille.

— Ceci dit, je peux comprendre la logique, dit Aline. La

disparition d'Éliane correspond à l'annonce de la mort d'Iris.

Elle s'interrompit une seconde.

— C'est même précisément au moment où Éliane est partie chercher la tarte dans la cuisine que j'ai vu les images à la télévision.

— Et depuis la cuisine, on voit la télé, je m'étais fait la réflexion quand on faisait la reconstitution, ajouta Zora.

Les deux femmes se regardèrent. Éliane n'avait pas pu voir Iris ce jour-là. Pas en personne, en tout cas. Ce n'était pas à l'extérieur, mais dans la maison qu'elle avait vu ce qui avait déclenché sa fuite. Car Aline n'avait plus de doute, à présent, Éliane avait préparé son départ, trop d'éléments pointaient vers cette idée. Elle avait prévu qu'elle aurait besoin d'argent, elle l'avait sûrement caché dans le pot « Sucre ». Elle avait également déposé des vêtements chez le voisin… Mais quel était le lien entre Éliane et Iris, pourquoi c'était cette information qui avait déclenché sa disparition ? La sexagénaire pouvait-elle réellement être liée à la mort de la fillette ?

— Tu ne crois quand même pas à leur histoire de tarée qui veut une petite fille à tout prix ? demanda Zora.

— Bien sûr que non, c'est ridicule ! Éliane était une femme tout à fait saine d'esprit. D'ailleurs, je peux regarder tes photos rapidement ?

Zora tendit son téléphone à Aline, qui fit défiler les clichés de la maison. Pas de poupée de porcelaine. L'image avait bien été ajoutée au montage pour laisser penser qu'Éliane avait un rapport bizarre à l'enfance. Ils étaient allés vraiment loin pour amener le téléspectateur à cette conclusion et la jeune femme ne comprenait pas pourquoi. Qui pouvait bénéficier d'un tel mensonge ? Le suspect relâché ? D'après ce qu'elle avait compris, c'était un jeune sans-abri qui avait un problème de drogue, elle doutait qu'il puisse avoir le bras aussi long.

— Une chose est sûre, on ne sera plus les deux seules à chercher Éliane, maintenant. Je n'imagine pas le nombre de justiciers du dimanche qui vont essayer de la retrouver pour se targuer d'avoir capturé une meurtrière.

— Tout est ma faute, dit Aline. Si elle est partie parce qu'elle était peut-être en danger, je lui ai mis des bâtons dans les roues en diffusant sa photo.

— Mais il y a une information que les gens n'ont pas, dit Zora.

Aline la regarda avec curiosité.

— Sa maladie. Ça peut être une piste de recherche, non ?

— Je ne sais même pas si c'est vrai, c'est juste une supposition de Philippe et vu le genre de sites qu'il consulte, je ne suis pas sûre de la solidité de ses sources. Tout ce qu'on sait, c'est qu'elle a fait une prise de sang.

— C'est un bon début. Tu connais le nom de son médecin ?

Le généraliste d'Éliane était également celui qui suivait Fabien depuis de nombreuses années et la famille chantait ses louanges dès qu'elle en avait l'occasion. Zora regardait Aline comme si elle arrivait à suivre le fil de sa pensée.

— Ça se tente.

— Peut-être qu'à toi, il parlera, répondit Aline en souriant.

# 44

Aline regardait son téléphone toutes les deux minutes en attendant l'appel de Zora. Lorsqu'elles s'étaient séparées la veille, elles avaient décidé qu'elle-même retournerait travailler comme si rien ne s'était passé et que son amie irait rencontrer le docteur. Elle avait un peu appréhendé son arrivée au bureau, elle avait peur que tout le monde la regarde de biais sans oser lui parler. Une partie d'elle avait envie de tout plaquer, mais sa partenaire avait fait remarquer à juste titre qu'en restant proche du dossier, elle en apprendrait sûrement plus sur les progrès de l'enquête. Après tout, la police se devait de partager avec Pellerin ses avancées. Et puis, elle ne voulait pas donner l'impression qu'elle était faible, elle voulait prouver à Yves qu'elle pouvait prendre des coups, qu'elle était capable de compartimenter les choses.

Elle avait été surprise de voir que rien n'avait changé dans le regard des autres à l'agence, au contraire, il semblait qu'on la respectait un peu plus pour ce qu'elle avait eu le courage de faire. Et Yves l'avait convoquée dans son bureau pour la tenir informée des retombées positives que l'interview avait eues sur l'image publique de Pellerin et sur l'attitude de la police concernant l'affaire. « Du beau travail », avait-il conclu alors qu'Aline s'apprêtait à retourner à son poste.

Elle regarda son téléphone une nouvelle fois. Toujours rien. Le docteur Brunet réservait une plage horaire pour les patients sans rendez-vous et Zora avait tenté sa chance, même s'il n'était pas rare que quelques malheureux attendent deux heures pour rien, quand le médecin avait trop de monde. Les deux femmes avaient élaboré un plan très simple. Zora allait se faire passer pour une patiente *lambda*. Elle devait appeler Aline avant sa consultation et cacher le téléphone dans son sac, pour qu'elle puisse suivre la conversation en direct. Mais l'heure tournait et elle n'avait toujours pas de nouvelles.

La sonnerie retentit enfin, c'était un appel vidéo.

— Oui, c'est moi, je voulais juste te dire que je vais bientôt entrer en consultation, je te rappelle après, OK ?

C'était leur signal, Aline coupa son micro. Elle pouvait entendre la patiente précédente sortir du cabinet du médecin, elle semblait un peu agitée.

— Vous m'aviez dit que j'étais première sur la liste d'attente, la place qui s'est libérée devrait me revenir, docteur.

— Ce n'est pas moi qui décide, madame Dussart, je fais uniquement des recommandations. Il faut vous adresser à eux.

— Vous ne pouvez pas les appeler ? Vous, ils vous écouteront.

— Je vais voir, dit le docteur.

Aline reconnaissait le nom de la patiente. C'était une femme qui avait toujours habité à Belmont et qui était dans tous les comités de la ville. Elle se demandait dans quel club elle voulait que le médecin l'aide à entrer.

— À nous.

La voix du généraliste était dirigée vers Zora.

Celle-ci glissa le téléphone dans son sac à main. Aline entendit les politesses habituelles et comprit que son amie était à présent assise, car elle sortit le téléphone de son sac pour le poser sur ses genoux, la vidéo pointait sur son visage par en dessous. Le son devint plus clair.

Le début de la consultation était classique, Zora se plaignait de maux de tête et d'insomnie, le médecin lui posa des questions pour préciser ses symptômes et lui fit une ordonnance pour des médicaments aux noms compliqués. La liste semblait longue et la patiente regarda en direction du téléphone avec de grands yeux. Aline consultait un autre médecin traitant, mais elle s'était déjà fait la remarque que Fabien revenait toujours avec des sacs de pharmacie pleins à craquer lorsqu'il consultait le docteur Brunet.

Elle vit son amie tendre son bras pour récupérer l'ordonnance.

— Pas étonnant que j'aie du mal à dormir avec une tueuse dans la nature !

Le médecin ne rebondit pas.

— C'était l'une de vos patientes, non ? Je l'ai déjà croisée dans la salle d'attente.

— Je ne peux pas vraiment dévoiler ce genre d'informations, dit le médecin poliment.

— C'est vrai qu'elle était folle ? demanda Zora, comme si elle n'avait pas entendu.

Aline devina que le praticien se levait de sa chaise et la jeune femme attrapa son téléphone en vitesse pour le glisser à nouveau dans son sac.

— Après vous, dit-il.

— C'est parce que l'enquête est en cours ?

— Voilà, répondit le médecin, qui semblait soulagé qu'on lui donne une excuse sur un plateau.

— La police est venue ici ? Waouh !

Zora incarnait parfaitement la femme naïve, avide de potins.

— Ils ont réquisitionné son dossier médical, tout ça ? Ils avaient un mandat ?

Le généraliste eut un petit rire bienveillant.

— En France, il n'y a pas besoin de mandat, la police doit juste faire une requête officielle.

— D'accord, dit Zora avec intérêt. Entre nous, il y a des choses croustillantes dans son dossier ?

— Au revoir, madame Berger-Laval.

Celle-ci quitta le cabinet en remerciant le docteur chaleureusement. Elle sortit le téléphone de son sac et se précipita à l'extérieur pour parler à Aline plus librement.

— Tu as entendu ? La police a le dossier d'Éliane, c'est sûr.

Aline acquiesça, elle ne savait pas trop quoi faire de cette information. Elle avait beau chercher, elle avait du mal à voir comment elle pouvait obtenir plus de détails, même en passant par Pellerin ou son agence.

— Et maintenant que j'ai une ordonnance longue comme le bras, je vais pouvoir ouvrir une pharmacie clandestine, plaisanta Zora.

Aline aperçut Chloé qui se dirigeait vers son bureau. Elle raccrocha brusquement et fit mine d'être absorbée par la lecture de son dernier mail reçu.

— Cet après-midi, on va chez Pellerin avec Yves. Bérénice et Ghislain veulent nous voir concernant les prochaines étapes. Ça ne t'embête pas de rester ici ? On te fera un débrief dès qu'on rentre.

— Pas du tout, dit la jeune femme avec un sourire.

Pourquoi n'était-elle pas conviée à cette réunion ? Avaient-ils encore l'intention d'utiliser sa belle-mère comme un bouc émissaire pour la suite de leur stratégie ? Ou pire, le député pensait-il sincèrement qu'Éliane pouvait être responsable de quoi que ce soit ?

— Attends, dit Aline brusquement.

Chloé se retourna avec surprise.

— Tu me diras, s'il y a du nouveau dans l'enquête ? Ça me

concerne directement, je pense que j'ai le droit de savoir.

— Bien sûr, répondit sa collègue dans un souffle.

# 45

La petite salle dans laquelle Aline attendait n'était pas très accueillante. La peinture sur les murs était craquelée et la chaise sur laquelle elle était assise n'était pas stable. L'officier qui l'avait menée là entra et lui tendit un gobelet de café.

— Il n'en a plus pour très longtemps.

Aline remercia le jeune homme et but une gorgée. Le café du commissariat était infect, ce n'était pas qu'un cliché. Elle imaginait le responsable des achats rire de façon diabolique en commandant le café soluble le plus rebutant du marché, dans un petit bureau couvert d'écrans lui permettant d'observer la réaction des goûteurs malheureux. Elle leva la tête vers la caméra de sécurité qui était dans le coin de la pièce et but une autre gorgée tout en fixant l'objectif.

— Madame Lacour, dit l'inspecteur Gomez en entrant brusquement dans la pièce.

Aline sortit de sa rêverie et se leva de façon quasi militaire pour le saluer. Elle savait que c'était un homme comme un autre, mais le simple fait qu'il soit policier l'intimidait. Tout en lui semblait plus impressionnant et elle se sentait systématiquement inférieure.

Elle s'était rendue au commissariat à contrecœur, mais c'était son idée. Elle avait profité de l'absence d'Yves et de Chloé pour s'éclipser du bureau sans se sentir inquiétée. Ça lui était venu comme une impulsion, elle n'en avait même pas parlé à Zora. Et elle devait admettre que son plan n'était pas particulièrement bien ficelé, mais elle avait écouté son instinct. Il lui avait suffi de dire à la personne de l'accueil qu'elle avait des informations à partager sur sa belle-mère et quelques minutes plus tard, le jeune officier était venu l'escorter dans cette salle et lui avait proposé un café.

— Vous avez du nouveau concernant Éliane ? demanda Aline.

— J'espère que vous ne vous êtes pas déplacée uniquement pour me poser cette question.

Elle ne répondit pas, elle était pétrifiée. Pourquoi était-elle venue ?

— Nous continuerons à vous tenir informée de toute avancée.

Si elle n'avait pas eu si peur de lui, elle lui aurait peut-être ri au nez. Estimait-il vraiment les avoir tenus au courant ? À moins que Fabien lui ait caché des choses, mais elle n'y croyait pas vraiment.

— Bien entendu, dit Aline.

Il fallait absolument qu'elle trouve quelque chose à dire, elle espérait pouvoir l'interroger directement concernant le dossier médical d'Éliane, mais elle se rendait compte que cela sortirait de nulle part. Comment Zora faisait-elle pour réussir à improviser dans n'importe quelle situation ?

— Je venais à propos d'un retrait bancaire suspect, dit Aline hésitante. Mais j'imagine que vous êtes déjà au courant.

— Allez-y.

On pouvait déjà sentir une pointe d'impatience chez Gomez.

— J'ai découvert qu'elle avait effectué un retrait de cinq cents euros le mois dernier.

— Oui, dit l'inspecteur.

Son ton était neutre et Aline se demanda s'il était déjà au

courant ou s'il voulait donner l'impression qu'il savait. Elle le dévisagea un instant, ce qui sembla le déstabiliser.

— Et donc ?

— Je pense qu'elle est partie avec du liquide sur elle, répondit-elle timidement.

Gomez la regarda avec suffisance. Elle était en train d'admettre ce qu'il avait toujours sous-entendu.

— Je pense que vous aviez raison, reconnut-elle, son départ était prémédité.

L'inspecteur semblait prêt à la raccompagner vers la sortie.

Aline sentait qu'il fallait qu'elle se lance.

— Et je suppose que vous êtes au courant pour son anémie hémolytique ? tenta Aline. Le docteur Brunet a dû vous en parler.

— Exact.

La jeune femme avait l'impression que son cœur s'était arrêté de battre pendant un instant. L'adrénaline s'était mélangée au choc de cette révélation. Éliane était bien malade. Elle repassa dans sa tête les dernières fois où elle l'avait vue. Elle était toujours souriante et enjouée, clamant que tout allait très bien pour elle. Comment Aline avait-elle pu ne pas réaliser qu'elle était souffrante ? Éliane était passée maître dans l'art de masquer tout ce qui pouvait la faire paraître faible. Elle arrivait à projeter une image de femme à la vie parfaite et lisse, une femme sans histoire.

— Aviez-vous remarqué des comportements étranges ? demanda l'inspecteur.

Aline le regarda sans rien dire, elle avait besoin d'un peu de temps avant de retrouver un ton à peu près assuré.

— Parfois, continua Gomez, lorsque certaines personnes ont le sentiment de n'avoir plus rien à perdre, elles agissent sur des pulsions qu'elles avaient jusqu'ici réussi à réfréner.

Aline s'efforça de sourire poliment. L'inspecteur venait d'avouer à demi-mot qu'il considérait Éliane comme une suspecte pour le meurtre d'Iris. La jeune femme voulait lui expliquer que cette idée était ridicule, qu'Éliane se sentait menacée, que quelque chose l'effrayait. Que si son équipe arrivait à remonter la trace de ce qu'elle essayait de fuir, ils trouveraient sûrement toutes les réponses ! Au lieu de ça, elle se leva calmement.

— Non, je n'ai rien remarqué.

# 46

Le reste de la journée, Aline avait été incapable de se concentrer sur son travail. Elle était retournée à l'agence, mais elle faisait acte de présence. Elle se repassait la conversation en boucle. Elle culpabilisait de ne pas avoir vu qu'Éliane était malade, comment avait-elle pu passer à côté de quelque chose d'aussi énorme ? Elle ouvrit une page internet pour se renseigner sur l'anémie hémolytique. Quels étaient les premiers symptômes, les signes avant-coureurs ? Si Éliane avait fait des tests, c'est bien parce qu'elle avait senti que quelque chose n'allait pas, elle n'était pas du genre à courir chez le médecin pour un oui ou pour un non. Pâleur, essoufflement, palpitations… elle n'avait rien vu. Philippe et Fabien non plus. Éliane semblait être un caméléon, capable de cacher son état à tout le monde. Qui était-elle vraiment ? Quelqu'un le savait-il ? Peut-être que Daniel était la seule personne au monde qui la connaissait réellement.

Aline réalisa qu'elle était en train d'agir de façon similaire, en se rendant au travail comme si de rien n'était. Pire, elle le faisait dans son couple. Elle pensa à tout ce qu'elle était en train de cacher à Fabien. C'était la personne de qui elle était le plus proche et elle ne lui avait pas parlé de son enquête ni de ce qu'elle savait de l'état de santé d'Éliane. Elle ne lui avait même pas dit qu'il avait un oncle dont il ignorait l'existence. Un sentiment de honte l'envahit. Qu'était-elle en train de devenir ? Il fallait qu'elle prenne le temps de parler à son mari, elle ne pouvait pas continuer ainsi. Mais elle n'avait aucune idée de la façon dont il allait réagir, il était tellement imprévisible ces derniers temps ! Elle ne savait même pas s'il lui en voulait pour l'interview. Après tout, il lui avait dit de suivre son cœur… même si dans ce cas précis, son cœur l'avait emmenée tout droit dans un piège.

Elle lui envoya un message : « Tu dors à l'appartement, ce soir ? » Les trois petits points d'un message en cours d'écriture apparurent. Aline n'était pas sereine.

« Oui ! Journée de folie, hâte de te raconter ! »

Fabien ne lui en voulait pas. C'était même surprenant de voir à quel point il était vite passé à autre chose.

***

Aline était rentrée un peu plus tôt que d'habitude, elle avait compris que Chloé et Yves ne repasseraient pas par l'agence et elle ne se sentait plus la force de faire du présentéisme. Pourtant, elle tournait en rond dans l'appartement, elle avait déjà rangé et fait le ménage pour s'occuper, plus rien ne dépassait. Elle s'attelait à préparer le dîner, elle se disait que cela ferait plaisir à Fabien et que ça le mettrait dans de bonnes dispositions pour entendre ce qu'elle avait à dire. Elle voulait tout déballer, plus aucun secret. Il était dix-neuf heures, son mari n'était toujours pas rentré. Aline essaya d'appeler Zora. Pas de réponse. Elle avait déjà essayé plus tôt, mais elle n'avait pas eu beaucoup plus de chance. Son amie devait être occupée à aider Joël à fermer le bar. Le bruit de la clé dans la porte se fit entendre, enfin.

Fabien entra avec un grand sourire, il semblait un peu éméché, peut-être qu'il était allé prendre un verre avec ses nouveaux collègues. Aline n'eut pas le temps de lui poser la question.

— Quelle journée ! C'était génial, c'est un cadre incroyable, tout le monde est bienveillant. J'ai été accueilli comme un roi. L'ambiance est super, très humaine, tu vois ce que je veux dire ?

Aline s'apprêta à répondre.

— Et puis en ce moment, c'est le branle-bas de combat parce qu'on est en train de lancer un partenariat avec une association au Laos, ils parlent de m'envoyer sur le terrain pour rencontrer l'équipe locale. Il faut que je regarde si mon passeport est toujours valide.

— Fabien, je voulais te parler de quelque chose…

— Ça sent bon, c'est toi qui as cuisiné ça ? Je vais prendre une douche et j'ai quelques petits trucs à faire pour le boulot avant de dîner, ça ne t'embête pas ?

Il n'attendit pas la réponse et se dirigea vers la salle de bain. Aline ne se sentait pas capable d'attendre plus longtemps avant de lui parler. Mais elle voyait bien qu'il n'était pas du tout dans le bon état d'esprit pour entendre ce qu'elle avait à dire. Quel était le bon état d'esprit pour entendre ce genre de nouvelles ?

— Éliane a une maladie du sang.

Ce n'était pas exactement la façon dont elle avait prévu d'annoncer cela à son mari. C'était comme si les mots ne pouvaient plus rester à l'intérieur, comme si l'information n'avait plus d'autre choix que de sortir de sa bouche, de la façon la plus basique possible.

Fabien s'arrêta dans son élan. Il ne se retourna pas vers elle, il s'était figé. Elle ne pouvait pas voir son visage, elle était incapable de lire sa réaction dans ses yeux.

— Elle le savait depuis quelques mois, mais elle n'a rien dit.

— Comment tu le sais ?

Aline ne pouvait pas dire qu'elle tenait l'information de Philippe. Il lui en voulait déjà assez, elle n'allait pas risquer de se le mettre à dos à vie.

— J'ai trouvé des analyses de sang, chez elle. J'ai eu la confirmation par le docteur Brunet.

Ce n'était pas précisément comme cela que les choses s'étaient déroulées, mais c'était proche. Ce qui importait, c'était que Fabien comprenne que c'était sérieux, qu'Éliane avait des problèmes.

— Tu as fouillé sa maison ?

Elle ne s'attendait pas à ce qu'il rebondisse sur cet élément. Peut-être était-il en état de choc.

— Je suis désolée, je ne voulais pas te l'annoncer comme ça.

— Tu es en train de mener ta petite enquête, c'est ça ?

— J'essaye de comprendre…

— Pourquoi tu ne veux pas laisser la police faire son travail ?

Aline baissa les yeux, elle savait bien que l'interview de la veille avait provoqué un cataclysme. Mais était-ce une raison pour abandonner Éliane à son sort ?

— La police ne fait pas son travail… tenta-t-elle timidement.

Elle avait l'impression d'être un disque rayé. Était-ce vraiment ce qui l'animait à présent ? Ou était-ce juste qu'elle avait bien appris sa leçon et qu'elle répétait le message fabriqué pour Pellerin ?

— Aline, tu n'as aucun recul sur la situation. Tu es en train de perdre ton énergie.

— Pourquoi tu ne veux pas la retrouver ? demanda la jeune femme avec désespoir.

C'était la question qu'elle n'avait pas encore réussi à poser, mais il fallait se rendre à l'évidence, Fabien n'avait aucune envie de retrouver sa mère. Après tout ce qu'Éliane avait fait pour lui, tous ces sacrifices. Il était la prunelle de ses yeux, elle lui avait tout donné. Et au moment où elle avait peut-être le plus besoin de lui, il restait complètement passif. Il agissait comme si rien ne s'était passé. Comme si Aline prenait les choses un peu trop à cœur alors que ce n'était qu'une broutille.

— Tu ne vas pas me dire que tu penses qu'elle est coupable de ce dont on l'accuse ?

Fabien prit une grande inspiration, visiblement, cette conversation l'énervait fortement. La jeune femme avait l'impression d'être une enfant déraisonnable qui insistait pour qu'on lui accorde de l'attention.

— Il faut laisser l'univers faire son travail. C'est la vérité qui triomphera.

Aline avait eu tort de penser que Fabien était redevenu lui-même. Visiblement, il était encore habité par ses idées hippies.

— Le Fabien que j'ai épousé n'aurait jamais laissé passer ça. Il n'aurait jamais attendu passivement que « l'univers » règle tous ses problèmes.

— Ce Fabien-là avait un souci de contrôle, Aline. Tu ne vois pas ça ? C'est peut-être une version que tu préférais, mais il s'agissait d'une personne profondément malheureuse et il est hors de question que je revienne en arrière uniquement pour ton petit confort.

Aline était sans voix. C'était tellement injuste ! Bien sûr qu'elle voulait que Fabien soit heureux, mais elle ne pouvait pas accepter qu'Éliane soit sacrifiée pour l'occasion. Pour elle, c'était la preuve qu'il se racontait des histoires, qu'il n'était pas si détendu qu'il voulait bien le montrer. Il n'aurait jamais abandonné sa mère de la sorte s'il avait eu toute sa tête. Elle était consciente de la distance qui s'était installée entre eux et elle commençait à se demander si cette fissure pourrait un jour être réparée.

Son portable sonna, ce qui lui permit de reprendre ses esprits. C'était Zora. La seule personne à qui elle avait réellement envie de parler à cet instant. Fabien profita de cette diversion pour clore la conversation.

— Ma mère est la personne la plus forte que je connaisse. Si elle a des soucis de santé, elle trouvera un moyen de se soigner.

# 47

— Tout va bien ? demanda Zora.

Elle avait tout de suite compris qu'Aline n'était pas dans son état normal. Celle-ci lui expliqua la situation, l'entretien avec Gomez, le silence d'Éliane sur son état de santé, sa dispute avec Fabien. Son amie l'écoutait sans dire un mot. Aline se demandait si elle pensait également qu'elle manquait de recul et qu'elle devait laisser l'univers faire la part des choses.

— Il a raison, dit Zora.

Le verdict était tombé. Elle aussi allait l'abandonner à son sort. Aline fut prise de court.

— Éliane doit sûrement se soigner, continua-t-elle.

Aline restait muette. Où Zora voulait-elle en venir ?

— Depuis le début, on part du principe qu'Éliane est passive, qu'elle se cache dans un endroit fixe en attendant d'être retrouvée, continua celle-ci. Mais ce n'est pas du tout son genre. Tu as bien vu comme elle a préparé son départ. Si on veut vraiment la retrouver, il faut essayer de se mettre dans sa peau. Ça me surprendrait que tout n'ait pas été prévu.

Zora n'avait pas tort, elles avaient refusé d'écouter la police quand elle disait qu'Éliane était partie de son plein gré. Parce que pour Aline, il avait été inconcevable que cette disparition ne soit pas liée à un mystérieux enlèvement. C'était plus facile d'imaginer un kidnappeur maléfique, plutôt que de prendre en considération l'idée qu'Éliane avait soigneusement organisé sa fuite sous leurs yeux, sans qu'ils s'en rendent compte. Même le jour J, ils n'avaient rien vu. Pour autant, elle restait persuadée que sa belle-mère n'avait pas l'intention de leur nuire. Elle savait, au plus profond d'elle, qu'elle ne serait pas partie uniquement pour fuir sa vie, même si elle en avait douté au début. Éliane était peut-être secrète, mais elle n'était pas lâche.

— Ce que je n'arrive pas à comprendre, dit Aline, c'est dans quelle mesure sa maladie est liée à son départ. Tu penses qu'elle prépare ça depuis qu'elle a eu le diagnostic ?

— Difficile à dire. On ne sait même pas exactement de quand ça date. On dirait surtout qu'elle a pris beaucoup de mesures la semaine qui a précédé son départ. Tu penses qu'elle a pu tout planifier en quelques jours ?

— Je ne sais plus ce que je pense. J'ai du mal à imaginer qu'elle puisse être partie sans que tout soit parfait. J'ai l'impression qu'elle a précipité son départ, qu'elle n'avait pas l'intention de quitter la maison de cette manière.

— Sans manteau, en chaussons… ajouta Zora.

Aline réalisa soudain quelque chose. Éliane gardait toujours une paire de sabots en plastique à côté de la porte de la cuisine, pour ses sorties dans le jardin. Mais la paire de chaussures n'était plus là et personne ne s'en était aperçu. Elle avait été tellement convaincue que sa belle-mère avait été enlevée qu'elle ne l'avait pas réalisé. Aucun kidnappeur n'aurait pris le temps de faire enfiler des chaussures « plus appropriées » à sa victime. Éliane avait dû partir en sabots, les chaussons à la main, avant d'espérer pouvoir se changer.

— C'était provisoire, corrigea-t-elle. Elle savait qu'elle avait des vêtements chez le voisin.

— Sauf que c'est tombé à l'eau…

C'était surprenant qu'elle prenne le risque de débarquer chez son voisin en plein jour. Et qu'elle essaye de forcer la porte sans réaliser que le bruit parviendrait à ses oreilles. Éliane s'était-elle mise à paniquer ? Elle était en train de perdre le contrôle, elle se retrouvait dans le froid, en sabots, sans sac à main et avec cinq cents euros en liquide dans la poche. Aline non plus n'aurait pas été calme. N'importe quelle personne l'ayant croisée à ce moment-là se serait inquiétée. Et la jeune femme doutait qu'Éliane ait apprécié de sentir des regards gênés de la part des habitants de la ville.

— Si j'étais elle, j'aurais quitté Belmont au plus vite, pour ne pas être reconnue, lança-t-elle.

— Tu as raison, elle a dû prendre le train. Elle pouvait aller jusqu'à la gare à pied.

Évidemment, Éliane avait dû prendre le train de banlieue pour aller à Paris. Là-bas, elle avait beaucoup plus de chances d'être anonyme. Elle trouverait aussi plus facilement un magasin ouvert, lui permettant de s'acheter une nouvelle tenue.

— On ne va jamais y arriver, lâcha Aline.

Il était absolument impossible que les deux femmes retracent les pas d'Éliane si elle était en effet allée se fondre à la foule parisienne.

— Ne dis pas ça, insista Zora, tu la connais bien, je suis sûre que tu peux te mettre dans sa tête.

— Je ne la connais pas du tout. Je ne connais que l'image qu'elle voulait montrer. Je connais uniquement l'Éliane de Belmont.

Aline se sentait incapable d'imaginer sa belle-mère ailleurs que dans sa maison, dans sa cuisine. Le simple fait de la visualiser dans un autre univers lui provoquait une sensation de vertige, comme si son cerveau n'avait pas été programmé pour associer les deux informations.

— Peut-être que Daniel pourrait nous aider, dit Zora, hésitante.

Aline n'était pas sûre de pouvoir lui faire face, après tout le chaos qu'elle avait créé depuis leur rencontre. Mais elle était rassurée à l'idée que sa complice lui faisait à nouveau confiance.

— Tu peux louper le boulot demain ? Dire que tu es malade ?

Cette idée ne plaisait pas du tout à Aline. Pourquoi ne pas aller voir Daniel en dehors des heures de travail ? Bien sûr, elle s'était éclipsée plusieurs fois pour aller au commissariat, mais cela venait avec sa dose de culpabilité. Et à sa connaissance, Daniel n'avait pas des horaires de consultation. Aline n'avait jamais pris de congé maladie depuis qu'elle travaillait à l'agence et elle en était très fière. Pour elle, c'était un gage de fiabilité et ça renvoyait une image de motivation et de sérieux. Que penserait Yves d'elle ? Il ne serait certainement pas dupe.

Comme si Zora avait réussi à deviner son cas de conscience, elle ajouta :

— Cette agence est horrible, Aline. Si ça ne tenait qu'à moi, je te forcerais à prendre un congé à vie.

Facile à dire pour elle, qui semblait toujours s'en sortir grâce à sa personnalité pétillante. Aline devait se battre un peu plus, elle devait prouver sa valeur encore et encore. Mais Zora avait raison, elle avait l'impression qu'Yves et Chloé étaient en train de l'exclure à nouveau du dossier, comme s'ils n'avaient eu besoin d'elle que pour la laisser s'humilier en interview.

— OK, je dirai que j'ai une grippe.

# 48

Daniel habitait dans un petit immeuble vieillot, dans un quartier de périphérie. Il eut un mouvement de recul en voyant Aline.

— On vient en paix, dit Zora. On a besoin de ton aide.

Il dévisagea les deux femmes, puis se décala de la porte pour les laisser entrer. Son appartement était sombre et Aline se demanda à quelle fréquence il était aéré. Une forte odeur de mégot froid se mélangeait à celle du vin, qui semblait avoir imprégné les murs.

— Je ne vois pas en quoi je peux vous aider, dit-il en s'asseyant sur l'unique chaise dont était équipée sa cuisine.

— Tu connais Éliane mieux que personne, lui dit Zora, on essaye de comprendre ce qu'il s'est passé. Sa façon de penser.

Daniel lâcha un petit rire sarcastique. *A priori,* il n'était pas en accord avec cette affirmation. Aline était restée dans l'entrebâillement de la porte, elle s'avança vers le frère de sa belle-mère. Bizarrement, elle venait de sentir une connexion forte. Pour une fois, elle sentit que Zora n'était pas la personne la plus appropriée pour avoir cette conversation.

— Personne ne la connaît vraiment, mais si on joint nos forces, on pourra peut-être venir à bout de ce mystère.

Daniel leva les yeux vers elle avec méfiance. Elle avait parlé d'une voix douce, presque maternelle, mais elle réalisa qu'elle était en train de le traiter elle aussi comme une victime, comme un être fragile, qu'il fallait préserver.

— On pense qu'elle est partie à Paris, dans un premier temps, continua-t-elle, mais on n'a aucune idée de ce qu'elle a pu faire ensuite. Tout est possible.

Son ton était plus ferme, elle voulait montrer à Daniel qu'elle le voyait comme son égal, lui prouver qu'il pouvait réellement les aider.

— Vous savez pourquoi elle a fui ? demanda-t-il d'un ton hésitant.

— On pense que c'est lié à la disparition d'Iris, dit Zora, mais on sait qu'elle ne l'a pas tuée, c'est une idée absurde.

Daniel semblait d'accord.

— Elle avait une maladie du sang, dit Aline abruptement. Elle a besoin de médicaments.

Il n'y avait pas de bonne façon de faire cette annonce, mais elle avait peur d'avoir été un peu trop brutale. L'homme se leva. Aline et Zora se regardèrent avec inquiétude, allait-il les congédier ?

Il disparut dans une autre pièce sans un mot et rapporta deux chaises pliantes qu'il installa autour de la table.

— Café ?

Les deux femmes acquiescèrent.

— Donc elle va forcément avoir besoin de médicaments, dit-il avec assurance.

— On pense qu'elle est partie avec une réserve, mais on ne sait pas combien de temps ça va lui durer. Et elle devra consulter un médecin tôt ou tard pour ajuster les doses.

D'après les recherches d'Aline, Éliane aurait aussi besoin de faire des prises de sang régulières.

— Elle ne peut pas y arriver seule, ajouta Zora.

Aline et Daniel se regardèrent. Ils savaient tous les deux que la sexagénaire n'était pas du genre à demander de l'aide.

— Je ne crois pas qu'elle ait d'ami médecin, dit Aline.

— N'importe qui dans le domaine de la santé pourrait faire l'affaire, insista Zora.

Daniel restait silencieux, il ne semblait pas concerné par cette conversation, il donnait l'impression qu'Éliane était une étrangère à ses yeux.

— Et dans son passé ? demanda Aline en le regardant avec insistance.

Il commença par secouer la tête, puis son regard se figea.

— Je connais peut-être quelqu'un, mais je ne pense pas qu'Éliane aurait eu envie de faire appel à lui.

Zora le regarda avec curiosité.

— Florence sortait avec un garçon qui faisait des études médicales, avant de…

Il hésita, mais ne prononça pas les mots.

— Comment il s'appelle ? demanda Aline hâtivement.

Elle sortit son téléphone, prête à faire une recherche.

— Éliane et lui se sont beaucoup disputés après la mort de Florence. Elle lui en voulait de ne pas avoir vu les signes… Je pense qu'elle s'en voulait surtout à elle-même, personne n'avait rien vu venir.

Aline avait reposé son téléphone. Elle avait le cœur serré en imaginant la peine dans laquelle devait être sa belle-mère à cette période de sa vie.

— Elle s'était donné pour mission de nous protéger et elle a eu l'impression que Florence lui avait échappé.

Zora secouait la tête doucement, ce que disait Daniel semblait la toucher.

— Elle n'acceptait pas que Florence ait son propre libre arbitre, conclut-il.

— Tu sais si le médecin est encore dans la région ? demanda Zora.

— On l'a perdu de vue très vite après l'incident. Il s'appelle

Pierre Guillemot.

Aline tapa « Dr Guillemot » dans le moteur de recherche de son téléphone. Elle trouva plusieurs résultats un peu partout en France, mais aucun n'était prénommé Pierre. Elle tenta une nouvelle recherche en utilisant simplement ses prénom et nom et trouva un pharmacien à Neuilly-sur-Seine. Il y avait une photo. L'homme avait la fin cinquantaine, il avait les cheveux poivre et sel, coiffés soigneusement en arrière et le teint hâlé. La photo dégageait un air de sérieux et d'assurance, c'était un bel homme. Aline montra la photo à Daniel. Il eut une légère réaction en la voyant, la jeune femme ne savait pas définir s'il s'agissait de nostalgie ou de colère.

— C'est lui.

***

Avant même qu'ils ne puissent élaborer un plan, Zora, Aline et Daniel étaient en route pour Neuilly.

La petite pharmacie tenue par Pierre Guillemot se trouvait au rez-de-chaussée d'un magnifique bâtiment haussmannien, elle était spacieuse et semblait très prisée des vieilles dames du quartier.

Le pharmacien était en train de servir une habituée lorsqu'ils entrèrent. Il les salua avec un sourire commerçant, puis retourna à ses affaires, avant de relever la tête pour regarder Daniel avec plus d'attention. Son visage se crispa. Celui-ci semblait tout aussi gêné.

— Annick, tu peux t'occuper de madame Lebourg ?

En quelques secondes, une femme surgit derrière le comptoir et prit le relais du pharmacien, qui retira sa blouse, attrapa son manteau et s'approcha du trio. Il les mena à l'extérieur de la boutique à une allure rapide, en regardant autour de lui pour vérifier qu'il n'était pas observé. Il les guida vers une petite cour, à l'arrière de l'officine.

— Que voulez-vous ? dit-il sèchement, à voix basse.

— Enchantée de vous rencontrer également, dit Zora.

Le pharmacien la regarda avec dédain, il n'était pas d'humeur. Aline donna un petit coup de coude à son amie pour qu'elle se taise, elles n'avaient aucun intérêt à se mettre cet homme à dos.

— J'ai vu les infos, la photo d'Éliane est partout.

— Tu l'as vue ? demanda Daniel.

Aline fut surprise de l'entendre tutoyer Guillemot, les deux hommes étaient diamétralement opposés. Daniel était voûté, il avait les cheveux gras et en bataille alors que le pharmacien était tiré à quatre épingles. Elle réalisa que tout cela ne devait pas être aussi flagrant quand ils étaient étudiants.

— Je ne veux pas être mêlé à tout ça, répondit le pharmacien furtivement.

— Ce n'est pas la question, lâcha Zora.

Aline la regarda avec un air de reproche, pourquoi était-elle aussi désagréable ? L'homme semblait légèrement déstabilisé, mais il gardait la face.

— Monsieur Guillemot, je suis Aline Lacour, la belle-fille d'Éliane. Nous sommes désolés de débarquer comme ça. Nous sommes inquiets concernant l'état de santé de ma belle-mère et nous pensons qu'elle est venue vous voir. Nous l'espérons, même. Je pense que vous êtes la seule personne qu'elle connaisse qui ait été en mesure de l'aider.

Le pharmacien la regarda d'un air posé. Il reconnaissait sûrement qu'elle lui montrait le respect qui lui était dû. Il lança à nouveau un regard rapide aux alentours.

— Je risque très gros.

— Donc elle est venue ? demanda Daniel.

On pouvait entendre l'espoir dans sa voix, comme si jusqu'à présent il n'avait pas cru en la possibilité que son idée puisse être viable.

— Elle a débarqué chez moi un dimanche. Heureusement que ma femme ne l'a pas vue.

Pierre Guillemot semblait outré par l'idée qu'Éliane ait osé le déranger.

— Elle n'avait pas le choix, dit Zora.

Le pharmacien semblait agacé.

— Que vous a-t-elle dit ? demanda Aline.

— Elle avait l'air très agitée. Elle m'a montré une boîte de médicaments en me disant qu'elle avait absolument besoin d'en avoir une nouvelle.

Il regarda par terre, d'un air gêné.

— Elle n'avait pas d'ordonnance, je ne pouvais rien faire.

— Vous ne l'avez pas aidée ? demanda Zora, atterrée.

— Une femme que je n'ai pas vue depuis des années vient me réclamer de lui donner des médicaments de façon illégale, que vouliez-vous que je fasse ?

— Ça pourrait lui coûter la vie.

Aline ne ressentait plus l'envie de reprendre Zora, elle était plutôt contente que quelqu'un ait le courage de lui faire voir la vérité en face.

— Tu lui devais au moins ça… dit Daniel froidement.

— Je ne lui devais rien du tout. Je refuse de me faire embringuer dans des activités criminelles. Je suis un homme respectable.

Tous se turent. Aline se demandait comment un homme respectable, justement, pouvait refuser d'aider une femme comme Éliane sans même essayer de comprendre la gravité de la situation.

— Et si j'en crois les journaux, j'ai bien fait de ne pas m'en mêler.

— Tu la crois vraiment capable d'avoir fait une chose pareille ? demanda Daniel en le regardant droit dans les yeux. Que tu le veuilles ou non, tu sais que c'est une femme bien, elle n'aurait jamais pu faire ce dont elle est accusée.

Pierre Guillemot soutint son regard, mais ne répondit pas. Il savait sans doute que Daniel disait vrai.

— Combien de temps pourra-t-elle tenir sans médicaments ? demanda Aline.

— Elle avait une boîte presque pleine. Ça représente quinze jours de traitement.

— Donc il reste trois jours, dit Zora en comptant sur ses doigts.

— Et ensuite ? demanda Daniel.

— Ensuite, il faudrait qu'elle voie un médecin pour faire de nouveaux tests et ajuster son traitement.

— Et si elle ne voit personne ? insista-t-il.

— C'est difficile à dire, il pourrait y avoir des risques cardiaques ou que ça affecte un organe.

Zora soupira bruyamment. Avant qu'elle n'ait pu faire de remarque, le pharmacien se remit en marche.

— Je dois y aller. Je vous ai dit tout ce que je savais, inutile de revenir ici.

Il quitta la petite cour d'un pas rapide et disparut vers l'entrée de la pharmacie.

Zora, Aline et Daniel restèrent quelques instants sur place sans dire un mot. Puis ils quittèrent les lieux à leur tour, le pas traînant. Daniel et Aline prirent la direction de la voiture, mais Zora se retourna vers la pharmacie.

— Qu'est-ce que tu fais ? demanda son amie.

Elle la regarda avec un sourire espiègle.

— J'ai une ordonnance.

# 49

Aline et Daniel attendaient Zora devant sa voiture. Elle revint le sourire aux lèvres avec un sac de pharmacie rempli, qu'elle donna à Daniel avant de s'installer au volant.

— Tu lui as dit quoi ? demanda Aline.

— Rien, je l'ai laissé me servir. Je voulais juste le voir trembler un peu devant ses clientes et collègues.

Aline sourit, l'audace de Zora ne cessait de la surprendre, elle était un peu envieuse.

— C'est Brunet, ton médecin ? demanda Daniel en passant en revue toutes les boîtes de médicaments.

— Comment tu le sais ?

— La quantité de produits et le fait qu'ils viennent tous de RK Pharma.

— Tout ça pour des maux de tête, ajouta Zora, amusée.

— Qu'est-ce que tu veux dire ? interrogea Aline.

RK Pharma était une entreprise majeure du secteur pharmaceutique français, et une entreprise locale, qui plus est. Était-ce si surprenant que le docteur Brunet sélectionne ses médicaments dans leur catalogue ?

— Il magouille avec eux depuis des années.

La jeune femme leva les yeux au ciel. Elle détestait ce type de rumeurs, ce devait être le genre de conversations qu'avait Daniel avec ses copains au bistrot, c'était tellement facile ! C'était à cause de ce genre de raccourcis que le monde entier en avait après Éliane à l'heure qu'il était.

— Tu es un peu du genre naïf, toi, non ? lui dit Daniel.

— Et toi du genre théoricien du complot ?

— Tout ce que je sais, dit-il, c'est que dès que je vais le voir, il essaye de me placer dans un essai clinique pour eux. Il fait ça avec tous les prolos de la ville. Il pense qu'on est assez désespérés pour devenir des rats de laboratoire.

— Des essais cliniques ? demanda Zora. Il ne faut pas avoir une maladie spécifique pour ça ?

— Ça dépend, parfois, ils cherchent juste des gens en bonne santé.

Daniel se mit à rire.

— C'est un peu ironique qu'il cherche absolument à me caser dans ces trucs, étant donné mon style de vie.

Aline repensa à la conversation qu'elle avait entendue entre le docteur et madame Dussart sur le fait d'être sur liste d'attente. C'était le genre de femmes qui se plaignait de son état de santé à qui voulait bien l'entendre et ça ne l'aurait pas surprise qu'elle souhaite entrer dans un essai clinique pour essayer un nouveau traitement pour sa maladie imaginaire du moment.

— Tu peux aller en direction de la mairie de Belmont ? demanda-t-elle soudain à Zora.

— Pour quoi ?

— Il faut que je vérifie un truc.

Aline regarda sa montre, s'ils se dépêchaient, ils arriveraient avant la fin du club de lecture. Elle était certaine que madame Dussart en faisait partie, elle l'avait vue sur une photo de leur page Facebook.

***

Lorsqu'ils arrivèrent sur le parking, Aline aperçut plusieurs femmes avec un livre à la main en train de se diriger vers leur voiture respective.

— Là !

Zora montrait deux d'entre elles en train de discuter devant la porte d'entrée. Madame Dussart et celle qui devait être la présidente de l'association, bien qu'elle ne ressemble pas vraiment à sa photo de profil.

Au moment où Aline voulut sortir de la voiture, elle croisa le regard d'une des membres, qui la dévisageait avec jugement. Elle baissa les yeux. Elle était devenue une paria à Belmont.

— Vas-y, dit Daniel.

Madame Dussart rejoignait à présent sa voiture. C'était le moment ou jamais pour Aline de l'intercepter. Elle sortit en vitesse et se dirigea vers la femme d'un pas rapide. Celle-ci accéléra le pas, au point qu'elle trottinait à présent vers sa voiture pour ne pas avoir à la croiser.

— Attendez !

La femme réagit comme si elle n'avait pas entendu, s'installa au volant et s'empressa de mettre la clé dans le contact. Aline se mit à courir vers la voiture, il n'était pas question qu'elle lui file entre les doigts. Avant qu'elle ait eu le temps de démarrer, elle ouvrit la portière passager et s'installa sur le siège.

— Que faites-vous ?

C'était une bonne question. Aline n'avait pas eu le temps d'y réfléchir.

— Sortez de ma voiture !

— J'ai juste une question à propos de l'essai clinique dont vous faites partie.

Madame Dussart la regarda avec incrédulité.

— Vous plaisantez ?

Aline était perdue, elle ne savait pas comment rebondir.

— Je n'ai pas été prise. C'est pour ça que vous êtes venue ? Pour me narguer ?

— Pas du tout, je suis désolée. Je ne voulais pas m'imposer comme ça…

Aline était confuse, elle ne savait même pas pourquoi elle était là. Elle avait juste suivi un instinct qu'elle estimait ridicule, à présent.

— Quand j'ai su que RK Pharma faisait un essai clinique sur l'anémie, j'ai tout de suite demandé à faire une prise de sang.

Le mot fit l'effet d'un couperet à Aline.

— Et j'ai bien fait parce que mon taux de globules rouges était plutôt bas. Le docteur Brunet m'a envoyé faire d'autres analyses, mais apparemment, mes résultats étaient encore trop sujets à interprétation.

Elle mit la main sur son cœur.

— Moi, je sens que je suis malade, j'ai un sixième sens pour ça.

Aline se contentait de la regarder avec un air désolé. Elle se demanda si le docteur Brunet avait parlé de l'essai à Éliane.

— Même quand une place s'est libérée, ils n'ont pas voulu me prendre ! ajouta-t-elle, outrée.

— Une place s'est libérée ?

Madame Dussart regarda Aline d'un air blasé.

— Oui, il y a une ou deux semaines. Une personne n'a pas respecté les règles et s'est fait renvoyer. Ils sont très stricts.

Aline acquiesça lentement. Pouvait-il s'agir d'Éliane ?

— Vous imaginez ? Vous avez la chance de tester un traitement à la pointe de la recherche scientifique et vous prenez ça comme une blague ! s'offusqua la malade imaginaire.

— C'est sûr, dit la jeune femme, qui commença à ouvrir la portière de la voiture doucement.

Elle avait eu toutes les informations qu'elle voulait et elle savait que madame Dussart n'était pas du genre à écourter les conversations.

— Et moi, j'ai tout fait comme il faut, j'ai même eu une recommandation du docteur Brunet. Ils ont une candidate idéale et ils me snobent. Je ne suis pas assez malade pour eux.

— Mhm.

Aline aperçut Zora et Daniel qui la regardait avec insistance. Elle espérait que l'un des deux viendrait la chercher.

Soudain, madame Dussart se tourna vers elle avec excitation.

— Vous connaissez François Pellerin, je vous ai vus tous les deux à la télé. Vous pouvez lui parler de moi ? Je sais qu'il est influent, il est à la direction de l'entreprise, non ?

— Seulement au conseil d'administration, corrigea Aline.

— Vous ne pouvez pas l'appeler ?

La femme la regarda avec insistance.

— Maintenant ?

— Oui, oui, allez-y, je ne dirai pas un mot.

La jeune femme sortit doucement son téléphone de sa poche, chercha un numéro dans son répertoire et lança l'appel.

— Qu'est-ce que tu fous ?

Zora avait décroché dès la première sonnerie.

— Monsieur Pellerin, Aline Lacour, j'espère que je ne vous dérange pas. Je voulais vous suggérer une candidate pour l'essai clinique RK Pharma sur l'anémie hémolytique.

— Auto-immune, précisa madame Dussart.

Aline vit Zora la regarder en souriant depuis l'autre côté du parking.

— Comment tu as réussi à te retrouver dans cette situation ? plaisanta-t-elle.

— Absolument, vous avez de quoi noter ? C'est madame Brigitte Dussart… Oui, voilà… Merci, monsieur Pellerin.

— Allez, magne-toi, maintenant, dit Zora avant de raccrocher.

— Vous aussi.

Les yeux de madame Dussart s'étaient illuminés. La jeune femme profita de ce moment pour sortir en vitesse de la voiture.

— Je croise les doigts pour vous. Au revoir.

Elle fit un signe de la main rapide et courut vers la voiture de son amie.

# 50

Aline avait l'impression d'avoir exploré toutes les pages du site internet de RK Pharma. Elle était même allée jusqu'à lire les communiqués de presse des dernières années. Elle ne trouvait aucune mention des essais cliniques organisés par le laboratoire. Les recherches étaient peut-être confidentielles et les résultats réservés à la communauté scientifique. Mais pourquoi ne trouvait-elle aucune annonce pour recruter les patients ? Cela ne se faisait-il que par l'intermédiaire des médecins ? C'était possible, Aline ne connaissait absolument rien à ce milieu, mais elle se doutait qu'il y avait un protocole bien précis, afin d'éviter tout abus. Il devait y avoir beaucoup de critères que seuls les médecins pouvaient juger.

Il fallait pourtant qu'elle trouve un moyen de savoir si Éliane avait fait partie de l'essai. Et si c'était sa place qui s'était libérée ? Mais tant qu'elle ne savait pas pourquoi sa belle-mère avait été mise à l'écart, elle ne serait pas en mesure d'assembler les pièces du puzzle. Qu'est-ce qui avait bien pu provoquer une insubordination de sa part ? Il fallait qu'elle trouve une personne impliquée dans l'essai pouvant la renseigner, mais elle ne se faisait pas trop d'illusions.

Aline ouvrit un réseau social professionnel et commença à taper des mots-clés dans la barre de recherche « Essai clinique RK Pharma ». Aucun retour. « Laboratoire RK Pharma », une série de résultats apparurent, la recherche était trop vague. « Directeur de laboratoire RK Pharma ». La liste de résultats s'était réduite de manière significative. Elle observa le premier profil : il s'agissait du directeur du laboratoire de la filiale québécoise de l'entreprise. Le deuxième profil indiquait bien « région de Paris », elle cliqua et put découvrir le CV de Jean-Christophe Pajot. Après son doctorat en chimie, il avait directement intégré RK Pharma et avait monté les échelons au fil du temps, pour être finalement chargé du département Recherche et Développement. Aline se sentait intimidée par ce parcours, mais elle cliqua tout de même sur la demande d'ajout de contact, à laquelle elle ajouta un message : « Bonjour, je souhaiterais me renseigner sur l'étude en cours concernant le traitement de l'anémie. Merci d'avance d'accepter ma demande. » Aline ferma les yeux. Elle n'en revenait pas de faire une chose pareille. Il n'y avait aucune chance qu'il réponde à ce message, il se dirait que la demande était complètement déplacée. Elle retint sa respiration. Envoyer.

Son portable sonna. Elle se demanda si cela pouvait être lié avec le message avant de réaliser que c'était impossible. Elle ne reconnut pas le numéro qui s'affichait et hésita à décrocher, mais elle ne voulait pas non plus passer à côté d'un appel important. Et si c'était Éliane qui essayait de la joindre ?

— Aline ?

La voix masculine au bout du fil était familière, mais la jeune femme n'arriva pas à la replacer tout de suite.

— C'est François…

Bien sûr, elle reconnaissait la voix, à présent. Pourquoi l'appelait-il ? Y avait-il un problème à l'agence ?

— François Pellerin, ajouta-t-il, déstabilisé par le silence de la jeune femme. Je ne vous dérange pas ?

— Oui, non, pardon… balbutia-t-elle. Je veux dire, vous ne me dérangez pas, mais je ne suis pas au bureau, peut-être qu'il vaut mieux appeler Yves ou Chloé.

— Je sais, dit Pellerin calmement. Justement, j'ai appris que vous étiez malade et je voulais m'assurer que tout allait bien.

Aline était complètement paniquée, elle n'avait pas du tout imaginé qu'il puisse l'appeler directement et elle réalisa qu'elle n'avait même pas fait semblant d'être malade. Maintenant, c'était trop tard pour se mettre à tousser.

— Ça va, dit-elle en essayant de prendre une voix légèrement plus faible. C'est juste un virus, je pense que ça ira mieux demain.

Elle n'avait pas vraiment l'intention de retourner travailler le lendemain, elle avait une liste de choses qu'elle souhaitait faire. Mais maintenant qu'elle se retrouvait face à son client, elle n'était pas capable d'annoncer son absence.

— Tant mieux…

Elle sentait une légère gêne. C'était sans doute la première fois qu'ils se parlaient seul à seul. Les rares échanges qu'ils avaient eus étaient en présence de leurs collègues ou avec une caméra pointée sur eux. Son hésitation le rendait soudain plus accessible.

— Concernant l'interview, poursuivit-il de ce même ton incertain, je voulais que vous sachiez que j'ignorais l'angle que ça allait prendre. Je n'aurais jamais laissé faire ça.

Aline n'en revenait pas. Il appelait pour s'excuser ? Il se sentait coupable ? Son cœur palpitait, elle était touchée par cette vulnérabilité. Elle se trouvait encore plus idiote d'avoir « séché » le boulot comme une lycéenne rebelle.

— Je sais, finit-elle par dire.

Elle venait de le réaliser à l'instant. François Pellerin n'était en contrôle de rien, il se faisait manipuler par son équipe pour faire avancer sa carrière politique (et la leur). Ils profitaient du drame qu'il était en train de traverser et de son état de choc pour faire de lui leur pantin. Elle seule réussissait à imaginer ce qu'il pouvait vivre. Elle comprenait qu'il essayait tant bien que mal de vivre une vie normale, malgré les circonstances.

— Je vais être transparent avec vous, je ne sais pas si votre belle-mère est liée d'une manière ou d'une autre au décès de ma fille. En revanche, je crois sincèrement que vous n'y êtes pour rien et je voulais vous assurer que je ne vous en voulais pas.

— Merci, dit Aline.

— Je vous considère comme un très bon élément dans l'équipe et je ne voudrais surtout pas que vous vous éloigniez volontairement.

Aline ne savait pas quoi dire, ces mots la flattaient. François Pellerin l'appelait personnellement pour la complimenter sur la qualité de son travail. Il y avait encore quelques semaines, elle aurait eu du mal à le croire. Mais à présent, tout avait changé, rien ne semblait impossible.

— À moins que vous ne souhaitiez plus travailler avec moi, je pourrais le comprendre, se rattrapa-t-il.

— Pas du tout, répondit Aline hâtivement.

Elle ne voulait pas qu'il pense qu'elle essayait de l'éviter. Elle voulait qu'il sache qu'elle lui était loyale et qu'elle ferait son possible pour continuer à l'aider.

— Je vais mieux, continua-t-elle, je reprendrai le travail demain, vous pouvez compter sur moi.

— Parfait.

— Merci pour votre appel.

— N'hésitez pas si vous avez besoin de quoi que ce soit… ou simplement si vous voulez parler, vous avez mon numéro, à présent.

Aline était troublée, une pensée furtive lui traversa l'esprit. Était-il intéressé par elle ? Après tout, il était divorcé depuis près d'un an et on ne lui connaissait pas de petite amie. Elle chassa cette idée de sa tête. Pour qui se prenait-elle ? Ce n'est pas parce qu'un homme lui téléphonait qu'il avait forcément des sentiments pour elle. Et puis, elle était mariée. À quoi jouait-elle ? C'était une relation professionnelle, amicale tout au plus. Elle se redressa et prit un ton ferme, mais poli.

— Je prends note. Bonne soirée, monsieur Pellerin.

Aline raccrocha rapidement. Même si elle ne voulait pas y penser, elle ne pouvait pas s'empêcher de comparer le comportement de Pellerin avec celui de Fabien. Il aurait pu avoir des milliers de raisons de lui en vouloir ou tout simplement d'être centré sur ses propres problèmes, mais il avait pris le temps de lui faire savoir qu'elle pouvait compter sur lui, qu'il se faisait du souci pour elle, qu'il pensait à elle. Même avant toute cette histoire, elle n'avait pas l'impression que Fabien lui ait porté autant d'attention. Comme si le ciment de leur couple résidait plutôt dans ce qu'Aline faisait pour lui. Et son comportement depuis la disparition de sa mère n'avait fait que la conforter dans cette idée.

# 51

Aline n'avait même pas entendu Fabien rentrer la veille. Ce matin, il était parti aux aurores et elle n'avait pas eu l'occasion de lui parler. Jean-Christophe Pajot n'avait pas accepté sa demande de contact, et elle espérait que son mari pourrait trouver son adresse email ou un numéro de téléphone dans l'annuaire interne de l'entreprise. Après tout, de nombreuses personnes ne consultaient pas régulièrement leur profil, surtout si elles n'étaient pas en recherche active d'emploi. Elle essayerait de l'appeler dans la matinée, mais elle avait prévu de faire autre chose avant d'aller au boulot.

Elle observait les allées et venues dans la rue, depuis la vitre du café dans lequel elle s'était installée. Elle avait une vue parfaite sur l'entrée du cabinet du docteur Brunet. Sachant que les consultations commençaient une demi-heure plus tard, Aline devrait pouvoir intercepter le médecin à son arrivée. Elle avait besoin de réponses. Si Éliane faisait partie de l'essai clinique, alors, il fallait creuser cet aspect. Mais si tout cela n'était qu'une fausse piste, il fallait qu'elle arrête de perdre son temps à l'explorer.

Une Audi noire tourna dans la rue et ralentit légèrement. Aline attrapa son sac et son manteau, prête à courir hors du café pour intercepter le généraliste. La voiture continua son chemin. Fausse alerte. La jeune femme regarda sa montre, plus qu'un quart d'heure avant le début des consultations.

C'est d'une Mercedes que le médecin sortit quelques

minutes plus tard, après s'être garé dans la rue. Aline était sortie du café dès qu'elle avait vu la voiture se garer. Elle traversa la rue à grandes enjambées.

— Docteur !

Le médecin ne prit pas la peine de regarder Aline.

— Les consultations commencent à huit heures et demie.

— Je sais, j'ai juste une question à vous poser.

Il leva les yeux vers Aline et elle perçut un léger mouvement de recul. Il l'avait reconnue, mais il essayait de le cacher. Il lui indiqua de continuer.

— J'aimerais savoir si ma belle-mère, Éliane Lacour, faisait partie de l'étude sur l'anémie hémolytique chez RK Pharma.

— Éliane Lacour ?

Il fit semblant de chercher s'il connaissait ce nom, ce qui agaça légèrement la jeune femme. Elle savait qu'il avait communiqué avec Gomez, donc il était parfaitement au courant de l'affaire.

— Oui, elle est recherchée par la police.

Le médecin fit mine d'avoir recollé les morceaux.

— Malheureusement, je ne peux pas communiquer ce genre d'informations.

— Je veux juste comprendre pourquoi elle a été renvoyée de l'essai.

— Ce sont des informations confidentielles, madame. Surtout dans la mesure où une enquête est en cours.

— C'est fréquent, insista Aline, de se faire virer d'un essai clinique ?

— Je ne suis pas en mesure de parler au nom de RK Pharma.

— Vous pouvez seulement me confirmer que les informations sont correctes ?

Le docteur était visiblement très mal à l'aise, il fixa son interlocutrice sans dire un mot. Était-ce de la peur qu'elle voyait dans ses yeux ?

— Je dois y aller, mes consultations vont commencer. Je vous conseille d'abandonner, madame. Laissez la police s'occuper de ça.

Le docteur s'engouffra dans le bâtiment, laissant la jeune femme devant la porte, perplexe. Que voulait-il dire par là ? Cela confirmait-il ses soupçons ? Ou au contraire, essayait-il de lui faire comprendre qu'il fallait chercher ailleurs ? Ou bien était-ce une menace ? Le médecin avait l'air de craindre quelque chose.

Aline se dirigea vers sa voiture et en profita pour appeler Fabien.

— Chérie, j'enchaîne les réunions, ce matin, je n'ai pas le temps de discuter.

— J'ai besoin que tu me rendes un service.

— On peut en reparler plus tard ?

La jeune femme n'avait pas envie d'attendre, elle avait l'impression que son mari l'évitait et elle commençait à trouver cela pénible.

— Je veux juste que tu me donnes les coordonnées d'un de tes collègues qui travaille au labo.

— Aline, je ne suis pas du tout en contact avec les gens du labo. C'est un bâtiment différent.

— Je t'envoie son nom par texto, tu regarderas dans l'annuaire interne de l'entreprise.

— Je dois y aller.

— Son email et sa ligne directe, si tu peux.

— Je te rappelle à midi.

Fabien raccrocha et Aline ouvrit ses messages pour lui envoyer les informations sans attendre. Elle n'avait pas l'impression de lui demander la mer à boire. Il pourrait faire la recherche entre deux réunions.

# 52

La plupart des emails dans la boîte d'Aline étaient des messages automatisés de veille média et quelques rappels du service finance afin de remplir ses feuilles de temps. Elle n'était plus en copie des emails concernant François Pellerin. Elle ne pouvait pas s'empêcher de se demander s'il s'en était rendu compte. Chloé passa rapidement dans le couloir et Aline n'eut pas le temps de se lever pour lui parler, elle était déjà dans le bureau d'Yves, porte fermée.

Si François savait ça, il serait sans doute très déçu par ces comportements. Il lui avait dit qu'elle pouvait le contacter quand elle voulait et elle se demanda si cela constituait une bonne raison de le joindre. Après tout, si elle avait été à sa place, elle aurait aimé savoir si un élément de l'équipe qu'elle trouvait indispensable était exclu des mails et des réunions. Elle se pencha pour attraper son téléphone dans son sac, mais changea d'avis. Ce n'était pas une raison assez pertinente pour le contacter. Si elle commençait à lui envoyer des messages dès qu'elle avait la moindre frustration, il ne la prendrait plus au sérieux. C'était une femme intelligente et professionnelle, elle allait directement demander à Yves de la réintégrer dans l'équipe parce qu'il n'y avait aucune raison qu'elle soit évincée de la sorte.

Elle vit qu'elle avait reçu un message de la part de Fabien. C'étaient sûrement les coordonnées qu'elle avait demandées. Au lieu de ça, elle lut un simple « Appelle-moi. » Aline composa le numéro, il décrocha instantanément.

— À quoi tu joues ?

— Pardon ? demanda la jeune femme, un peu agacée par le ton de son mari.

Elle entendit que Fabien s'éloignait du bruit ambiant, il cherchait un espace tranquille pour pouvoir parler.

— Qu'est-ce qui te prend d'interroger les employés de RK ?

— Je n'ai pas interrogé…

— Et tu comptes faire quoi avec l'email de Pajot ?

Aline prit une profonde inspiration, elle savait qu'elle aurait dû le prévenir de ses intentions, mais cela ne justifiait pas qu'il lui parle de cette façon. Son nouveau travail semblait le mettre dans un état de stress un peu trop prononcé. Elle s'efforça de rester calme pour ne pas envenimer la situation.

— J'ai appris qu'Éliane faisait partie d'un essai clinique chez RK et je voulais juste obtenir plus d'informations. J'ai contacté une personne, je n'ai pas eu de réponse, je n'insisterai pas.

— Et le docteur Brunet ? Pour quelle raison tu l'as harcelé en pleine rue ?

— Harcelé ?

Aline n'en revenait pas, elle ne savait pas quel aspect était le plus choquant. Que Fabien soit au courant ou que le médecin ait qualifié son approche de harcèlement.

— Je suis restée très polie.

Fabien semblait agité, son souffle était court.

— Je pensais que j'avais été clair concernant ton enquête sur ma mère.

— Tu m'as exposé ton point de vue.

— Il faut arrêter, dit son mari sèchement.

— Pourquoi ? Qu'est-ce que ça peut faire ?

— Aline, tes actes ont des conséquences.

Elle s'apprêta à se défendre, mais Fabien ne la laissa pas parler.

— C'est mon médecin, mon entreprise... J'ai été mis en garde à cause de ton comportement, ce n'est pas possible.

— Je n'ai rien fait de mal.

— Je suis en période d'essai, je n'ai pas envie de me faire virer d'un boulot qui me plaît à cause de tes petites magouilles.

— Fabien...

— Je dois y aller, mais il faut lâcher l'affaire, ça devient pathétique.

Aline resta pétrifiée, le téléphone sur l'oreille. Elle n'avait jamais vu son époux dans cet état. Elle fut envahie d'un sentiment de culpabilité immense. Disait-il vrai ? Mettait-elle sa carrière en danger ? Elle tenta de se ressaisir. Elle n'estimait pas être allée trop loin et le fait que Fabien pouvait penser le contraire en disait long sur l'image qu'il avait d'elle.

— Ça va, Aline ?

La réunion entre Yves et Chloé avait dû se terminer pendant sa conversation téléphonique et elle n'avait pas vu son responsable s'approcher de son bureau. Elle le regarda sans répondre, son teint devait être livide. Il fit un pas de recul.

— Aline, si tu es encore malade, je préfère que tu rentres chez toi. Je n'ai pas envie que toute l'agence attrape tes microbes.

Elle hocha la tête. Yves lui fit un vague sourire, puis indiqua qu'il allait trouver quelqu'un d'autre. La jeune femme réalisa qu'elle venait de passer à côté de sa chance de lui parler. Pire, elle venait de refuser une mission de sa part. Mais son esprit revenait systématiquement à sa conversation avec Fabien. Quelqu'un chez RK Pharma était au courant de tous ses faits et gestes. Elle pensait qu'elle lançait des bouteilles à la mer, mais elle réalisait qu'elle commençait à déranger et elle ne savait pas si elle était très à l'aise avec cette idée.

Peut-être qu'il valait mieux qu'Yves la pense malade et qu'elle rentre chez elle. Peut-être que tout le monde avait raison depuis le début, il fallait juste qu'elle prenne des vacances.

Elle rassembla ses affaires et quitta l'agence d'un pas nonchalant, elle allait rentrer chez elle, se faire couler un bain et écouter de la musique. Ou bien regarder une série.

Lorsqu'elle démarra sa voiture, elle entendit un autre véhicule démarrer et se diriger vers la sortie juste après elle. Une Audi noire. La voiture qu'elle avait vue passer le matin. Son cœur se mit à battre un peu plus vite, mais elle essaya de se rassurer. Elle s'imaginait des choses, c'était peut-être simplement une voiture similaire à celle qu'elle avait vue plus tôt. En sortant du parking, elle prit à droite pour rejoindre sa route habituelle. La voiture tourna également. Au carrefour suivant, la voiture la suivit à nouveau. Aline était de plus en plus tendue dans son siège, elle serrait le volant avec force. Ce pouvait encore être une coïncidence. Elle s'arrêta au feu et essaya d'observer la personne qui était au volant. Il s'agissait d'un homme au crâne rasé, qui portait des lunettes de soleil. Elle ne distinguait pas vraiment ses traits. Elle mit son clignotant pour tourner, l'homme fit de même. Quand le feu passa au vert, elle changea brusquement de direction et la voiture prit le même chemin. Cette fois, il n'y avait plus de doute. La respiration d'Aline s'accélérait, elle se sentait piégée. Si ça avait été une filature, l'homme aurait pris soin de ne pas se faire remarquer. Là, c'était différent, il savait qu'elle pouvait le voir. Ça ressemblait à une tentative d'intimidation. Elle décida de changer de destination, elle avait peur que cet inconnu la suive jusque chez elle, même si quelque chose lui disait qu'il savait déjà où elle habitait. Elle arriva à un rond-point et elle en fit le tour complet. Sans surprise, l'Audi l'imita. Aline ne savait plus quoi faire, elle ne pouvait pas continuer à rouler sans but en espérant que l'autre voiture tombe en panne d'essence avant elle. Il fallait qu'elle se réfugie quelque part.

Sur un coup de tête, elle prit la direction du centre-ville à vive allure, l'homme accéléra aussi. Elle passa devant le bar-tabac. Elle remarqua une place libre près de l'entrée. Une seule place. Elle fit un tour de rond-point supplémentaire pour retourner sur ses pas. Si elle se garait rapidement, elle aurait le temps de sortir de sa voiture en vitesse pour entrer chez Joël avant que l'homme ne puisse l'attraper.

# 53

Aline entra chez Joël en courant et lui demanda de fermer la porte à clé. Quelques clients la regardaient avec surprise. Le cafetier se précipita vers l'entrée pour la verrouiller.

— Que se passe-t-il ?

Zora était derrière le comptoir en train d'essuyer des verres. Elle semblait inquiète pour elle.

— Quelqu'un me suit, dit la jeune femme, encore haletante.

Elle était terrifiée. Joël regarda par la vitre, il ne voyait rien.

— Une voiture, dit-elle, noire.

Un silence se fit dans le bar. Zora s'approcha d'elle, la prit par l'épaule et la fit asseoir.

— Tu es sûre ?

Elle alla lui chercher un verre d'eau. Aline savait à quoi tout ça ressemblait pour un regard extérieur. Une crise de paranoïa. Mais elle était sûre d'elle, il n'y avait aucun doute dans sa tête. L'homme dans cette voiture était là pour elle.

Joël déverrouilla la porte d'entrée, ce qui provoqua à la jeune femme une nouvelle bouffée d'angoisse.

— C'est une Audi, je l'ai vue ce matin. Et elle attendait dans le parking de mon boulot. Je n'ai pas osé rentrer chez moi, elle m'a suivie jusqu'ici.

— Il n'y a pas d'Audi noire, dit Joël en regardant la rue rapidement. Elle a dû partir.

— C'est peut-être juste une coïncidence, dit Zora, se voulant rassurante.

Aline but une gorgée d'eau. Ce n'était pas une coïncidence, comment son amie pouvait-elle en douter ? Cette dernière comprit sa maladresse.

— Pourquoi tu penses que tu as été suivie ?

— J'ai essayé de contacter des gens chez RK Pharma, je suis allée voir le médecin ce matin. Je suis sûre qu'Éliane participait à leurs recherches, maintenant.

— Super, dit Zora, on avance, alors.

— Fabien a été mis en garde ce matin, ils menacent de le virer si je n'arrête pas.

Le sourire de sa complice disparut. Elle venait sans doute de comprendre qu'Aline n'était pas en train de céder à une panique irrationnelle.

— Ce n'est pas celle-là, ta voiture ? lança l'un des clients du bar en désignant le parking de la bibliothèque.

Elle était là, l'Audi noire avec les vitres teintées. Aline s'enfonça dans sa chaise.

— Pour qui ils se prennent ? demanda Zora.

— Il faut qu'on fasse profil bas. Je n'ai pas envie d'avoir des problèmes.

— Tu plaisantes ? S'ils réagissent comme ça, c'est qu'on touche un truc. Il ne faut pas lâcher, au contraire !

Aline ne répondit pas. Elle avait envie de rentrer chez elle, de s'enfouir sous la couette et de ne pas en ressortir jusqu'à ce que tout ça soit terminé. Mais pour cela, il fallait qu'elle trouve le courage de ressortir.

— Je laisse tomber. Je n'ai pas les épaules.

— Bien sûr que si ! Il faut qu'on réussisse à infiltrer RK Pharma. Peut-être que tu peux emprunter le badge de Fabien ? Sinon on réutilise notre couverture des employées de la mairie, je suis sûre que je peux baratiner un truc à l'accueil.

— Ils risquent de la reconnaître, s'aventura Joël en indiquant

Aline de la tête.

— C'est vrai, dit Zora, il faudrait plutôt y aller de nuit.

Son ton était de plus en plus enjoué, Aline voyait bien qu'elle était amusée à l'idée de partir à l'aventure, comme s'il s'agissait d'un jeu de rôles grandeur nature.

— Il est hors de question que nous allions là-bas, trancha-t-elle, et sûrement pas avec le badge de Fabien. Il est déjà sur la sellette, je ne veux pas l'impliquer davantage.

— Si j'étais lui, je partirais en courant de moi-même, plaisanta Zora. C'est un enfer, cette boîte !

Aline lui lança un regard noir.

— Je vais appeler la police, dit-elle.

Joël et Zora se regardèrent avec inquiétude.

— Je vais leur dire ce que j'ai découvert, que je suis suivie. C'est leur devoir de me protéger.

— Ce n'est pas une bonne idée, lâcha le cafetier, ça pourrait mettre ta belle-mère en danger.

— Je vais lui parler, dit Zora avec détermination.

Elle se dirigea d'un pas rapide vers la porte. Elle voulait affronter le chauffeur de la voiture.

— Non ! hurla Aline avec autorité. Ça suffit, Zora !

Tous les regards étaient posés sur elle, sa respiration était agitée. Son amie s'était arrêtée dans son élan et pour la première fois, Aline lui découvrit un air apeuré.

— Ce n'est pas un jeu, continua celle-ci. C'est trop facile quand on n'a rien à perdre, mais c'est moi qui finirai par payer. Ma famille et moi.

Zora baissa les yeux.

— Je reste ici, dit-elle.

Elle alla se rasseoir en face de sa partenaire.

— Mais je veux que tu comprennes que je ne fais pas ça parce que ça m'amuse. Je n'ai pas envie de les laisser gagner.

Si on cède à leurs intimidations, si on se cache, on fait comme Éliane. Mais tu vois bien que disparaître n'est pas la solution.

Aline savait qu'elle avait raison, mais la peur qu'elle ressentait était bien réelle, et il fallait qu'elle se protège, tout son être le lui demandait.

— Je veux juste que tout redevienne comme avant.

Elle prit une grande inspiration, attrapa son sac et se dirigea vers sa voiture. Tant pis si elle était suivie, elle avait juste besoin d'être chez elle.

# 54

Le bruit de la sonnette fit sursauter Aline. Il était déjà là ? Comment avait-il pu entrer dans l'immeuble sans passer par l'interphone ? Peut-être qu'un voisin lui avait ouvert la porte. Elle se regarda rapidement dans la glace avant d'aller ouvrir.

Elle était rentrée chez elle en hâte et s'était barricadée dans son appartement. Par la fenêtre, elle pouvait toujours voir la voiture noire garée dans sa rue. Fabien avait laissé un mot sur la table de la cuisine. « Conférence de dernière minute, je pars trois jours à Bruxelles. » La panique avait envahi Aline, elle ne savait pas si elle allait tenir trois jours seule dans cet appartement. Elle n'avait pas l'intention de sortir de ces murs et espérait naïvement que son mari lui apporterait un peu de soutien. Elle était allée prendre une douche et en sortant de la salle de bain, l'idée lui était venue sans qu'elle sache pourquoi. Elle avait appelé François Pellerin. La conversation avait été un peu bizarre au début, elle ne savait pas exactement pourquoi elle l'appelait, et il avait dû le ressentir. Mais lorsqu'il lui avait demandé d'une voix inquiète « que se passe-t-il, Aline ? », elle s'était effondrée et lui avait tout raconté. Les premières découvertes, la réaction de Fabien et de Philippe, les mensonges d'Éliane, la maladie… et à présent les menaces. Ça lui avait fait un bien fou de tout balancer. François l'avait laissé parler, il n'avait pas émis de jugement, il l'avait écoutée de manière compatissante. Alors, quand il avait proposé de venir lui tenir compagnie, elle avait accepté. Ça paraissait tellement évident !

Et c'était anodin, simplement amical. C'est ce qu'elle s'était dit lorsqu'elle avait sélectionné sa tenue et refait son maquillage. Ils étaient juste deux adultes qui vivaient quelque chose de difficile et qui avaient besoin de compagnie. Mais maintenant qu'il était là, devant la porte, elle n'était plus si sûre. Elle était nerveuse, son estomac était noué. Après toutes les émotions par lesquelles elle était passée ces dernières heures, ce n'était pas étonnant que son corps soit un peu perdu. Elle respira profondément pour se calmer et ouvrit la porte.

Elle ne put cacher sa surprise en voyant Zora sur le palier.

— J'aurais dû appeler.

Aline ressentait une sorte de soulagement de voir le visage de son amie, cela retardait le moment où elle allait faire face à la réalité. Elle avait invité un homme, qui n'était pas son mari, chez elle.

— Tu sortais ? demanda Zora en regardant sa tenue. Je voulais juste m'excuser pour tout à l'heure, j'ai été lourde.

Sa partenaire esquissa un sourire, elle non plus n'avait pas été très fine.

— J'ai voulu te pousser sans réaliser que tu n'étais pas bien. Je suis désolée.

— Ne t'inquiète pas, répondit Aline.

Elle était contente que la situation se décante un peu, mais elle savait aussi qu'elle devait se débarrasser de Zora sans paraître trop brusque. Elle allait garder la venue de Pellerin pour elle, pour le moment.

— Je peux entrer ?

— C'est que… balbutia Aline.

Avant qu'elle n'ait pu dire un mot, la sonnerie de l'interphone retentit. Les deux femmes regardèrent le combiné.

— Tu attends quelqu'un, termina Zora avec un sourire à la fois complice et surpris.

— C'est une longue histoire.

— Tu ne vas pas me dire ?

Aline la regarda avec un sourire gêné, elle avait envie de partager ça avec son amie, mais elle avait peur d'être jugée.

— Pas grave, continua celle-ci, je vais attendre ici, je verrai bien qui est ton invité mystère. Tu ne peux pas le laisser dehors indéfiniment, ce serait malpoli.

La sonnerie de l'interphone retentit à nouveau. Zora regarda le combiné avec insistance, puis elle leva les yeux vers Aline. Celle-ci se retrouvait bloquée. Elle pouvait faire preuve d'autorité et lui dire que ça ne la regardait pas, mais elle se sentait déjà coupable de la façon dont elle l'avait traitée dans l'après-midi.

— Je n'en parlerai pas, promis.

Le téléphone d'Aline sonna, il était posé sur le comptoir de la cuisine et son amie aperçut le nom qui apparaissait sur l'écran. Son sourire disparut pour laisser place à une sorte de panique.

— Non ! dit-elle vivement.

Pour seule réponse, Aline décrocha et se contenta de dire « Je vous ouvre », avant de reposer son portable.

Zora se positionna directement devant le combiné de l'interphone, pour l'empêcher d'y accéder.

— Tu vois, c'est pour ça que je ne voulais pas t'en parler…

— Aline, tu ne peux pas faire monter cet homme chez toi.

— Ce n'est pas ce que tu crois. Il vient juste pour discuter.

Zora la regardait avec intensité. C'était la première fois qu'Aline la voyait dans cet état. L'interphone sonna à nouveau.

— Pourquoi je ne peux pas le laisser monter ?

— Il faut que tu me fasses confiance.

— Zora, tu m'inquiètes.

Celle-ci regardait partout autour d'elle. L'interphone sonna à nouveau. Aline devait faire quelque chose.

— J'ai découvert des choses sur lui, tu ne peux pas lui faire confiance.

Aline était complètement perdue, elle ne savait pas comment elle pouvait faire attendre son invité plus longtemps devant la porte. Elle hocha la tête pour rassurer Zora, mais elle avait besoin d'accéder au combiné. Celle-ci accepta de faire un pas de côté.

— Quatrième étage ! dit Aline d'un ton enjoué. Puis elle raccrocha sans avoir appuyé sur le bouton pour ouvrir.

Cela leur laisserait quelques secondes, tout au plus, mais il fallait que les deux femmes trouvent un plan plus élaboré que cela pour se débarrasser de lui.

— Je fais quoi ? demanda-t-elle.

Zora respirait un peu plus calmement à présent, elle semblait avoir passé le stade de la panique pour passer en mode action. L'interphone sonna à nouveau.

— On peut sortir autrement que par la porte principale ?

— On peut passer par le parking, ça nous fait arriver de l'autre côté du bâtiment.

Zora réfléchit quelques instants. Aline décrocha à nouveau le combiné.

— Ça n'a pas fonctionné ? dit-elle avec une voix un peu niaise. Et maintenant ?

Elle n'actionnait toujours aucun bouton. À l'autre bout du fil, Pellerin semblait perdre un peu patience.

— OK, ne bougez pas, je descends. Il doit y avoir un court-circuit ou quelque chose comme ça.

Elle raccrocha et regarda sa complice avec désespoir.

— Prends tes affaires, ordonna-t-elle.

Aline s'exécuta sans poser de question.

# 55

Zora se précipita vers l'ascenseur, mais elle aperçut l'écran digital qui indiquait 2... 1... 0. Quelqu'un l'avait appelé depuis le rez-de-chaussée.

— L'escalier ! lança Aline en se dirigeant à l'autre bout du couloir.

Zora la suivit en courant. La sonnerie d'un SMS se fit entendre depuis le sac d'Aline, c'était sans doute Pellerin qui lui faisait savoir qu'il avait réussi à entrer dans l'immeuble. Les deux femmes dévalaient les marches quatre à quatre pour rejoindre le sous-sol. Aline ouvrit violemment la porte donnant sur le parking souterrain, ce qui lui valut le regard noir d'une voisine qui était en train de sortir de sa voiture. Zora et elle ralentirent instantanément leur cadence afin de paraître le plus naturelles possible, même si leur visage trahissait leur état. Elles se dirigèrent vers la sortie prévue pour les voitures.

— J'espère que tu as une raison solide.

— Pas ici, dit Zora.

Lorsqu'elles arrivèrent dans la rue, Aline scruta les véhicules alentour pour s'assurer que l'Audi noire n'était pas là. Elle pointa du doigt une rue perpendiculaire et les deux femmes coururent dans cette direction, sans but précis.

Zora explora les alentours, c'était une zone résidentielle peu éclairée.

— Maintenant quoi ? demanda son amie, à bout de souffle.

Des lumières de phares s'approchèrent et aveuglèrent

Aline, qui eut pour réflexe de reculer pour ne pas être vue.

— C'est le bus ! dit Zora.

Le véhicule avançait lentement dans la rue sombre, l'arrêt se trouvait quelques mètres plus loin et Aline se remit à courir pour lui faire signe de s'arrêter. Elle eut peur que le conducteur ne prenne pas la peine de ralentir, mais il finit par s'arrêter brusquement. Elle monta lentement, le temps que son amie la rejoigne.

Les deux femmes s'assirent dans le bus quasiment vide, elles se sentaient enfin hors de danger. Le portable d'Aline sonna à nouveau.

— Éteins-le, dit Zora. Il va finir par se lasser.

— Comment je vais justifier de l'avoir laissé en plan devant chez moi ?

Sa complice haussa les épaules, elle se fichait bien de ce que Pellerin pouvait penser.

— Maintenant, parle.

— Je vais le faire, promis, mais d'abord, il faut qu'on décide d'un plan. Il va où, ce bus ?

— Aux Coteaux.

Zora n'eut pas à dire quoi que ce soit, Aline avait bien compris que trouver refuge chez Philippe était la seule option. Mais elle n'avait aucune envie de faire face à son beau-père, elle avait peur de la façon dont il réagirait. Surtout qu'elle ne savait pas exactement pourquoi elle s'était enfuie.

***

Dans la pénombre, Aline n'arriva pas à distinguer la réaction de Philippe lorsqu'il ouvrit la porte. C'était sûrement une bonne chose. Zora et elle attendaient devant la grille que son beau-père accepte de leur ouvrir, mais il disparut à nouveau dans la maison. Aline savait qu'il ne lui pardonnerait pas ses actes aussi facilement. Elle regarda son amie, il était temps d'établir un nouveau plan.

La porte s'ouvrit à nouveau, et Philippe sortit avec un manteau et un jeu de clés à la main. Il s'avança vers elles, dévisagea Zora, puis déverrouilla le portail sans un mot. Il les laissa entrer et referma la grille derrière elles. Les amies attendirent en silence qu'il mène le pas vers l'entrée de la maison. Une fois à l'intérieur, il indiqua le porte-manteau d'un signe de main pour que les deux femmes se débarrassent de leurs affaires, puis il s'assit à la table de la salle à manger, toujours sans un mot. Les nouvelles venues restèrent debout quelques instants, Philippe fixait Aline, mais elle était trop gênée pour soutenir son regard. C'est Zora qui brisa le silence.

— On est dans la merde.

Le père de Fabien ouvrit de grands yeux et il expira bruyamment. Il les invita à s'asseoir autour de la table avec lui. Il était prêt à les écouter.

Aline se mit à parler de tout ce qu'elle avait découvert de nouveau depuis qu'ils s'étaient quittés le soir où le carreau avait été cassé. Il ne semblait pas y avoir eu d'autres actes de vandalisme sur la maison et la jeune femme espérait de tout son cœur que son beau-père n'avait pas subi de menaces depuis. Il écoutait attentivement en hochant la tête, son visage ne trahissait aucune émotion.

— Je ne comprends pas pourquoi tu as quitté ton appartement, finit-il par dire. À cause de la voiture noire ?

Aline n'avait pas jugé utile de dévoiler à son beau-père qu'elle avait invité un homme à la rejoindre chez elle. Elle regarda Zora, qui lui fit un léger signe de tête. Il fallait qu'elle en parle, ça ne servait à rien de cacher des choses.

— Vous savez que je travaille pour François Pellerin ?

commença-t-elle.

Philippe acquiesça. Comment pouvait-il avoir oublié, après l'interview ?

— C'est devenu… un ami. Et il m'a proposé de passer pour me tenir compagnie. Il n'était pas rassuré à l'idée que je sois seule à l'appartement si j'étais exposée à un danger.

— Je vois, dit son beau-père froidement.

Aline baissa les yeux. Elle avait honte. Pourtant, elle disait la vérité, c'est exactement de cette façon qu'elle avait vu la situation, au début. Mais elle ne pouvait pas nier qu'elle avait été flattée de se dire qu'un homme comme François Pellerin puisse s'intéresser à elle. Il lui avait traversé l'esprit qu'il y avait peut-être une ambiguïté.

— Pour Aline, c'était complètement innocent, ajouta Zora. Mais Pellerin n'est pas celui qu'on croit.

Philippe la regarda avec attention, il attendait qu'elle en dise plus. Aline aussi, il était temps qu'elle s'explique.

Elle prit une grande inspiration.

— Au début, c'était juste une intuition, j'ai toujours trouvé qu'il y avait quelque chose de pas net dans ses yeux.

Aline avait bien compris que Zora n'avait pas confiance, mais il est fréquent que les gens jugent négativement les personnalités médiatisées, surtout celles qui font de la politique.

— La seule personne de mon entourage qui le connaît est l'une de mes amies, travailleuse du sexe. C'était l'un de ses clients.

Philippe releva la tête avec surprise. Aline eut une sensation de malaise en entendant cette révélation. Elle n'imaginait pas François fréquenter des prostituées. Mais elle voyait bien que ce n'était pas ce que lui reprochait Zora.

— J'ai décidé de lui passer un coup de fil, pour la questionner. Au début, elle était gênée, Pellerin venait de vivre un drame et elle ne voulait pas l'accabler, mais elle a fini par m'avouer qu'elle avait rompu tout lien avec lui il y a quelques mois.

Aline la regarda avec intérêt.

— Elle m'a raconté qu'il avait des demandes parfois extrêmes et qu'un jour, elle a refusé d'y répondre. Il a d'abord insisté gentiment, pour essayer de la convaincre, et comme elle n'a pas cédé, il s'est mis en colère.

Philippe se redressa sur sa chaise.

— Mon amie n'est pas du genre à se laisser intimider, donc elle lui a demandé de partir et de ne plus revenir. Le ton est monté, il a été très insultant, mais il était sûrement conscient qu'elle pouvait lui faire beaucoup de tort si elle dévoilait ses secrets, donc il a fini par partir.

Aline écoutait avec attention, elle se demandait comment la soirée aurait tourné si elle avait été en sa compagnie à cet instant.

— Pourquoi tu n'as rien dit ?

— J'ai voulu en parler à la police, c'est pour ça que tu m'as vue au commissariat. Mais j'ai réalisé que je n'avais aucune preuve concrète. Je devais monter un dossier solide si je voulais être prise au sérieux.

Aline repensa à l'attitude de l'inspecteur Gomez ce jour-là. Elle n'était pas surprise que Zora ait eu peur de ne pas être écoutée.

— C'est là que j'ai décidé de parler à son ex-femme, la mère d'Iris. J'ai trouvé son contact et je lui ai envoyé plusieurs messages, mais elle ne répondait pas. Je m'en voulais d'insister auprès d'une mère en deuil, mais j'avais besoin de comprendre à qui on avait affaire.

— Tu as réussi à lui parler ? demanda Philippe.

— Oui, ce matin.

Elle se tourna vers Aline.

— J'ai voulu te le dire, mais tu n'étais pas en état. J'ai pensé que ça pouvait attendre. Je n'avais pas réalisé…

Aline était gênée, elle avait bien fait en sorte de ne pas lui parler de son rapprochement avec Pellerin, parce qu'elle avait peur qu'elle lui fasse une leçon de morale. Au fond, c'était surtout elle qui jugeait son propre comportement.

— Mes soupçons ont été confirmés, continua Zora. Au début, elle était réticente à me parler, elle avait peur que ce soit un piège tendu par son ex-mari. Mais j'ai réussi à la convaincre de me faire confiance.

Elle fit une courte pause. Elle voulait sans doute être la plus précise possible.

— Quand elle a rencontré Pellerin, elle était très jeune. Elle m'a dit qu'elle avait l'impression d'avoir remporté le gros lot. Il était doux, attentionné, il la couvrait de cadeaux. Elle avait la sensation que c'était la seule personne qui arrivait à la comprendre.

Aline baissa les yeux. C'est exactement ce qu'elle avait ressenti, quand elle l'avait eu au téléphone.

— Ils se sont mariés au bout de quelques mois, puis elle est tombée enceinte. Tout est allé très vite. Ensuite, il a commencé à être distant, il s'absentait fréquemment et quand elle lui en parlait, il s'énervait. Il lui reprochait d'être possessive.

Aline regarda Philippe, il ne parlait pas, mais on pouvait lire sur son visage une certaine crispation.

— Alors elle culpabilisait, elle se disait qu'elle avait un problème, qu'elle ne le soutenait pas assez dans sa carrière. Elle a fini par ne plus rien dire pour ne pas provoquer de dispute, surtout devant sa fille. Mais il arrivait toujours à trouver quelque chose à lui reprocher.

Zora s'arrêta. Elle était visiblement affectée par cette

histoire.

— Parfois il redevenait très doux, reprit-elle. Elle retrouvait l'homme aimant et attentionné du début. Ça ne durait jamais très longtemps.

Philippe ne put s'empêcher de souffler bruyamment.

— Il lui a fallu plusieurs années pour réaliser que cette relation était toxique. Elle n'était plus elle-même, elle marchait tout le temps sur des œufs quand elle s'adressait à lui de peur qu'il explose.

Zora fit une nouvelle pause pour s'efforcer de rester calme.

— Elle a fini par trouver le courage de demander le divorce et il est entré dans une colère tellement intense qu'elle a eu peur pour sa vie. Il a voulu la frapper, elle l'a repoussé de toutes ses forces et il est tombé sur le carrelage, son visage a heurté le sol. C'est comme ça qu'il s'est cassé le nez.

Philippe esquissa un sourire, il semblait satisfait de ce retournement de situation. Zora le regarda et secoua la tête.

— C'était pire après ça. Il s'en est servi pour porter plainte contre elle et pour lui enlever ce qui était le plus cher à ses yeux. Iris. C'est lui qui a obtenu la garde.

Philippe se retenait de lancer des insanités. Il semblait hors de lui. Aline ressentait également une forte colère, mais elle était incapable de l'exprimer, elle était sous le choc. Rien dans le comportement du député n'avait pu lui indiquer qu'il pouvait être aussi cruel. Que serait-il arrivé si Zora n'était pas intervenue ?

# 56

Aline feuilletait un classeur rempli de papiers administratifs. Il semblait qu'Éliane ait gardé toutes les factures, toutes les feuilles de soin et autres fiches de paie qu'elle avait pu obtenir depuis qu'elle était en âge de le faire. Le placard du salon faisait office de service d'archives. La jeune femme avait même retrouvé les bulletins scolaires de Fabien, qui avait d'ailleurs un peu exagéré son passé d'élève modèle. Elle n'avait cependant pas trouvé de contrat ou quoi que ce soit évoquant son affiliation avec RK Pharma.

La veille au soir, après ses révélations, Philippe avait réussi à convaincre Zora d'aller parler à la police de ce qu'elle avait découvert. Pour lui, cela montrait que Pellerin avait sûrement beaucoup plus d'ennemis qu'il ne voulait bien le dire et la police devait creuser cette piste. Celle-ci avait été réticente à cette idée et Aline la comprenait. Elle n'avait pas de preuves concrètes et jusqu'à présent, ils n'avaient pas été d'une grande aide, en particulier l'inspecteur Gomez, qui semblait déterminé à ne pas les prendre au sérieux. Et puis Aline avait suggéré que Zora vise plus haut dans la hiérarchie, peut-être qu'en contactant directement la commissaire Brière, elle pourrait se faire entendre. Son amie avait fini par accepter de lui envoyer un email avant d'aller se coucher. Elle semblait rassurée à l'idée de parler à une femme.

Ce matin-là, la commissaire l'avait appelée pour qu'elles se rencontrent. C'est Philippe qui avait conduit Zora. Il l'avait raccompagnée chez Aline afin qu'elle récupère sa voiture, puis elle était allée au commissariat seule. C'était lui également qui avait suggéré à sa belle-fille de commencer à éplucher tous les papiers, il lui donnerait un coup de main à son retour.

La jeune femme ne comprenait pas comment Éliane pouvait à la fois être si transparente et si secrète. Il y avait toute sa vie dans ce meuble. Toute sa vie à partir de son mariage avec Philippe. Pas de trace de Daniel ou de Florence. Pas de trace non plus de sa maladie, remarqua-t-elle. Y avait-il un autre endroit où elle conservait ses secrets ?

Aline venait d'attraper un énième classeur intitulé « factures » lorsque Philippe rentra. Zora lui avait dit qu'elle parlerait aussi de RK Pharma et de l'Audi noire. Il voulait vraiment que la police réalise qu'Éliane n'était pas le monstre pour lequel on voulait la faire passer. La jeune femme n'avait pas suivi les actualités depuis l'interview, mais elle savait que le visage de sa belle-mère était partout. Elle voyait sa photo dès qu'elle passait devant un bureau de presse.

Philippe s'installa à côté d'elle et commença lui aussi à sortir divers classeurs et chemises cartonnées pour en consulter le contenu. Son air était serein, Aline avait du mal à reconnaître l'homme qui refusait de quitter son canapé quelques jours plus tôt. Il semblait animé par une détermination nouvelle et un désir de justice.

Aline tournait les pages du classeur en vitesse. Elle était impressionnée par la quantité de paperasse qui pouvait être accumulée, à l'échelle d'une vie, par une personne ordinaire. Ses yeux s'arrêtèrent sur une grande enveloppe en kraft qui avait été glissée dans le classeur, entre deux factures d'électricité. Elle regarda Philippe, qui semblait intrigué également. Jusqu'ici, tout le contenu était organisé méthodiquement, rien n'était placé par hasard. L'enveloppe était un peu abîmée, le papier était vieilli et décoloré. Aline en vida le contenu sur la table. Elle contenait un petit tas de feuilles au papier épais, une trentaine de lettres manuscrites, dont les enveloppes avaient, semble-t-il, été jetées. Seules les feuilles de papier noircies par une écriture dense avaient été conservées. Chaque lettre comportait une date, indiquée en haut à droite de l'en-tête. Aline regarda Philippe avec surprise.

— Elles sont toutes du 7 juin, il y en a une par année depuis 1987.

Aline put lire un peu de crainte dans les yeux de Philippe. Avec qui Éliane avait-elle cette relation épistolaire ? Et que représentait cette date ?

Elle attrapa la lettre la plus récente. Elle avait été envoyée seulement quelques mois auparavant. Elle la positionna de façon que Philippe et elle puissent la lire tous les deux, en silence.

*Ma chère Éliane,*

*Nous y voilà. Encore une nouvelle année est passée. Elles semblent de plus en plus courtes à présent et s'accumulent à une vitesse folle. On dit que le temps guérit tous les maux, combien d'années et de lettres faudra-t-il encore ?*

*En dépit des circonstances, cette date n'est plus si triste. Le 7 juin est aussi un jour à part, un jour qui reste dans mon cœur et qui le fait battre un peu plus fort. Nous avons réussi, et qui aurait pu le croire, à en faire un autre anniversaire. L'anniversaire d'une rencontre entre deux âmes blessées. Une rencontre entre deux êtres habités par la tristesse, l'incompréhension… et une culpabilité incommensurable.*

*Aujourd'hui, je sais. J'ai compris que le choix de Florence n'appartenait qu'à elle. Je sais qu'il n'est pas nécessaire de refaire l'histoire encore et encore, de se demander ce qu'on aurait pu faire différemment. Et cela, je l'ai compris grâce à toi, ma chère Éliane. Tu m'as permis de réaliser que nous vivions le même cauchemar, et que nous seuls pouvions nous comprendre. Mais je sais également que j'ai une responsabilité envers toi, tout comme tu en as une envers moi. C'est grâce à cette force mutuelle que nous nous apportons que nous avons réussi à sortir du cercle vicieux de la culpabilisation.*

*Tout cela paraît si loin et pourtant la douleur est encore bien réelle. Mais je sais que lorsque ma peine est trop grande, il me suffit de penser à toi pour retrouver du courage. Ces jours-là, je m'isole et je relis tes lettres. T'écrire est devenu pour moi un rendez-vous heureux. Et en traçant ces mots, mon cœur se réchauffe à l'idée que, toi aussi, tu es en train d'écrire.*

*Je suis en joie de pouvoir te lire bientôt.*

*À nous,*
*P.*

Aline releva la tête vers son beau-père, elle devinait que le P. n'était pas celui de Philippe. Elle avait peur qu'il soit un peu secoué par la proximité qu'on pouvait deviner à travers ces mots. Celui-ci avait-il un jour senti une telle connexion avec sa femme ? Comment concurrencer la proximité qui pouvait se créer autour d'un événement si tragique ?

Philippe avala sa salive. Aline pouvait sentir qu'il essayait de se contenir. Il regarda rapidement les autres lettres, mais tous deux savaient bien que leur contenu était similaire.

— C'est le pharmacien ? finit-il par demander d'un ton pragmatique.

— Je pense.

— Je croyais qu'il n'avait pas eu de nouvelles d'Éliane depuis des années ?

C'est ce qu'il avait dit. Il avait aussi agi comme s'il se moquait bien de sa santé, comme s'il ne se souciait pas de son sort. Son petit jeu de bourgeois arrogant avait été très convaincant. Aline avait du mal à associer ces mots à l'homme hautain qu'elle avait rencontré quelques jours plus tôt. Elle comprenait bien qu'il s'était joué d'eux et qu'il en savait plus qu'il ne voulait bien leur faire croire.

Philippe se leva d'un bond. Il attrapa ses clés de voiture et jeta son manteau sur ses épaules.

— Allons-y.

# 57

Ils n'avaient pas le temps d'attendre que Zora sorte du commissariat. Aline lui envoya un message pour lui expliquer la découverte des lettres de Guillemot et lui proposer de les rejoindre à Neuilly dès qu'elle le pourrait. Elle était dans un état de stress assez particulier. La fatigue des derniers jours commençait à se faire sentir, mais elle avait la sensation qu'ils étaient en train de se rapprocher du but. Pourtant, elle n'arrivait pas à s'enlever de la tête la façon dont Pierre Guillemot les avait traités. Pourquoi leur mentir ? Comment pouvait-il justifier de laisser la famille d'Éliane dans le doute de cette façon, de lui laisser croire qu'Éliane était seule et en danger de mort ? Elle commençait à être lasse de voir à quel point il semblait facile pour les gens de jouer un double jeu, de la mener en bateau, comme la journaliste et Pellerin l'avaient fait. Elle n'avait pas écouté les messages vocaux qu'il lui avait laissés la veille, elle avait peur des effets que son comportement aurait. Un homme qui avait tendance à être violent lorsqu'il n'obtenait pas ce qu'il voulait risquait de ne pas s'arrêter là pour la faire payer. Elle n'était pas rassurée à l'idée qu'un voisin l'ait laissé entrer dans l'immeuble, mais elle se disait qu'il était peu probable qu'il prenne le risque de faire une scène en public.

— Et il ressemble à quoi, ce type ? finit par lâcher Philippe.

Le début du trajet s'était passé dans un silence de mort.

— À… un pharmacien *lambda*, tenta Aline.

Elle savait qu'il fallait qu'elle soit prudente et elle n'avait pas la force de chercher une description plus pertinente. Elle ne se sentait pas non plus capable de rassurer Philippe dans sa petite blessure d'*ego*. Son beau-père s'était montré particulièrement lunatique ces derniers temps et elle n'avait plus envie de le ménager.

Celui-ci ne chercha pas à creuser plus loin. Il se contenta de s'en prendre à tous ceux qui croisaient sa route : voitures qui ne démarraient pas assez vite au feu rouge, piétons qui ne le remerciaient pas alors qu'il les laissait traverser. Il en avait également après la circulation et l'impossibilité de trouver une place pour se garer à Neuilly. Ils finirent par dénicher un stationnement à quelques rues de la pharmacie, au grand bonheur d'Aline, qui avait hâte de prendre une grande bouffée d'air.

Ils n'eurent pas à entrer dans l'officine. Pierre Guillemot reconnut la jeune femme tout de suite et sortit sans dire un mot. Il les guida vers le café qui se trouvait de l'autre côté de la place, toujours en silence. Ce ne fut qu'une fois qu'ils furent tous assis qu'il leur adressa la parole.

— Comment vous avez su ?

Il semblait avoir compris tout de suite qui était Philippe, les présentations n'étaient pas nécessaires.

— On a trouvé vos lettres, se contenta de dire la jeune femme.

Pierre baissa les yeux. Elle ne savait pas s'il comptait leur fournir des explications ou rester assis en silence.

— Vous vous rendez compte des conséquences de votre mensonge ? continua-t-elle. Nous laisser croire qu'Éliane était seule et sans médicaments ?

Le pharmacien ne répondit pas.

— Pourquoi ne pas simplement avoir dit que vous ne l'aviez pas vue ? insista-t-elle.

Guillemot la regarda, il hésitait à répondre.

— Je voulais m'assurer que vous n'auriez aucune envie de me revoir. Il fallait que vous pensiez que j'avais été coopératif et que j'avais dit tout ce que je savais.

— Où est-elle ? demanda Philippe sèchement.

Le pharmacien regarda Aline et son beau-père tour à tour.

— Je suis désolé, mais je ne peux pas vous le dire.

La jeune femme se crispa, elle en avait marre de jouer aux devinettes.

— Il s'agit de ma femme, lâcha Philippe fermement.

Il avait insisté sur « ma », comme s'il s'agissait d'une façon de marquer son territoire.

— Et de mon amie, que je veux protéger, répliqua Pierre Guillemot calmement. C'est trop risqué de vous dévoiler sa localisation.

— Nous aussi, nous voulons la protéger. Et pour ça, nous avons besoin de savoir ce qu'elle cache, dit Aline.

Le pharmacien prit une grande inspiration.

— Elle n'a rien voulu me dire.

Il s'adressait uniquement à la jeune femme à présent, ses yeux l'imploraient de le croire. Elle était fatiguée de tous ces secrets.

— Elle s'est présentée chez moi ce dimanche-là, mais je ne l'ai pas renvoyée. Elle était paniquée, ce qu'elle disait n'avait aucun sens. Je l'ai invitée à entrer pour qu'elle puisse reprendre ses esprits.

Le serveur du café s'approcha.

— Trois cafés, dit Pierre avant même que le jeune homme ait pu poser la question.

Philippe sembla agacé. Le pharmacien ne les avait pas consultés avant de commander. Il fit signe au serveur de revenir et corrigea la requête en demandant un thé noir. Aline ne l'avait jamais vu boire de thé.

— Elle m'a expliqué qu'elle s'était enfuie, continua Pierre, qu'elle était en danger, qu'il fallait que je l'aide, mais qu'elle ne pouvait rien me dire.

— Et vous n'avez pas posé de questions ? demanda Philippe, incrédule.

— Je savais que si elle estimait qu'elle devait se taire, c'était pour la bonne cause.

Aline pensa à tout ce qu'Éliane leur avait caché au fil du temps. Était-ce toujours pour la bonne cause ? Pourquoi refuser de parler de Florence et de Daniel ? N'était-ce pas à Fabien de choisir s'il voulait que son oncle fasse partie de sa vie, ou s'il voulait être là pour sa mère dans la maladie ?

— Est-elle encore chez vous ? demanda-t-elle.

— Elle est restée quelques jours, mais à partir du moment où la presse a parlé d'elle, nous avons préféré la confier à des amis. Nous avions peur que les voisins commencent à parler.

Aline ressentit à nouveau un sentiment de malaise en repensant à l'interview qu'elle avait suggéré d'organiser. C'était sa faute si Éliane était devenue « la femme à abattre », elle ne savait pas si elle pourrait se le pardonner.

Philippe perdait visiblement patience et s'apprêtait à continuer de cuisiner le pharmacien pour qu'il leur en dise plus, mais le bruit strident des sirènes de police le coupa dans son élan. Deux voitures arrivèrent à toute allure et s'arrêtèrent devant la pharmacie. Le visage de Pierre devint livide. Ses compagnons se regardèrent, paniqués. Comment avaient-ils réussi à faire le lien entre Éliane et Pierre Guillemot ? Celui-ci consulta son téléphone.

— Deux officiers sont chez moi.

— Il faut partir, dit Aline.

Elle semblait être la seule capable de prendre des décisions, les deux hommes étaient pétrifiés. Elle se leva en vitesse dans l'espoir qu'ils lui emboîtent le pas. Pierre prit le temps de déposer un billet sur la table et la suivit dehors. Elle s'efforçait de marcher le plus naturellement possible pour ne pas éveiller les soupçons, même si son cœur battait la chamade. Elle faisait son possible pour cacher son visage.

Dès qu'ils arrivèrent à la voiture, elle regarda Philippe, qui ne semblait pas en état de conduire, elle lui demanda les clés et l'installa à l'arrière. Elle avait besoin que Pierre fasse office de copilote.

— Où est Éliane ? demanda-t-elle avec fermeté.

Elle comprenait que Pierre veuille la protéger, c'était louable, mais elle n'avait plus de temps à perdre. Le pharmacien ne contesta pas et pointa du doigt la direction dans laquelle ils devaient aller.

# 58

Aline avait conduit pendant plusieurs kilomètres dans un silence de plomb. Seule la voix de Pierre se faisait entendre occasionnellement pour lui indiquer des « à droite » ou « à gauche ». Elle ne connaissait pas bien les environs, mais elle comprenait qu'ils s'éloignaient de Paris pour rejoindre les banlieues pavillonnaires huppées.

— Comment ont-ils su ? finit par dire Philippe.

Sa belle-fille s'était efforcée de ne pas trop penser à cela. La seule personne à qui ils avaient communiqué l'information était Zora. Mais pourquoi aurait-elle divulgué à la police le lien entre Pierre et Éliane ? Pourquoi les aurait-elle mis en danger ? Aline savait que le père de son mari en était arrivé à la même conclusion.

— Depuis combien de temps tu la connais ? demanda-t-il.

C'était impossible ! Pas Zora ! Pourquoi l'aurait-elle sauvée des griffes de Pellerin si ses intentions n'étaient pas pures ? Mais l'avait-elle seulement sauvée ? L'histoire qu'elle leur avait racontée la veille était-elle vraie ? Après tout, rien ne l'empêchait de raconter ce qu'elle voulait, dans la mesure où personne ne pouvait rien prouver.

— On était à l'école ensemble, dit Aline pour gagner du temps.

Elle n'était pas prête à accepter que son amie avait pu la manipuler depuis tout ce temps. Et pourquoi l'aurait-elle fait ? Par vengeance pour la façon dont elle s'était comportée avec elle en primaire ? C'était impossible. Pourtant, Aline réalisait qu'elle ne savait pas grand-chose sur sa vie. La jeune femme restait évasive quand elle posait trop de questions. Elle repensa à la façon dont leurs chemins s'étaient recroisés, au commissariat. Zora était-elle vraiment là-bas pour dénoncer Pellerin ? Et si elle savait qu'elle allait l'y croiser ? Sa respiration commença à s'accélérer, elle sentit une bouffée de chaleur envahir son corps et remonter jusqu'à son visage. Elle chercha frénétiquement à ouvrir la fenêtre, mais elle ne trouvait pas le bouton adéquat. Elle n'avait jamais conduit la voiture de Philippe.

— Ça va ? demanda Pierre.

Elle ne répondit pas. *Où était ce satané bouton ?!* Elle avait besoin d'air. Tout de suite.

— Calmez-vous, Aline, dit le pharmacien d'une voix inquiète. On va se ranger sur le côté et faire une petite pause. D'accord ?

La jeune femme arrêta la voiture sur le bord de la route. Elle avait l'impression qu'elle ne pouvait plus respirer. Elle décrocha sa ceinture, ouvrit la porte et se précipita à l'extérieur. L'air frais sur son visage l'aida à s'apaiser. Elle parvint à prendre des inspirations de plus en plus grandes. Pierre vint la rejoindre.

— C'est à cause de la police ? Je ne pense pas qu'ils nous aient suivis.

Aline s'assit à terre.

— Tout est ma faute, c'est à cause de moi que la police vous cherche.

— On n'est sûrs de rien, dit Philippe.

Il était également sorti de la voiture pour les rejoindre.

— J'aurais mieux fait de rester chez moi au lieu de me mêler de tout ça et d'accorder ma confiance à n'importe qui.

Aline sortit son téléphone de sa poche. Zora avait bien reçu le message, elle était la seule à savoir qu'ils retrouvaient Pierre et elle était en présence de la commissaire. Elle vit la notification du message vocal que lui avait laissé François Pellerin la veille et qu'elle n'avait pas osé écouter. Elle cliqua sur l'icône.

Elle s'était attendue à ce qu'il soit fou de rage, qu'il la menace et qu'il la traite de tous les noms. Au lieu de ça, il avait une voix calme et posée. Il expliquait qu'il allait rentrer chez lui, qu'il avait compris le message. Il était déçu qu'elle ne se soit pas sentie assez en confiance pour lui dire les choses ouvertement, mais il ne lui en voulait pas, il savait qu'elle vivait une période compliquée. Il voulait la rassurer sur le fait qu'il était là si elle avait besoin.

Aline raccrocha. Sa tête tournait. Pellerin avait toutes les qualités de l'homme idéal. Pourtant, en entendant sa voix, son corps s'était rigidifié, quelque chose n'était pas net. Il était un peu trop parfait. Elle savait qu'elle ne l'avait pas traité de façon respectueuse, qu'elle avait changé d'avis subitement, sans le prévenir. N'importe qui aurait été offusqué par ce comportement. Il lui semblait surprenant qu'il continue à chercher à se rapprocher d'elle. Elle ne savait plus quoi penser ni qui croire. Elle ne pouvait certainement pas se faire confiance.

Philippe avait pris le temps d'informer Pierre de leur suspicion concernant Zora.

— Pourquoi aurait-elle fait ça ? demanda le pharmacien, qui semblait un peu perdu.

— Peut-être qu'elle est liée à RK Pharma d'une façon ou d'une autre, dit Philippe.

— Dans ce cas, pourquoi prévenir la police, plutôt que ses commissionnaires ?

Aline n'avait pas les réponses et elle ne voulait pas savoir. Elle voulait simplement que tout cela s'arrête. Elle devait comprendre pourquoi Éliane avait eu besoin de fuir.

Sans un mot, elle se dirigea vers la voiture pour se remettre au volant. Philippe la rejoignit rapidement.

— Je vais conduire, je me sens mieux, dit-il en lui prenant doucement la clé des mains.

Sa belle-fille se laissa faire. Elle était encore un peu secouée.

— Combien de temps ? demanda-t-elle à Pierre.

— On n'est plus très loin.

# 59

Le grand portail noir s'ouvrait devant eux au ralenti. Aline ne pouvait distinguer qu'une allée de gravillons entourée d'arbres. Philippe commença à s'avancer dans le chemin, au bout duquel se dévoilèrent une grande maison en pierre et un jardin spacieux et bien entretenu. Aline comprit mieux pourquoi Pierre avait imaginé qu'Éliane serait en sécurité ici. Les grands arbres entourant le terrain isolaient la maison de tous regards curieux. Il semblait n'y avoir aucun voisin à l'horizon.

Un homme d'une soixantaine d'années les attendait devant la porte. Pierre sortit pour lui parler, pendant qu'Aline et Philippe restaient dans la voiture. L'inconnu avait les cheveux gris coiffés en arrière. Il portait une petite veste molletonnée noire, sans manches, par-dessus un pull gris. Aline n'arrivait pas à entendre ce dont les deux hommes parlaient, mais elle remarqua que leur hôte faisait un signe d'approbation à Pierre, qui se retourna pour leur indiquer de le rejoindre.

Le maître des lieux les salua chaleureusement et les invita à entrer dans la maison. L'intérieur ressemblait à l'image qu'Aline avait pu s'en faire. Les meubles étaient en bois massif de style Louis XV, de grands tapis jonchaient le sol et les murs étaient couverts de tableaux anciens dans des cadres à moulures.

— Vous voulez boire quelque chose ? demanda leur hôte d'une voix chaude.

— J'aimerais voir Éliane, dit Philippe sèchement.

Il ne paraissait pas sensible à toutes ces politesses inutiles.

— Où est-elle ? ajouta-t-il.

L'hôte regarda Pierre comme pour lui demander la permission.

— Je suis là.

La voix d'Éliane fit frissonner Aline. Il n'y avait pas si longtemps, elle se demandait encore si elle l'entendrait à nouveau. Elle se retourna et put voir sa belle-mère qui se tenait là, bien vivante. Elle avait le visage fatigué et amaigri, mais elle semblait heureuse de les voir. Elle portait des habits qu'Aline ne lui connaissait pas et qui appartenaient sans doute à la femme de leur hôte. Personne ne bougeait, comme si tout le monde se demandait si cet instant était réel. Éliane s'avança lentement vers Philippe et le prit dans ses bras.

— Je suis désolée, dit-elle d'une voix tremblante.

Celui-ci ne répondit pas, il se contenta de lui rendre son étreinte, comme pour lui dire « je ne t'en veux pas ». Éliane attrapa ensuite les mains d'Aline, qui ressentait un mélange d'émotions qu'elle avait du mal à définir. Elle se sentait coupable d'avoir mis sa belle-mère en danger, mais également en colère pour tous les mensonges qu'elle avait pu lui dire au fil des années. Elle avait l'impression d'être face à une inconnue.

— Allons nous asseoir, suggéra la sexagénaire.

***

— Le moins qu'on puisse dire, c'est que ta belle-fille est tenace, lâcha Pierre pour rompre le silence.

Aline fut surprise par cette remarque. Elle ne s'était jamais considérée comme telle. Mais elle n'aurait pas été là si elle ne s'était pas accrochée. Elle savait pourtant que retrouver Éliane n'était qu'une étape. Si elle était en danger, ils ne pouvaient pas se contenter de rester là à se regarder dans le blanc des yeux.

— Nous avons besoin de savoir ce qu'il s'est passé.

Éliane secoua la tête, elle s'était tue jusqu'à ce jour, pourquoi aurait-elle accepté de parler maintenant ? Pierre se tourna vers la jeune femme avec un sourire.

— Vous n'êtes pas la seule à être tenace.

Celle-ci n'était pas amusée.

— Vous ne pourrez pas vous cacher éternellement. Il faut que ceux qui vous ont fait fuir payent.

Elle savait que RK Pharma essayait d'enterrer quelque chose et qu'il fallait agir vite pour les en empêcher. Le visage d'Éliane se crispa, elle n'appréciait sûrement pas que sa belle-fille insiste.

— Je fais ça pour vous protéger, finit-elle par répondre. Vous n'avez pas à porter ce fardeau.

Aline ne comprenait pas sa réaction. En gardant le contrôle de l'histoire qu'elle racontait, imaginait-elle protéger ses proches ? Comme si elle avait la responsabilité de porter sur ses épaules toute la misère du monde, tous les aspects négatifs de la vie ! Il fallait qu'elle comprenne qu'en restant muette, elle mettait tout le monde en danger. En essayant de protéger son fils, elle en avait fait un être incapable de faire face à l'adversité. Et Aline se demandait si Florence n'avait pas vécu quelque chose de similaire.

— C'est ce que vous faites à Daniel aussi, vous le protégez ? À moins que vous n'essayiez de protéger votre fils de son oncle, je ne sais pas dans quel sens les choses fonctionnent.

Elle n'avait jamais parlé à sa belle-mère de la sorte, mais elle s'en fichait. Éliane avait le visage fermé, Aline remarqua qu'elle avait serré les poings. Sa respiration s'accéléra, puis la jeune femme devina un effort de sa part pour reprendre le contrôle sur ses émotions. Elle avait peur d'être allée trop loin, mais elle avait besoin de lui montrer que le monde ne s'écroulait pas si ses secrets étaient dévoilés.

— Ma relation avec Daniel ne te regarde pas. Tout ce que j'ai fait, c'était pour son bien.

— Mais c'est à lui de choisir, intervint Pierre d'une voix douce, c'est à lui de décider ce qui est bon pour lui.

Philippe se tourna vivement vers le pharmacien pour faire une réflexion, mais force était de constater qu'Éliane était réceptive à ses propos.

— Et nous choisissons d'entendre la vérité sur ce qu'il s'est passé avec RK Pharma. Laissez-nous vous aider, ajouta Aline.

Il était évident qu'Éliane vivait un combat interne violent. Ce que sa belle-fille lui demandait, c'était d'aller à l'encontre de son instinct le plus fort, celui qu'elle avait suivi tout au long de sa vie, celui qui l'avait poussée à partir dans un premier temps.

Philippe attrapa la main de sa femme avec tendresse, ce qui sembla la surprendre. Depuis qu'elle les connaissait, Aline n'avait jamais vraiment vu son beau-père agir de cette façon. Il regarda Éliane avec douceur.

— Il faut nous dire.

Le visage de son épouse se détendit, quelque chose avait cédé, à l'intérieur. Son combat semblait terminé, elle murmura un « d'accord » en gardant les yeux plantés dans ceux de son mari.

# 60

— Je ne sais pas par où commencer.

— Pourquoi pas le diagnostic ? suggéra Aline.

Éliane regarda sa belle-fille avec surprise. Pensait-elle encore que certains de ses secrets étaient saufs ? La jeune femme était étonnée que Pierre n'ait pas mentionné la première visite que Daniel, Zora et elle lui avaient rendue.

— Je suis allée voir le docteur Brunet une première fois parce que je me sentais très fatiguée et que j'avais des vertiges.

Éliane regarda Philippe, il était au courant de cette partie de l'histoire, même si elle ne lui avait pas expliqué précisément ses symptômes.

— Il m'a envoyé faire une prise de sang et a remarqué des anomalies. On a donc fait des tests supplémentaires et…

Elle hésita un moment, comme si le fait de le dire tout haut lui pesait, bien qu'elle ne révèle plus rien à personne, à présent.

— Enfin, vous savez.

Aline hocha la tête.

— Le docteur Brunet m'a prescrit quelques médicaments pour débuter et il m'a adressée à un spécialiste. Mais il m'a dit qu'avant de commencer un traitement traditionnel, j'avais l'option de participer à un essai clinique pour un médicament qui avait le potentiel de révolutionner l'avenir de la médecine. C'était parfaitement adapté à mon cas. J'ai dit oui, je lui ai fait confiance.

Éliane s'arrêta et regarda Pierre, Aline et Philippe, comme

pour chercher un réconfort dans leurs yeux. Un signe qu'eux aussi auraient accepté, qu'elle aurait été folle de refuser une telle opportunité. Sa belle-fille esquissa un sourire pour la rassurer.

— Pourquoi m'avoir dit que tout allait bien ? demanda Philippe.

— J'avais peur que tu t'inquiètes, je ne voulais pas que tu te sentes obligé de t'occuper de moi.

Ces mots firent réagir Aline. Aurait-elle aussi caché tout ça à Fabien pour ne pas l'inquiéter ? Elle se serait certainement posé la question, en tout cas.

— J'ai dû remplir un questionnaire de présélection, continua Éliane, puis j'ai été invitée dans les locaux de RK Pharma pour faire une série de tests supplémentaires. Je n'ai pas eu à attendre longtemps avant d'avoir la réponse : j'étais éligible et je pouvais commencer les séances dès que possible. Je me sentais tellement chanceuse !

Elle s'arrêta à nouveau pour réfléchir à ce qu'elle venait de dire. On pouvait lire une certaine amertume sur son visage.

— J'ai choisi d'y aller le jeudi après-midi, à la place de mon club de lecture, pour ne pas éveiller les soupçons de Philippe.

— En quoi consistaient ces visites ? demanda Aline.

— Je devais faire une prise de sang et une analyse d'urine avant l'administration du médicament. Ensuite, on me soumettait à des tests divers, puis je subissais une nouvelle prise de sang, environ une heure plus tard.

Philippe eut un frisson, Aline savait qu'il détestait les seringues.

— Très vite, j'ai senti des effets positifs, j'étais pleine d'énergie, c'était comme si j'avais rajeuni de vingt ans. Mais après quelques semaines, j'ai commencé à avoir à nouveau des vertiges et des nausées. J'avais perdu l'appétit et je dormais très mal. Je faisais des cauchemars intenses.

— Tu en as parlé aux médecins du labo ? demanda Pierre.

— Bien entendu. Ils m'ont dit que c'était normal, que ça faisait partie des effets secondaires possibles et que je n'avais pas à m'inquiéter. Qu'il fallait que je continue le traitement. Alors, j'ai continué.

— Tu croisais d'autres participants ? Tu ne pouvais pas en discuter avec eux ? demanda Aline.

— Je ne voyais que les médecins responsables de l'étude et François Pellerin, de temps en temps.

Philippe et Aline se regardèrent avec surprise.

— Que faisait-il là ? demanda son mari.

— Au début, je ne savais pas. Je n'osais pas trop demander, avoua Éliane. Je me disais que c'était peut-être lié à sa campagne, qu'il voulait se montrer auprès des travailleurs de la ville.

Philippe souffla bruyamment, les mascarades politiques l'exaspéraient.

— Mais ensuite, j'ai compris qu'il avait aidé à récolter des fonds pour soutenir cette étude et je crois qu'il voulait s'assurer que tout se passait comme prévu.

— C'est toujours bon pour l'image d'être associé à une avancée majeure de la médecine, glissa Pierre, qui devait avoir son lot de politiciens dans son entourage.

Aline percevait très bien la façon dont Pellerin pouvait utiliser cette étude à son avantage.

— Sauf si cette avancée rend les patients malades, grogna Philippe.

Éliane ne s'attarda pas sur cette remarque, elle était maintenant déterminée à aller au bout de son histoire.

— Il venait quasiment toutes les semaines. Parfois, sa fille l'accompagnait.

— Iris ?

Aline ne cachait pas sa surprise. Que venait faire une fillette de neuf ans dans un laboratoire pharmaceutique ?

— Oui, dit Éliane avec un sourire nostalgique. C'était une gamine géniale, très curieuse, elle posait beaucoup de questions.

— Elle était malade ? demanda Pierre.

— Je pense que Pellerin l'emmenait pour détourner l'attention, pour que les médecins excusent plus facilement son omniprésence. Il disait qu'elle voulait devenir biologiste et qu'il cherchait à l'encourager dans sa vocation.

Aline ne savait plus quoi penser de cet homme. Tout portait à croire que c'était un manipulateur.

— Elle était là le jour où je me suis sentie vraiment très mal. Après avoir ingéré le médicament, j'ai été prise de nausées violentes et les médecins voulaient absolument que je me retienne pour ne pas rejeter le produit. Mais je n'ai pas réussi, j'ai fini par me précipiter aux toilettes. Ma tête tournait tellement que je devais m'appuyer sur les murs pour trouver mon chemin. En sortant, j'ai vu qu'Iris m'attendait, elle était inquiète. Elle m'a demandé si c'était normal. Je lui ai expliqué ce que les scientifiques m'avaient dit, que parfois ça arrivait, mais que ça ne voulait pas dire que le traitement n'était pas efficace.

Éliane fit une pause. Évoquer Iris lui semblait un peu difficile.

— Les médecins sont arrivés pour s'assurer que j'allais bien et c'est là qu'Iris leur a demandé si j'allais faire comme la dame qui pleurait tout le temps.

— La dame qui pleurait tout le temps ? reprit Philippe.

— Je n'ai pas compris tout de suite, mais plus tard, je me suis souvenue avoir lu dans la documentation que le médicament pouvait augmenter le risque de dépression.

— Tu penses que cette femme s'est suicidée ? demanda Aline.

— Je ne sais pas ce qui lui est arrivé. Mais dès qu'Iris a commencé à en parler, les médecins sont devenus un peu plus secs avec elle. L'un d'entre eux est allé chercher son père, j'imagine qu'il voulait qu'elle parte.

— Comment a réagi Pellerin ? demanda Philippe.

— Il était énervé, il a essayé de la tirer pour qu'elle le suive, mais elle ne se laissait pas faire. Elle insistait pour qu'on lui explique pourquoi le traitement rendait les gens malades.

Éliane laissa échapper un sanglot.

— C'est à ce moment-là que Pellerin l'a attrapée violemment par le bras pour la traîner de l'autre côté du bâtiment. Je les ai vus disparaître dans le couloir, Iris se débattait, elle était en pleurs. La voix de son père devenait de plus en plus menaçante.

Aline retenait sa respiration, elle craignait le pire.

— Je ne pouvais pas distinguer ce qu'il se passait, mais j'ai entendu un éclat de colère, des cris, un fracas, puis plus rien. L'un des médecins est parti rapidement dans leur direction et on m'a emmenée dans une salle de repos.

— Tu n'as pas su ce qu'il s'était passé ? demanda Pierre.

— Non, personne ne m'a parlé, après ça. Je suis restée toute seule dans la salle un long moment, j'étais allongée sur un lit, personne ne venait me voir. J'entendais de l'agitation dans le couloir. Je me suis levée pour voir ce qu'il se passait, c'est là que je me suis rendu compte que la porte était fermée à clé.

Éliane semblait un peu agitée, comme si elle revivait les événements.

— J'ai tambouriné dessus jusqu'à ce qu'on vienne m'ouvrir. Je suis sortie de la salle en furie pour récupérer mes affaires et j'ai quitté les lieux en vitesse. Je suis montée dans ma voiture pour aller directement au commissariat.

Aline eut un mouvement de sursaut, elle pensa à l'inspecteur Gomez. Était-il au courant depuis le début de tout ce qu'Éliane avait vécu et avait-il décidé de ne rien faire ? Comment pouvait-il avoir fait preuve d'une telle négligence sur cette enquête ?

— Lorsque j'ai expliqué ce qui m'amenait, c'est la commissaire elle-même qui m'a reçue dans son bureau, continua Éliane.

Philippe et Aline se regardèrent, c'est également à Brière que Zora avait parlé le matin.

— Je lui ai tout raconté, dit Éliane, tout dans les moindres détails. Je ne savais pas encore ce qui était arrivé à Iris à ce moment-là…

Elle fit une courte pause. C'était la première fois qu'elle reparlait de tout ça depuis son témoignage à la police. Tout semblait devenir encore plus réel dans sa tête, comme si l'exprimer à haute voix lui faisait réaliser que ce n'était pas simplement un mauvais rêve.

— Je ne comprends pas, insista Aline, pourquoi la commissaire n'a pas agi après votre rencontre.

— C'est ce que je me suis demandé, répondit sa belle-mère. Quand nous avons entendu parler de la disparition d'Iris dans la presse, j'ai pensé qu'elle avait fugué, qu'elle avait cherché à fuir son père, qu'elle s'était réfugiée chez des amis ou des membres de sa famille. Jamais je n'aurais pu m'imaginer que…

Elle s'arrêta à nouveau, elle avait du mal à trouver les mots, elle semblait bouleversée. Philippe lui prit la main une nouvelle fois.

— Quand j'ai vu qu'elle avait été retrouvée ce dimanche-là… j'ai d'abord cru à un accident, peut-être avait-elle trébuché dans la forêt. Puis j'ai vu le visage de la commissaire apparaître à la télé, elle parlait d'homicide, de kidnapping. Elle se tenait là, aux côtés de François Pellerin, comme s'il ne pouvait pas être suspect, malgré ce qu'elle savait, malgré ce que je lui avais raconté quelques jours plus tôt. C'est là que j'ai compris.

— Tu penses réellement… tenta Philippe.

— Je pense que c'était un accident, mais qu'elle est morte de ses mains, oui. Je me repasse la scène en boucle dans ma tête, ce fracas, le cri d'Iris. Pour moi, il n'y a plus de doute.

La pièce s'était mise à tourner autour d'Aline. Elle repensa à l'air détaché de Pellerin la première fois qu'elle l'avait rencontré. Elle avait mis cela sur l'effet du choc, mais il était possible que ce soit simplement de l'indifférence. À quel genre de personne avaient-ils affaire ? Il leur avait fait son petit numéro en s'en prenant à la police alors qu'il avait probablement la commissaire dans la poche depuis le début. Aline se demandait bien ce qu'il avait pu lui promettre pour qu'elle accepte de fermer les yeux sur un crime aussi horrible.

# 61

— Le nom de Zora Berger-Laval vous dit quelque chose ? demanda Aline après un silence.

Tout le monde semblait bouleversé par les révélations d'Éliane, personne n'avait osé prendre la parole.

— Ça devrait ?

La jeune femme ne savait plus ce qu'elle devait penser de celle qu'elle considérait encore comme son amie le matin même. Était-elle la traîtresse qu'elle avait voulu croire un peu plus tôt, ou était-elle une victime, tout comme Éliane ? Elle décida de lui raconter ce qui s'était passé et de parler de leurs suspicions. Sa belle-mère l'écoutait avec intérêt, elle semblait contente de ne plus être au centre de l'attention, elle était plus détendue. Ses yeux s'agrandissaient au fur et à mesure que la jeune femme avançait dans son histoire. Cette dernière se demanda comment elle réagirait dans la situation inverse, si c'est elle qui avait disparu et qu'on lui racontait tout ce qu'on avait fait pour la retrouver. Elle essayait d'être la plus exhaustive possible, de n'oublier aucun détail jusqu'à l'arrivée de la police à la pharmacie de Pierre, leur trajet en voiture pour arriver jusqu'ici, mais surtout, la prise de conscience que Zora était la seule personne à savoir que Pierre était sûrement impliqué.

Éliane n'avait pas dit un mot, elle s'était contentée de poser la main sur sa poitrine. Ses yeux étaient humides, elle était profondément touchée par le dévouement d'Aline et, semblait-il, de cette inconnue qui l'avait épaulée.

— Je pense que ton amie est en danger, dit-elle. Le message que tu lui as envoyé a sans doute été intercepté par la police.

Quelque chose se dénoua dans le ventre d'Aline. Éliane avait sûrement raison, Zora ne l'avait pas trahie. Elle considéra sa belle-mère pendant un court instant : celle-ci avait du mal à croire qu'on ait pu faire tout ça pour elle et elle n'était pas loin de ressentir la même chose. Elle se sentait redevable pour toute l'aide que Zora lui avait apportée, bien qu'elle ne l'ait pas toujours traitée de façon juste et respectueuse. Maintenant, c'était à elle de lui rendre la pareille. Son amie était dans cette situation par sa faute et elle se devait de la sortir de là.

Avec un soupçon d'espoir, elle sortit son téléphone et composa le numéro de Zora. Aucune réponse. Elle tenta Joël. Ce dernier lui expliqua qu'il n'arrivait pas non plus à la joindre, alors qu'elle lui avait promis de lui donner un coup de main à midi.

— Il faut que je retourne à Belmont, dit Aline en s'adressant à Philippe.

— Et moi à la pharmacie, ajouta Pierre. C'est suspect de disparaître comme je l'ai fait. Il faut faire mine de reprendre notre vie normale. Si la police se pointe à nouveau, je me débrouillerai.

Aline avait une confiance absolue en la capacité qu'il aurait à baratiner la police. Elle n'en revenait toujours pas de la façon dont elle-même s'était fait duper, quelques jours plus tôt. Il savait très bien cacher son jeu.

— Je reste là avec Éliane, dit Philippe. Tu peux prendre ma voiture.

— Hors de question !

La remarque de la mère de Fabien eut un effet glaçant, son mari la regarda avec surprise.

— Je pars avec vous à Belmont, j'en ai assez de toute cette

histoire et ce n'est pas en restant cachée que je vais faire avancer les choses. Il faut agir, Pellerin doit être mis hors d'état de nuire.

Aline s'apprêtait à prendre la parole. N'était-ce pas trop risqué qu'Éliane retourne à Belmont alors que tout le monde savait qu'elle était recherchée ? Sa belle-mère ne lui laissa pas le temps de dire un mot.

— Ce n'est pas négociable.

Elle se leva et se dirigea vers la porte d'entrée. Il n'y avait plus de temps à perdre. Aline se leva également. Éliane avait raison, il fallait agir vite avant que la situation ne s'envenime.

***

Philippe redémarra la voiture. Il venait de déposer Pierre à la pharmacie. La police n'était plus là, mais Aline ne pouvait pas s'empêcher de rester à l'affût. Éliane portait une casquette que le propriétaire de la maison lui avait donnée, mais elle pouvait toujours être reconnue par un passant un peu trop curieux. Le fait qu'elle était forcée d'agir comme une criminelle mettait Aline hors d'elle. Leur stratégie de décrédibiliser le témoin le plus gênant en lui faisant porter le chapeau s'était révélée particulièrement efficace et cela la faisait bouillonner.

— Il faut qu'on commence par rassembler des preuves, dit-elle. Comme le contrat que vous avez signé avec RK Pharma et le résultat de vos analyses de sang.

— Je n'ai rien de tout ça, dit Éliane avec dépit. RK Pharma devait m'envoyer une copie du contrat, mais je ne l'ai jamais reçue. Quant aux résultats d'analyses… j'en avais une copie dans mon sac à main, mais j'imagine que la police l'a récupéré.

— C'est moi qui les ai, intervint Philippe fièrement.

Éliane regarda son mari avec étonnement, elle semblait agréablement surprise.

— Vous ne connaissez pas le nom des médecins qui s'occupaient de l'étude ? Vous n'êtes pas la seule témoin, quelqu'un d'autre pourrait vous soutenir.

Éliane se plongea à nouveau dans ses souvenirs.

— Nous n'étions que trois : le médecin qui a couru pour aider Pellerin et celle qui m'a enfermée dans une salle. Je doute qu'ils soient très coopératifs.

— Avez-vous remarqué des caméras de surveillance ? lança Aline.

Les bâtiments de RK Pharma étaient ultra-sécurisés, les alentours ressemblaient à un centre pénitentiaire. C'était tout à fait le genre d'entreprise à installer des caméras partout.

— C'est possible, répondit Éliane, je n'ai pas vraiment fait attention.

Aline avait déjà le téléphone sur l'oreille.

— Momo, j'ai besoin de ton aide. C'est pour Zora.

Aline se souvenait qu'il avait été à la tête d'une entreprise de sécurité. Elle ne savait pas vraiment comment ces choses fonctionnaient, mais elle se disait qu'il avait peut-être encore des contacts.

— S'en prendre à RK Pharma, ça peut vraiment se retourner contre nous.

— Ça s'est déjà retourné contre nous ! répliqua Aline.

— Je vais voir ce que je peux faire, je ne te garantis rien.

Il hésita un instant.

— C'est illégal, ce que tu me demandes.

— Ça peut aider à mettre un meurtrier derrière les barreaux.

— Je te tiens au courant.

Aline raccrocha, elle sentit qu'Éliane la dévisageait. Comme si elle découvrait un nouvel aspect de sa belle-fille.

— Allons au commissariat, dit-elle.

Philippe et Aline se regardèrent avec surprise.

— La priorité, c'est de libérer Zora de leurs griffes. Ils n'ont pas le droit de la garder comme ça.

— Je préfère te déposer à la maison avant, dit son mari.

— Le temps nous est compté. Je me cacherai sous une couverture, ne te fais pas de souci pour moi.

Philippe s'apprêtait à rétorquer, mais Éliane l'interrompit dans son élan :

— Cette femme est sûrement en train de se faire tyranniser par la police et c'est à cause de moi.

Aline observait son beau-père, il ne répondait pas, mais elle comprenait qu'il n'avait pas d'autre choix que de faire ce que sa femme lui demandait. Éliane était devenue experte dans l'art de la dissimulation, à présent, ils n'avaient pas de soucis à se faire de ce côté-là.

Le père de Fabien se gara sur le parking du commissariat, il regardait partout autour de lui, l'air nerveux. Éliane avait pris soin de s'allonger sur la banquette arrière et ils l'avaient recouverte d'un plaid et de vêtements trouvés dans le coffre. L'illusion était loin d'être parfaite, mais ça ferait l'affaire.

Aline entra dans le commissariat et Philippe lui emboîta le pas. Il semblait rassuré de ne pas avoir à prendre les devants. Il voulut se diriger vers le bureau d'accueil, mais la jeune femme fila vers l'escalier avec une telle détermination que l'agente d'accueil ne leva même pas la tête. Elle savait où était le bureau de la commissaire, mais elle n'avait aucune idée de l'endroit où pouvait se trouver celui de l'inspecteur Gomez. C'est à lui qu'elle voulait s'adresser. Elle se doutait qu'il était aussi mouillé que sa supérieure, mais elle avait un plan.

Elle le vit dans le couloir en train de discuter avec un officier. Dès que l'homme les aperçut, il se précipita à leur rencontre.

— Vous n'avez rien à faire ici, dit-il d'un ton sec.

— Vous n'avez aucun droit de garder Zora Berger-Laval.

— Nous avons nos raisons.

— C'est ce que vous direz au juge ?

Aline soutenait le regard de Gomez pour la première fois, elle se fichait bien de son grade ou de son statut de policier.

— Madame Lacour, le juge est au courant. Mademoiselle Berger-Laval est en garde à vue. Nous avons des raisons de croire qu'elle cache des informations au sujet d'une enquête en cours.

Aline détestait la façon que l'inspecteur avait de tourner autour du pot.

— Elle ne sait pas où est Éliane.

— Vous avez une fâcheuse tendance à vous mettre dans nos pattes…

Philippe assistait à la scène sans dire un mot, il semblait pétrifié. L'inspecteur Gomez n'avait pas daigné le regarder. Un brouhaha se fit entendre du côté de l'entrée du commissariat. Aline, Philippe et l'inspecteur se retournèrent et virent la femme de l'accueil débarquer aux côtés d'Éliane. Quelqu'un avait dû la voir dans la voiture et la dénoncer.

L'agente semblait extrêmement gênée, elle ne devait pas avoir l'habitude de quitter son poste, encore moins accompagnée d'une fugitive. Elle semblait incapable de former une phrase cohérente et se contentait de regarder l'inspecteur Gomez avec de grands yeux apeurés. L'enquêteur dirigea un regard autoritaire vers deux officiers qui se trouvaient près de la suspecte et ils l'agrippèrent d'un bond pour lui passer les menottes. Celle-ci ne bougea pas, elle se laissa faire, en silence.

— Elle est venue se rendre, finit enfin par dire la femme de l'accueil.

Aline n'était pas sûre d'avoir bien entendu. Pourquoi Éliane s'était-elle rendue à la police si près du but ? Ils auraient facilement pu la cacher dans la maison quelques jours supplémentaires, le temps de réussir à prouver son innocence.

— Relâchez Zora ! se contenta de dire Éliane.

— Pour qui vous vous prenez ? aboya Gomez.

La prisonnière se tourna vers Aline et fit un mouvement de tête pour lui indiquer de quitter le commissariat. Celle-ci hésitait, elle ressentait un besoin de rester.

Gomez s'approcha des deux officiers pour leur indiquer la marche à suivre. La jeune femme n'entendait pas précisément ce qu'il disait. Elle distingua simplement le mot « interrogatoire ». Les collègues de l'inspecteur se mirent en mouvement et disparurent avec Éliane dans un couloir.

— Je te fais confiance, se contenta de crier celle-ci en direction de sa belle-fille.

Son visage était serein, elle était sûre d'elle et ne semblait pas remettre en question sa décision. Philippe était resté complètement passif depuis qu'ils avaient mis les pieds dans le commissariat. Peut-être était-il impressionné par tous ces officiers en uniforme. Aline réalisait qu'il fallait qu'ils profitent de ce moment de flottement pour partir avant d'être retenus par l'inspecteur et de se mettre dans une situation délicate. Gomez était en train de passer un appel. Elle commença à se diriger vers la sortie d'un pas naturel, pour ne pas attirer l'attention. Philippe fit de même. Ils s'extirpèrent des bureaux et accélérèrent le pas.

— Vous devez signer le registre de sortie, cria la voix de l'agente d'accueil.

Aline se retourna et sourit en faisant mine que cela lui était sorti de la tête. La femme attrapa un grand cahier pour le leur présenter et Aline profita de ce moment d'inattention pour courir à l'extérieur du commissariat. Le temps était compté.

Philippe n'avait pas causé de problème, il avait suivi sa belle-fille hors du bâtiment sans réfléchir. Il s'installa au volant de la voiture et démarra rapidement.

— On va où ? demanda-t-il alors qu'il quittait le parking.

— Au bar-tabac.

# 62

Aline essaya de pousser la porte de l'établissement de Joël, mais elle était verrouillée. Elle aperçut Momo qui se précipita pour lui ouvrir. Il ferma à nouveau à clé derrière eux.

— On ne veut pas être dérangés.

Joël sortit de l'arrière-boutique avec un ordinateur dans les mains, il salua Aline et Philippe brièvement et s'installa à la table où était assis son ami. Ce dernier n'avait pas l'air serein, il bougeait beaucoup et regardait sans cesse par la fenêtre.

— On a envoyé Daniel chercher les vidéos, expliqua Joël. L'un des contacts de Momo a pu récupérer des choses.

— Si RK Pharma apprend ce qu'il a fait, il pourrait le payer très cher. C'est un gars bien, il a deux enfants en bas âge… j'espère que je ne viens pas de ruiner sa vie, lâcha l'ancien chef d'entreprise.

Aline comprenait l'état dans lequel il pouvait se sentir, c'était exactement ce qu'elle ressentait à l'égard de Zora. Sans elle, elle ne se serait jamais retrouvée dans cette situation, elle aurait continué à mener sa vie tranquille et farfelue, sans se retrouver dans le collimateur de la police. Elle préférait ne pas imaginer ce que son amie avait pu subir depuis le matin, elle ne savait même pas si elle avait été relâchée. Si ce n'était pas le cas, le sacrifice d'Éliane aurait été vain.

— Le voilà !

Momo s'était levé d'un bond pour laisser entrer Daniel. Il demanda à Joël de fermer le rideau métallique du bar, pour qu'on ne puisse pas les observer depuis l'extérieur. Aline découvrait le retraité sous un nouveau jour, elle s'en voulait de l'avoir mis dans une situation délicate et espérait que les vidéos allaient les aider à justifier son acte.

Philippe et Daniel se regardèrent un moment. Les présentations n'avaient pas été faites, mais les deux hommes savaient précisément à qui ils avaient affaire. Daniel hocha rapidement la tête en signe de reconnaissance. Philippe dévisageait son beau-frère, il semblait ému, curieux, mais aussi désolé. Aucun mot ne fut prononcé, mais ces quelques secondes suspendues avaient semblé substantielles.

Daniel sortit une clé USB de sa poche de manteau et l'inséra dans l'ordinateur. Elle contenait un dossier qu'il ouvrit. Tous s'étaient positionnés debout derrière lui, afin de voir ce qui allait apparaître sur l'écran.

— Il m'a dit que c'est tout ce qu'il y avait, expliqua-t-il, *a priori,* il n'y a qu'une seule caméra, à l'entrée du labo.

Aline était surprise qu'une entreprise comme RK Pharma ne soit pas plus sécurisée dans un endroit aussi critique que le laboratoire. Ou bien était-ce justement une façon de ne pas trop prendre de risques s'il se passait quoi que ce soit pendant les tests ? Si les médecins pouvaient faire ce qu'ils voulaient sans être inquiétés, ne pas avoir de preuves vidéo pouvait être bénéfique à l'entreprise en cas de litige.

La fenêtre qui apparut sur l'écran montrait l'entrée du bâtiment. Il s'agissait d'un grand hall auquel on accédait depuis l'extérieur. À gauche, on apercevait une porte qui devait mener à la salle dans laquelle étaient effectuées les recherches. De nombreuses personnes en blouse blanche y entraient et en sortaient. Il y avait un couloir à gauche de cette porte, mais l'angle de la caméra couvrait à peine cet endroit. Au fond du hall, on pouvait distinguer le signe indiquant les toilettes. Cela était cohérent avec la description qu'avait faite Éliane : il fallait sortir du laboratoire pour s'y rendre. Le couloir à gauche était sûrement celui dans lequel avait disparu Pellerin avec Iris. Aline savait déjà qu'elle n'aurait pas toutes les réponses. Mais avec un peu de chance, on verrait Pellerin attraper Iris violemment, ce qui suffirait à faire porter les soupçons sur lui et à renforcer le discours d'Éliane.

Daniel passait la vidéo en accéléré. Jusqu'à présent, il ne s'était rien passé d'intéressant. On voyait simplement des allées et venues d'employés. Aline montra soudainement l'écran du doigt. Une femme venait d'entrer dans le bâtiment, elle reconnut la silhouette de sa belle-mère. La vidéo était en noir et blanc et de mauvaise qualité, mais il n'y avait aucun doute, cette femme aux habits sombres était Éliane. Elle se dirigea directement vers la porte et disparut dans le laboratoire. Daniel avança la vidéo, ils n'étaient plus très loin, elle allait bientôt ressortir pour rejoindre les toilettes en titubant. Un homme entra dans le bâtiment accompagné d'une petite fille. Le cœur d'Aline se serra. C'était la première fois qu'elle voyait des images d'Iris Pellerin en dehors des photos qui étaient sans arrêt montrées dans les médias. Iris sautillait d'excitation et se précipitait vers le laboratoire. Son père la suivait, d'un pas assuré.

Une tension se fit parmi le groupe penché autour de Daniel. Tous réalisaient qu'il s'agissait des dernières heures vécues par la fillette. Les yeux restaient fixés sur l'écran, sur cette porte qui allait bientôt s'ouvrir pour en voir sortir Éliane. La poignée sembla bouger, puis une Éliane titubante sortit dans le hall en direction des toilettes. Elle marchait à la fois d'un pas rapide et non assuré, en cherchant à s'appuyer contre le mur. Philippe laissa échapper une exclamation de surprise. Aline aussi était choquée par ces images. Elle n'avait jamais vu sa belle-mère de la sorte. Elle qui gardait toujours un air digne et contrôlé, il était troublant de la voir dans un tel état de faiblesse.

Une fois qu'elle eut disparu, la jeune femme attendit de voir Iris sortir du laboratoire. Mais c'est la porte des toilettes qui s'ouvrit. On en vit Éliane sortir et se diriger vers le laboratoire d'un pas sûr. Elle semblait aller beaucoup mieux, on aurait pu croire que c'était une autre femme tellement le décalage était grand par rapport aux images précédentes. La porte du laboratoire se referma derrière elle. Rien de ce qu'Éliane avait décrit ensuite ne s'était passé. L'intervention d'Iris, des médecins, la colère de Pellerin…

Daniel avança la vidéo, on vit Éliane sortir et quitter le bâtiment. D'autres laborantins sortirent également, au compte-gouttes, puis plus tard dans la journée, un groupe de personnes dont Pellerin faisait partie. On devinait la silhouette d'Iris derrière les blouses blanches des médecins. On ne voyait pas très bien la petite fille, mais elle semblait marcher aux côtés de son père. La fillette de la vidéo était bien vivante.

Momo regarda Aline avec désespoir. Celle-ci était perturbée. Éliane avait-elle à nouveau menti ? Sa belle-mère perdait-elle complètement la tête ? À moins qu'ils soient passés à côté de quelque chose. Le silence était pesant dans ce bar vide. Momo fit quelques pas, puis s'effondra sur une chaise, Joël s'assit à ses côtés. Maintenant quoi ?

Philippe, Aline et Daniel étaient toujours derrière l'écran. Quelque chose ne collait pas. Il y avait forcément une explication logique.

— Remets-le, dit la jeune femme à l'oncle de son mari.

Celui-ci lança à nouveau la vidéo au moment où Éliane sortait du laboratoire en titubant. Aline se força à regarder encore une fois, même si cela lui était inconfortable. Elle essayait de chercher tous les détails qu'elle avait pu manquer. Puis à nouveau, on vit sa belle-mère sortir des toilettes comme si rien ne s'était passé. Aline regarda Philippe. Sentait-il lui aussi que quelque chose ne tournait pas rond ?

— Encore une fois.

Daniel s'exécuta. Éliane entrait dans les toilettes. Elle sortait.

— Tu peux faire une capture d'écran des deux moments ? demanda Aline.

Il semblait assez à l'aise avec les ordinateurs, il effectua les deux captures et les mit côte à côte sur l'écran. La jeune femme s'avança pour regarder de plus près.

— On dirait qu'elle ne porte pas les mêmes chaussures.

Philippe et Daniel s'approchèrent de l'écran. L'image était très pixelisée et il était difficile de distinguer un détail aussi précis.

— Sur la première, elle porte ses baskets noires, je les reconnais, dit Philippe.

Aline fut surprise qu'il remarque cela. Après tout ce qui s'était passé ces derniers jours, elle s'était construit une image de son beau-père un peu négative. Elle n'aurait pas misé sur son sens de l'observation, en particulier concernant sa femme. Mais s'il reconnaissait ses chaussures, tout n'était peut-être pas perdu.

— Oui, et sur la deuxième, on dirait des bottines, ajouta Daniel.

Il se tourna vers Philippe.

— Ses bottines marron !

Son beau-frère acquiesça, Aline les reconnaissait aussi. Il n'y avait plus de doute à présent, la vidéo avait été trafiquée. Les images de la fin de la journée avaient été dupliquées d'un autre jour. Sans doute la semaine précédente.

# 63

Le doigt d'Aline était posé sur la sonnette. Sa main tremblait. Elle prit une grande inspiration pour se calmer.

Après ce qu'elle avait vu dans la vidéosurveillance, elle avait demandé à Philippe de la ramener chez elle sans dévoiler ses intentions. Momo allait contacter son ami pour vérifier que la vidéo de la semaine précédente avait bien été réutilisée. Cela prouverait que quelqu'un avait trafiqué les preuves, même si ça ne suffisait pas à prouver l'innocence d'Éliane.

Aline avait expliqué qu'elle avait besoin d'être seule pour réfléchir. Elle n'avait parlé de son plan à personne, de peur qu'on essaye de l'empêcher d'agir.

Pellerin ouvrit la porte avec un grand sourire et la fit entrer. Il avait été surpris par son appel, mais il avait accepté de la recevoir. Elle lui avait dit qu'elle avait besoin de discuter. Il ne semblait pas se douter qu'elle avait des soupçons et elle voulait profiter de cet avantage.

Le député habitait dans une grande maison d'architecte, sur les hauteurs de Belmont. L'intérieur était meublé avec goût dans un style minimaliste. Il accompagna la jeune femme dans la pièce principale, comportant un canapé en cuir blanc entouré de deux tables basses sur lesquelles étaient posées deux lampes identiques. De l'autre côté de la pièce, une grande table en verre ovale était entourée de chaises au *design* scandinave, avec des pieds en bois clair.

— Vous voulez que je vous débarrasse ?

Aline secoua la tête poliment. Elle n'allait pas rester longtemps. Elle tenait son sac fermement. Elle était tentée de jeter un dernier coup d'œil sur le téléphone qui était à l'intérieur pour s'assurer que l'enregistrement qu'elle avait lancé était bien enclenché, mais elle préféra ne pas éveiller les soupçons de son hôte.

Pellerin s'assit à la table et Aline fit de même.

— Je tenais à m'excuser en personne pour mon comportement d'hier soir, commença-t-elle. Je ne sais pas ce qui m'a pris, j'ai paniqué. Au moment où je vous ai su devant la porte de mon immeuble, j'ai pensé à mon mari et j'ai culpabilisé. Je n'ai pas réussi à vous ouvrir.

Pellerin s'apprêta à intervenir, mais la jeune femme préférait continuer de parler. Cela l'empêchait de trop réfléchir.

— Je me suis sentie terriblement idiote quand j'ai écouté votre message ce matin ! Vous êtes tellement compréhensif, c'est rare.

Pellerin émit un rire gêné. Aline était impressionnée par la capacité de ce monstre à jouer un rôle. Elle en venait à douter de ses convictions, lorsqu'elle se retrouvait face à lui.

— Vous n'avez pas à vous en vouloir, dit-il doucement. C'est moi qui suis désolé d'avoir suggéré de venir chez vous. C'est précieux de trouver quelqu'un avec qui on a une telle connexion, en ce moment de crise… mais j'ai peut-être été un peu trop loin.

Il sourit à nouveau à Aline. Elle serra son sac un peu plus fort contre elle. Elle devait se rappeler la raison de sa présence ici, elle ne pouvait pas se laisser embobiner une nouvelle fois, même si c'était beaucoup moins évident qu'elle ne l'avait anticipé.

Pellerin posa sa main sur la sienne, il devait sentir qu'elle était tendue. La jeune femme fit un effort surhumain pour ne pas la retirer violemment. Elle posa son sac à ses pieds.

— Je suis heureux que vous soyez venue. J'apprécie votre sincérité, mais je vous assure que vos excuses n'étaient pas nécessaires.

Aline prit une grande inspiration.

— Pour être honnête, je voulais aussi vous parler d'autre chose.

L'homme la regarda avec surprise, il lui fit signe de continuer.

— À propos d'Éliane…

Elle crut percevoir une crispation dans la mâchoire du député.

— Elle s'est rendue à la police, continua-t-elle. Je ne sais pas si vous le saviez.

— Vraiment ?

Quelque chose d'indescriptible avait traversé son regard. Aline n'arrivait pas à savoir si c'était de la surprise ou de l'appréhension. Il n'avait pas l'air au courant.

— Vous lui avez parlé ? continua-t-il, l'air de rien.

— Non, mentit sa visiteuse. Je ne sais pas quoi penser. Je ne peux pas croire qu'elle ait pu commettre un crime aussi terrible. Comment aurais-je pu autant me voiler la face sur la personne qu'elle était ? continua-t-elle.

C'était la première fois qu'elle suggérait qu'elle pensait sa belle-mère coupable devant Pellerin, mais elle voulait qu'il doute le moins possible de sa bonne foi.

— Les gens sont parfois très habiles pour cacher leur vraie nature.

— Vous saviez qu'elle participait à une étude clinique pour RK Pharma ?

Le cœur de l'enquêtrice de circonstance battait à lui en déchirer la poitrine.

— Peut-être que les médicaments l'ont rendue folle ? continua-t-elle.

Il fallait qu'elle provoque Pellerin, mais elle devait rester vigilante. Elle ne comptait pas obtenir des aveux, mais elle espérait un mensonge assez gros pour que l'enregistrement puisse être utilisé par des journalistes pour le décrédibiliser. Dès qu'elle aurait ce qu'elle voulait, elle quitterait la maison au plus vite.

Elle sentit qu'il s'était redressé sur sa chaise, elle avait touché un point sensible. Elle espérait juste ne pas aller trop loin.

— Je l'ignorais. Ces études sont secrètes, comment l'avez-vous appris ?

— Mon beau-père m'en a parlé. Je crois qu'il a trouvé un document, un contrat peut-être.

Pellerin était attentif à chaque mot prononcé par son invitée.

— Vous ne connaissiez pas le sujet de l'étude ? tenta Aline.

Elle se sentait extrêmement fébrile, mais elle essayait de garder un ton assuré, de ne montrer aucun signe de doute.

— Vous savez, je n'ai qu'un rôle de conseiller stratégique auprès de l'entreprise, je ne suis pas impliqué dans l'opérationnel, lâcha Pellerin.

La jeune femme ne répondit pas.

— Je ne vous ai pas proposé quelque chose à boire.

— Merci, dit Aline poliment. Je ne vais pas m'attarder.

Il fallait qu'elle aille plus loin, qu'elle le pousse à partager quelque chose.

— C'est idiot, mais j'avais pensé… commença-t-elle.

— Allez-y.

— Je ne vois pas comment Éliane a pu rencontrer Iris.

Aline hésita un moment.

— Si ce qu'on dit est vrai, que ma belle-mère faisait une

obsession sur elle… Je ne vois pas comment elle a pu la connaître.

Elle avala sa salive douloureusement.

— Je me suis dit que RK Pharma était le seul point commun qu'elles avaient, à travers vous.

Pellerin fixait Aline avec intérêt. Il préparait sans doute sa réponse.

— Mais c'est bête, continua-t-elle, pourquoi Iris aurait-elle été dans les locaux de RK ? Il y aurait eu des tas de témoins.

Elle sentait que son hôte était de moins en moins calme.

— Belmont n'est pas une si grande ville que ça, elles auraient pu se croiser n'importe où.

— Oui, fit Aline. Mais je suppose qu'Iris n'était pas membre du club de lecture.

Elle s'efforçait de prendre un ton un peu léger, mais elle réalisait à quel point ses remarques auraient été irrespectueuses, dans des circonstances différentes. Quelle femme normalement constituée aurait parlé de la sorte à un père en deuil ? Pellerin eut un rictus gêné.

— Je m'excuse, c'était déplacé…

Le député regarda sa montre. Il allait lui demander de partir, il fallait qu'elle fasse vite.

— Je dis juste qu'elles ne fréquentaient pas les mêmes cercles.

— Ça ne sert à rien de vous retourner le cerveau, dit Pellerin. Ça pourrait vous jouer des tours.

— Comment ça ?

— Il ne faudrait pas que ça déteigne sur d'autres aspects de votre vie. À tomber dans l'obsession comme ça, on peut vite se laisser déborder…

L'homme fit une pause pour s'assurer qu'Aline saisissait bien ce qu'il sous-entendait.

— Vous avez un travail passionnant, vous êtes jeune

mariée…

Elle comprenait parfaitement les insinuations de son interlocuteur. Mais elle n'était pas sûre que ce soit suffisant pour l'enregistrement. Elle avait besoin de concret.

— Oh, je ne pense pas que mon travail soit en danger parce que je pose des questions… répondit-elle.

— En tant que client de l'agence, je serais mal à l'aise de travailler avec une femme qui ne semble pas faire preuve de…

Pellerin hésita, tous ses mots étaient parfaitement pesés.

— … d'une santé mentale solide, conclut-il.

Aline ne put empêcher de lâcher un rire surpris.

— Je ne dis pas que c'est le cas, bien entendu, continua-t-il, je laisse aller mon imagination, voilà tout.

— Bien sûr.

— Et ça pourrait également causer du tort à votre mari… Il a un poste de directeur chez RK Pharma, me semble-t-il.

Aline posa sur Pellerin un regard inquisiteur. Était-il derrière l'embauche de Fabien ?

— Je pensais que vous ne gériez pas l'opérationnel ?

— J'ai mon mot à dire quand il s'agit de postes de ce calibre.

— Je vous remercie de lui avoir fait confiance.

— J'espère ne pas le regretter, trancha Pellerin.

Une certaine tension s'était installée entre eux. Aline sentait que son hôte n'était plus aussi doux et attentionné qu'il l'avait été auparavant. Une partie d'elle lui criait de partir en courant, mais elle ne pouvait pas abandonner maintenant. Elle pensait à Éliane, qui était sans doute en train de subir des intimidations dans une salle d'interrogatoire. Pellerin s'en sortirait-il toujours indemne ? Aline refusait de céder à ses menaces.

— Je repense à Iris, lâcha-t-elle un peu abruptement. Sa mort pourrait-elle être un accident ? Un trauma crânien, ça peut arriver en faisant une mauvaise chute.

Pellerin dévisagea Aline, ce qui l'obligea à baisser les yeux. Elle sentait qu'il était en train de perdre patience et cela l'effrayait un peu. Pourtant, elle ne pouvait pas s'empêcher de se dire qu'elle n'obtiendrait rien de lui s'il était complètement en contrôle de ses émotions.

— Peut-être a-t-elle simplement été poussée ou tirée par le bras un peu fort et que ça a dégénéré…

Le souffle du député semblait de plus en plus agité, Aline s'efforça de relever les yeux pour lui montrer qu'elle n'était pas intimidée. Elle tentait de garder un air anodin, comme si elle en était venue à cette conclusion uniquement par hasard. Elle devinait à présent une sorte de rage dans les yeux de son interlocuteur et elle se sentait sur le qui-vive.

— J'ai un autre rendez-vous, se contenta de dire celui-ci d'un ton sec en se relevant de sa chaise.

Aline attrapa son sac et se leva également.

— C'est juste que si c'était un accident…

— Assez !

Il approcha brusquement sa main du bras d'Aline. Il voulait sans doute la guider vers la porte, mais la jeune femme se dégagea dans un sursaut qui fit tomber son sac sur le sol. Elle venait de se trahir, elle avait montré à Pellerin qu'elle avait peur de lui. Il fit un grand sourire, se voulant rassurant.

— Tout va bien ? Vous semblez un peu… tendue.

Aline tenta de hocher la tête pour excuser sa réaction et se pencha pour ramasser son sac.

— Laissez, dit l'homme en se baissant pour rassembler les objets qui s'étaient éparpillés au sol.

*Le téléphone !* pensa la jeune femme. Il ne fallait absolument pas qu'il mette la main dessus. Elle s'accroupit pour s'assurer qu'il n'avait pas glissé hors du sac. Mais elle ne le vit pas à l'intérieur. Elle n'eut pas le temps de relever la tête, un coup violent la propulsa au sol. Elle avait senti la force d'un objet dur sur sa tempe. Pellerin tenait le portable dans sa main.

— Qu'est-ce que c'est que ça ?! hurla-t-il.

Aline regarda en direction de son agresseur, mais sa vision était trouble. Il balança l'appareil à l'autre bout de la pièce avec une telle force que l'écran éclata en morceaux. La jeune femme tenta de se relever, mais l'homme l'attrapa par le bras et la gifla une nouvelle fois, avant de la jeter sur le canapé.

— J'ai fait une erreur ! dit Aline.

— Qu'espérais-tu me faire dire ?

— Laissez-moi partir.

Pellerin s'avança lentement vers Aline et l'attrapa par le cou. Ses mains étaient puissantes et elle avait du mal à respirer, elle était complètement pétrifiée.

— Pourquoi tu m'as menti ?

— Je n'en sais rien, souffla-t-elle. C'est un malentendu.

Pellerin resserra sa main et la jeune femme laissa échapper un râle de douleur.

— Je ne dirai rien, je le promets…

Il était penché sur elle et serrait à présent sa gorge avec ses deux mains. Aline ne pouvait quasiment plus faire entrer d'air dans ses poumons. Elle l'implorait du regard, mais l'homme qui se tenait au-dessus d'elle avait perdu toute trace d'humanité, elle ne voyait dans ses yeux qu'une rage qu'elle n'avait encore jamais vue ailleurs. Elle était incapable de se débattre, elle ne pouvait rien faire pour sortir de cette emprise.

— Tu ne me laisses pas le choix, Aline, tu t'es mise dans cette situation toute seule, marmonnait Pellerin.

Sa victime essayait de respirer, mais elle ne pouvait pas.

— Il suffira de dire que tu as préféré disparaître parce que tu ne supportais pas l'humiliation, continuait-il. On oublie facilement les personnes ordinaires comme toi, tout le monde passera vite à autre chose.

Pellerin serrait de plus en plus fort. Aline n'avait pas d'autre choix que d'abandonner la lutte. Il avait raison, c'était elle qui avait provoqué cette situation, elle s'était surestimée. Son seul espoir était que quelqu'un entre pour la sauver, mais elle savait que les chances que cela arrive étaient quasi inexistantes. Elle devait accepter son sort. Tout comme Éliane allait devoir le faire. Elles ne faisaient pas le poids… Iris non plus n'avait pas fait le poids. Combien de vies de femmes étaient destinées à être ruinées par ce monstre ? Qui pourrait l'arrêter ? Un sentiment de colère anima la jeune femme. Elle qui pensait qu'il ne lui restait rien avait eu tort. Il restait une ardeur, quelque part dans ses tripes. Une volonté de ne plus se laisser faire, de ne plus accepter sans rien dire. Elle rassembla le peu de force physique qu'elle trouva et leva son genou dans un mouvement brusque pour frapper l'entrejambe de Pellerin. Le coup partit avec vigueur. Le visage du député se tordit de douleur et ses mains se relâchèrent instantanément. La jeune femme en profita pour attraper la lampe qui était sur la table basse et frappa son agresseur sur l'arrière du crâne. Le coup était maladroit et loin d'être assez puissant pour l'assommer, mais il suffit à le surprendre et à permettre à sa victime de s'extirper du canapé. Elle courut vers la porte sans regarder derrière elle, même si elle pouvait entendre qu'il la suivait en titubant. Elle était plus rapide. Elle parvint à ouvrir la porte et à sortir de la maison à toute allure. Lorsqu'elle atteignit la rue, elle se dirigea vers une voiture qui arrivait dans sa direction en faisant de grands signes. Elle aperçut le conducteur, c'était l'inspecteur Gomez, il était accompagné d'un des officiers qu'elle avait vus au poste. Une vague de panique l'envahit à nouveau, elle n'était pas encore sortie d'affaire.

# 64

Aline se mit à courir encore plus vite, elle n'avait pas échappé à Pellerin pour se faire arrêter par la police dans la foulée. Quelle raison trouveraient-ils pour la faire enfermer ? Complicité de meurtre ? La vision d'Aline était floue, tout ce qu'elle savait, c'était qu'elle devait courir le plus longtemps possible. Courir sans s'arrêter jusqu'à ce qu'elle se sente en sécurité. Une autre voiture déboula dans la rue et manqua de la renverser. Combien de véhicules la police avait-elle envoyés à ses trousses ? Un cri se fit entendre, Aline était déjà quasiment au bout de la rue, prête à bifurquer pour prendre un petit chemin en terre. Aucune voiture ne pourrait l'y suivre. Elle crut entendre son nom. Plus de doute, ces gens étaient là pour elle. Elle n'avait pas le temps de reprendre sa respiration, il fallait qu'elle continue à courir.

— Aline ! Aline, attends !

La voix se rapprochait. Elle était perdue. Quelque chose la poussait à se retourner. La voix était familière, rassurante.

— Aline, c'est moi, tu n'as pas besoin de fuir !

Elle s'arrêta net dans sa course. Elle réalisait à présent que la voiture qu'elle venait de croiser était celle de Zora. Un homme était avec elle. Elle se retourna. Tout son corps lui faisait mal, son cou, son visage tuméfié, ses jambes… Elle s'écroula par terre. Sa complice se précipita auprès d'elle.

Aline regarda son amie avec de grands yeux, tout commençait à prendre sens.

— Il a voulu me tuer…

Elle fondit en larmes. Le mélange de peur, d'adrénaline et d'épuisement provoqua une explosion à travers tous ses membres. Elle tremblait frénétiquement, elle ne pouvait plus rien contrôler. Zora la serra dans ses bras.

— C'est terminé, maintenant.

— Gomez… tenta Aline.

La police avait protégé Pellerin depuis tout ce temps, il était complètement irresponsable de le laisser entre ses mains.

Son amie l'aida à se relever pour l'accompagner vers la voiture, il fallait qu'elle se réchauffe, que ses plaies puissent être soignées. Aline était réticente à l'idée de se diriger à nouveau vers la maison, mais Zora la rassura.

— Je vais tout t'expliquer, il ne s'en sortira pas, je te le promets.

***

Aline était assise sur le canapé chez ses beaux-parents. Zora s'occupait des blessures qu'elle avait au visage pendant qu'Éliane préparait du thé. Elle semblait soulagée d'avoir enfin retrouvé sa maison et de pouvoir s'occuper de ses invités. Philippe assistait l'infirmière improvisée et lui descendait tout le contenu de leur armoire à pharmacie, article par article. Aline l'avait rarement vu aussi entreprenant.

— Vous allez enfin me raconter ? demanda-t-elle. Je vais mieux, je vous assure !

Zora avait insisté pour qu'Aline reprenne des forces avant de l'assommer avec les détails de ce qui s'était passé pendant qu'elle était chez Pellerin.

— Commence par le commissariat, lui suggéra Philippe.

Éliane apporta le thé et Zora se servit une tasse avant de

prendre la parole.

— Quand je suis arrivée, la commissaire est venue m'accueillir, mais elle ne m'a pas invitée dans son bureau. Au lieu de ça, elle m'a menée dans une salle d'interrogatoire glauque en me confisquant mon sac et mon manteau.

Aline et Philippe échangèrent un regard. Zora n'était pas en possession de son téléphone lorsqu'elle lui avait demandé de les rejoindre à Neuilly.

— J'ai voulu lui parler de mes découvertes sur Pellerin, mais elle a tout de suite redirigé la conversation sur Éliane et sur ce que nous avions découvert. Son « invitation » n'était qu'un piège pour essayer de me tirer les vers du nez. Ses sbires et elle m'ont questionnée pendant des heures…

Elle regarda Éliane, pour la rassurer.

— Je n'ai rien lâché.

Celle-ci lui rendit un sourire chaleureux, elle ne semblait avoir aucun doute sur sa bonne foi.

— D'un coup, il y a eu des allées et venues dans la salle. Puis tout le monde est parti et je suis restée seule pendant un long moment.

— Ce doit être quand je me suis rendue, intervint Éliane.

Aline se tourna vers sa belle-mère. Elle était encore touchée par la confiance qu'elle lui avait témoignée et par le sacrifice qu'elle avait fait en se rendant pour sauver Zora. La sexagénaire prit le relais.

— J'ai moi aussi eu droit à une salle d'interrogatoire. Au début, la commissaire a essayé de m'amadouer, mais j'ai vite compris qu'elle avait besoin de confessions. Elle me répétait une histoire à dormir debout. Elle essayait de me faire dire que j'étais obsédée par la petite, que j'avais envie de l'avoir pour moi toute seule et que ça avait dégénéré. Ils avaient un scénario tout prêt, qu'ils me répétaient encore et encore.

— Ils devaient se dire qu'à force de l'entendre, tu allais finir par y croire, dit Philippe.

— Et ça aurait peut-être été le cas. Après deux heures à jouer à ce petit jeu, je commençais déjà à douter de ma propre version des faits, avoua Éliane. Heureusement que…

Elle se tourna vers Philippe avec un sourire ému.

— Oui, heureusement, ajouta Zora.

Aline regarda son beau-père avec surprise. Avait-il été clé dans ce qui s'était passé ensuite ? Celui-ci baissa les yeux avec humilité.

— Qu'avez-vous fait après m'avoir déposée chez moi ? lui demanda Aline.

Philippe prit une grande inspiration.

— Quand je t'ai laissée et que je me suis retrouvé seul dans la voiture, j'ai eu tellement honte !

Sa femme s'apprêta à intervenir, mais il l'en empêcha d'un signe de la main.

— Tu ne te rends pas compte, Éliane, j'ai été complètement inutile depuis que tu es partie. J'ai passé la plupart de mon temps à manger des pizzas devant la télé pendant qu'Aline essayait de tout gérer. J'ai été odieux avec elle.

Celle-ci ne disait rien. Elle était touchée par les mots de son beau-père, elle ne pensait pas qu'il avait pris conscience de cela. Elle ne lui en voulait pas pour autant, elle savait à quel point cette histoire avait été difficile à encaisser pour tout le monde.

— J'ai réalisé que je ne pouvais plus continuer à agir de la sorte. Alors, je suis retourné au commissariat et j'ai insisté pour parler à nouveau à l'inspecteur Gomez.

Le nom de l'enquêteur provoqua une réaction de peur chez Aline. Pourtant, elle avait assisté de ses yeux à l'arrestation de Pellerin. Elle l'avait vu lui passer les menottes et le faire monter dans la voiture de police.

— Quelque chose me disait qu'il n'était pas au courant des manigances de sa supérieure. J'ai vu en lui un homme fier et aigri, certes, mais un homme droit.

Zora et Aline se regardèrent avec un sourire. « Fier et aigri », c'était bien ça. Mais Aline se disait que si l'intuition de Philippe avait permis de faire avancer les choses, elles étaient peut-être trop sévères avec le policier.

— Je lui ai tout raconté, les tests chez RK Pharma, les menaces subies par Aline, la violence de Pellerin, le comportement douteux de Brière…

Philippe laissa échapper un léger rire.

— Je pense que c'est le dernier point qui l'a convaincu, il n'a pas l'air de porter cette femme dans son cœur. Il m'a dit qu'il allait envoyer une équipe pour interroger Pellerin.

Il se tut, il semblait avoir terminé sa partie de l'histoire.

— Ce qu'il ne dit pas, dit Zora avec un sourire, c'est qu'avant ça, il a fait un scandale dans le commissariat pour que je sois relâchée. Je l'ai entendu crier depuis la salle d'interrogatoire. Et ça a fonctionné parce que quelqu'un est venu peu de temps après pour me rendre mes affaires.

Aline avait du mal à imaginer son beau-père faire une scène dans le commissariat, elle aurait aimé assister à ce spectacle.

— Quand il m'a dit que tu étais partie te reposer, continua Zora, je me suis tout de suite douté que tu mijotais quelque chose. J'ai essayé de t'appeler, mais tu ne répondais pas.

Aline baissa les yeux en repensant à la façon dont le député avait balancé son téléphone contre le mur.

— On a sauté dans ma voiture, et on a suivi Gomez.

— Comment tu as su ? interrogea Aline.

Zora la regarda avec douceur et esquissa un sourire.

— J'aurais fait pareil…

La porte d'entrée s'ouvrit brusquement, ce qui fit sursauter

Aline. Fabien se trouvait sur le seuil. L'inquiétude se lut sur son visage quand il vit l'état de sa femme, puis ses yeux se posèrent sur Éliane. La mère et le fils se regardèrent quelques secondes en silence, puis les larmes envahirent les yeux du jeune homme. Il se précipita vers celle-ci pour se jeter dans ses bras.

— J'ai eu tellement peur !

Après une longue étreinte, Éliane se leva doucement, elle prit les mains de son fils et le regarda dans les yeux.

— N'enlève pas ton manteau, on va faire un tour. J'aimerais te présenter quelqu'un.

Fabien acquiesça, il lança un regard vers Aline, qui lui sourit pour lui faire comprendre que tout allait bien. Tout était terminé, à présent, ils allaient pouvoir reprendre leur vie, même si rien ne serait vraiment comme avant.

# ÉPILOGUE

Aline regardait Fabien s'éloigner, un sac poubelle à la main, pour le jeter dans la benne qui se trouvait à quelques mètres de leur location. Elle rajusta son transat et reprit sa lecture.

Quelques jours après l'arrestation de Pellerin, la commissaire Brière s'était fait interpeller. Des enregistrements de conversations qu'elle avait eues avec le député montraient qu'il lui avait promis une place dans son cabinet. Des témoins avaient confirmé qu'elle préparait une reconversion en politique et que son ambition était sans limites. Elle avait été démise de ses fonctions.

Gomez s'en était pris à tous ceux qui avaient participé à couvrir le meurtre d'Iris. Bérénice et Ghislain avaient également été arrêtés, *a priori*, c'étaient eux qui avaient suggéré de disposer le corps de la fillette dans la forêt, pour faire penser à l'œuvre d'un dérangé.

Le directeur du laboratoire de RK Pharma faisait l'objet d'investigations pour faute professionnelle. Certains médecins avaient accepté de témoigner pour dénoncer les pressions qu'ils subissaient afin de falsifier les résultats de l'étude clinique, malgré les impacts négatifs sur les patients. Pellerin avait pour but d'annoncer le lancement du nouveau médicament révolutionnaire et son implication dans son développement lors de sa prochaine campagne électorale. Il ne semblait avoir aucun remords concernant ses actes, en particulier le meurtre de sa fille. Les experts parlaient de trouble de la personnalité narcissique et de psychopathie.

Fabien avait mis fin à sa période d'essai de son plein gré. Il avait réalisé que la fondation RK Pharma n'était qu'une façade pour couvrir les activités litigieuses de l'entreprise, et il avait fini par admettre que son embauche n'était pas un signe du destin, mais une manigance pour avoir un moyen de pression sur sa famille et lui. Il avait décidé de prendre quelques mois pour réfléchir à ce qu'il voulait faire de sa vie et avait entamé une thérapie.

Le prêt pour la maison avait été accepté, mais Aline et Fabien avaient préféré le refuser. Ils n'avaient pas besoin d'une si grande maison et ils avaient choisi d'utiliser une partie de l'argent de leur apport pour prendre des vacances prolongées. Ils avaient beaucoup de choses à démêler après ce qu'ils venaient de vivre et ils s'étaient fait la promesse d'être plus honnêtes et à l'écoute l'un de l'autre.

C'est Chloé qui avait obtenu la promotion. Aline devait admettre que cette dernière avait des qualités relationnelles qui feraient d'elle une excellente *manager*.

— Aline !

La voix de Zora se fit entendre depuis la maison. Fabien avait suggéré qu'elle les rejoigne quelques jours.

Son visage était inquiet. Elle avait quitté son transat quelques minutes auparavant pour répondre à un coup de fil.

— Je dois rentrer à Belmont.

Son amie se redressa. L'inquiétude envahit son corps, elle pouvait voir les mains de Zora trembler.

— Mon ex vient d'être retrouvée morte.

# REMERCIEMENTS

C'est mon nom qui apparaît sur la couverture, pourtant ce roman n'aurait pas vu le jour sans toutes celles et ceux qui m'ont accompagnée dans le développement de ce livre.

Merci à Anne-Sophie Monglon pour ses conseils et sa bienveillance, à Sandrine Marcelly pour sa gentillesse, sa réactivité et son incroyable connaissance de la langue française.

Merci à Sandra Passirani de m'avoir prêté ses racines pour construire celles de Zora, et à Ninon D. pour cette introduction au monde des forces de l'ordre.

Merci à Valentin Cartier pour son soutien au quotidien, à Véronique Languille pour sa relecture attentive et à Yannick Rouzaud pour nos précieux échanges sur l'écriture.

Merci également à la merveilleuse communauté d'auteurs et d'autrices présente sur les réseaux sociaux !

# À PROPOS DE L'AUTRICE

Après avoir travaillé dans le secteur de la publicité, Marie Quincey s'est tournée vers l'écriture. Son style à l'influence anglo-saxonne est le reflet des nombreuses années qu'elle a passées en Grande-Bretagne et en Amérique du Nord.

Elle écrit également pour le théâtre, tout en étant comédienne et metteuse en scène, à Nantes.

Retrouvez-la sur les réseaux pour suivre ses actualités !

Instagram : @marie.quincey_autrice
Facebook : Marie Quincey - Autrice

www.mariequincey.com

Printed by Amazon Italia Logistica S.r.l.
Torrazza Piemonte (TO), Italy

49244479R10178